ホテルジューシー

坂木 司

角川文庫 16452

目次

ホテルジューシー　五
越境者　六一
等価交換　一一三
嵐の中の旅人たち　一八一
トモダチ・プライス　二三一
≠（同じじゃない）　二八一
微風　三四九
かんたんなあとがきと、ご協力いただいた方々　三五五
文庫版あとがき　三五七
解説　藤田香織　三六〇

ホテルジューシー

私は、自分にできないことがあるということを知っている。
私は「自分の取り分」というものを知っている。
そして私は、身の丈にあった物が好きだ。

だから、

なんでもできると思いこんで、
他人の取り分まで欲しがり、
身の丈にあわない物を身につけている人間が嫌いだ。

本当に嫌いだ。

でももっと嫌いなのは、だらしない人間。
物に対しても人に対してもいいかげんな振る舞いしかしない。
そんな無責任な人間と一生つきあわずにいられたら、

私はきっと幸福に違いない。

＊

「ねえヒロちゃん、どうしようか」

目の前で友人のサキこと叶咲子《かのうさきこ》が、首をかしげる。七月、サキと私は大学の図書館でアルバイト情報誌を広げていた。

「うーん……」

ページをめくりながら、職種を考える。卒業旅行の資金だから、多少大変でもまとまったお金を手に入れたい。それには。私は誌面を読み上げる。

「時給が高くて、楽なバイト。でなきゃ近くて、ほどほどなバイト。いっそ遠くて、短期決戦？」

「それさあ、上からお水、コンビニ、海の家って感じ」

綺麗《きれい》に塗られたピンクのグロスに、色白の肌。全体的に小作りで、どこをとっても「女の子」然としたサキは、ため息をついても可愛い。

「へへ、わかる？」

私こと柿生浩美《かきおひろみ》は、身長、体重、顔のパーツ、そのどれをとっても標準より大きい。したがって到底サキのようなピンクが似合うタイプではない。でも、サキのことを見ているのは好きだ。よく女の子は似たタイプが友達になるって言うけど、私はそうじゃない。私は自分と違うからこそ、サキのことを認めているのだ。第一、こんなでかい女がもう一人いたら、それだけで鬱陶《うっとう》しいと思うし。

「あたしはさ、短期決戦が向いてると思うんだけど、サキはもっとゆったりしてた方がいいよね」

旅行は一緒に行きたいけど、アルバイトは別々。タイプの違う私とサキは、向いてる職種だって天と地ほど離れているからだ。

「そうだね。ちょっとくらい安くても近いとか、じゃなきゃのどかな職場かな」

一人っ子でお嬢さん育ちのサキには、居酒屋のホール係やコンビニのレジなんて向いていないと私も思う。むしろこの可愛さと上品さを生かした、受付嬢なんかがぴったりだろう。

「やっぱ、こういう情報じゃ駄目なのかなあ。近所の貼り紙とかを優先すべき?」

近所の貼り紙。それも一つの手かもしれない。サキの家は落ち着いた雰囲気の住宅街にあるから、ケーキ屋とかも急《せ》かされずに済みそうだし。私は携帯のアルバイト情報をスクロールしながら、はっと我に返った。大家族の長女を長年やってきたせいか、はたまた生まれ持っての性格かはわからないが、私は自分のことを後回しにする癖がある。

(ダメダメ! 自分のために使う夏休みでしょう?)

そう、なんたって今年の夏休みは私だけのものなのだから。

長い間、それも物心ついてからずっと、私は年のはなれた弟妹を心配しながら生きてきた。「お姉ちゃんは本当にしっかりしてるから」などと両親におだてられ、お手伝いをはじめたのが運のつき。毎年のようにお腹の大きくなるお母さんの代わりに家事もしたし、幼稚園の送り迎えも手伝った。ちょろちょろと走り回るちびすけどもを牧羊犬のように監視しながら、私はここまで生きてきたのだ。だからつい、自分のことより他人のことを優先して考えてしまう。

しかし私の不幸は、その習性が家庭内だけにとどまらなかったことにある。例えば小学生の頃、家庭科の時間に危なっかしい手つきをした男の子がいた。たった一つの卵を割ることに悪戦苦闘している彼を見ていられなくて、私は素早く彼の分まで割ってやった。いいことをした、と悦に入っている私にしかし先生はこう言った。「柿生さん、他の人の分までやっちゃ駄目よ」。

自分ができることは、やるべきだ。危なっかしい手元は、支えるべきだ。そんな信条を持って行動している私は、ときとして人とかみ合わないことがある。中学生の頃には友人に「ヒロって親みたいでうざい」って言われたこともあったっけ。あれにはカチンときたけど、長い目で見れば私は間違っていなかったと思う。その証拠というのもなんだけど、彼女たちとは今でも仲の良い友人だ。

しかし弟や妹も高校生になり、友人も大人になった今、私が心配すべきことは減った。

祖父母も幸いにして健康だし、両親も寛大だ。柿生家にようやく訪れた、凪《なぎ》のような時間。それでも日々の家事をこなす私に、母は衝撃的な台詞《せりふ》を口にした。

「ヒロちゃん、長いこと迷惑かけたね。あんたももう大学二年だし、遊ぶなら今のうちでしょう。これからは、あんたの好きなようにしたらいいよ」

嬉《うれ》しくないわけはなかった。私は自由で、何をしてもいいのだから。

だけど、と私は思う。

(自分のためだけにある夏休みなんて、久しぶり、いや初めてかも……)

まとまった休みを前にして、情けないことに私は怖じ気《おけ》づいていた。向き合う時間の大きさは、今まで眼にしたことがないほどのスケールで、下手すると呑《の》み込まれてしまいそうな気さえする。

家事と弟妹の世話で埋め尽くされた毎日は、こまぎれの時間がころころと転がっていくようなものだった。なのに「好きにしていいよ」と言われたとたん、時間は得体の知れない生き物と化して、私の前にずるりと寝ころんだ。

手に余る。どうしていいかわからない。正直、困惑していた。

例えば休講でぽかりと時間が空いたときなど、サキはのんびりとお茶を飲んだり本をめくったりする。そんなときの彼女は時間をゆったりと「無為に」消費しているように見えて、とても優雅だと思う。しかし私はといえば、次の授業の予習をしたりレポートを書いたりして、時間をがつがつと「有効に」埋めてしまう。そして今回もまた、私は長い休みを「卒業旅行のため」にアルバイトで埋め尽くした。

でもじゃあ、卒業旅行に行くとき私は「何のため」に動くんだろう。

……将来のため？

ふと、携帯電話の画面に惹《ひ》かれるものがあった。石垣島《いしがきじま》のプチホテルで一夏働いてみませんか、だって。そうか、近くの海じゃなくて、住み込みで遠くへ行けば時間は有効に潰《つぶ》れてくれるだろう。

「ねえ、沖縄で働きませんか、だって！　内容は宿の配膳《はいぜん》とか掃除だろうけど、どうせ行くなら近場より遠くがいいよねえ」

「確かにね。行くだけでもお得な気分になるし」

私の言葉にヒロちゃんなら向いてるかも、とサキもうなずいた。

「うん、決めた。沖縄の宿、何軒か電話してみる」

私は電話をかけるため、図書館を後にした。

電話をしてみて、一番感じの良い対応をしてくれたところは、『プチリゾート・南風《みなみかぜ》』というホテルだった。一応片道の交通費は出してくれるということで、私は一番安い石垣島への直行便を選んだ。値段のせいかその便は朝早くて、四時起きをして羽田に行くはめになったけど、私はとりあえず飛行機に乗れるだけでも満足だった。

*

結論から言うと、宿の仕事は実に私に向いていた。食器の上げ下げ、掃除、洗濯、それらはすべて私が家でやってきたことだったからだ。頭数が増えたからといって、手順が変わるわけではないし、なによりここには仕事を分け合うバイト仲間がいる。服のすそを引っぱって泣き叫んだり、せっかく作ったおかずを床にこぼす相手がいないと、仕事はいつもの倍のスピードで進んだ。しかも同僚はごく普通のいい人ばかりで、これといったいざこざも起きなかった。だから私は普段より楽をしているような、そんな申し訳なさまで感じてしまったくらいだ。

沖縄ゆえの文化の違いがあるかも、といった心配も杞憂《きゆう》に終わった。オーナーは九州からの移住組だということで考え方もあまり関東と変わらず、私は自分の常識内で物事の判断を下すことができた。お客はほとんどがファミリー層だったから、それもまた私の守備範囲内だった。

(こんなに楽なら、いっそ冬も来ようかな。ていうか、困ったらこっちに就職してもいいかも)

一週間後には、そんなことまで考えるようになった。美しい湾の側に立つこぢんまりとしたホテルでは、誰もがゆったりとした気持ちになれる。せわしない夕食どきでもどこかのんびりとした空気が流れているのは、やはりここが南国だからだろうか。

石垣島は、市場のある中心地を外れるといきなり自然がその姿を現す。その落差がちょっと面白くて、私はよく食材の買い出しについて行った。映画館や図書館の並ぶ町並みから、車で二十分も走るとマングローブが生い茂る川が見えてくる。

「まるでジャングルみたいですね」

水面《みなも》に浮かぶカヌーに手を振りながら私が言うと、オーナーがひさしを下ろして笑う。

「本場と違ってワニはいないから、今度柿生さんもやってみるといいよ」

咲き乱れる原色の花々。濃くて元気一杯の緑。昼の暑さはすごいけれど、夕方になれば海風がほてりを冷ましてくれる。

身体《からだ》のせわしなさと、心のせわしなさは比例しないんだな。夕方の短い自由時間に仲間と缶ビールを飲みながら海を眺めていると、そんな気持ちが自然とわいてきた。裸足《はだし》で踏む砂の心地よさ。水平線に沈む太陽。石垣島の自然の中では、私の前に横たわっていた得体の知れない生き物も、いつの間にかハムスターくらいの小さな固まりになってにこにこと笑っているような気がした。

この島に来てよかった。そう、思った。

しかし、幸せは長くは続かなかった。

「柿生さん、本当に悪いんだけど、那覇《なは》に行ってもらえないかしら？」

オーナー夫人がある日、申し訳なさそうな表情で私に言った。遠出のおつかいごとだから、頼みにくいのだろう。

「いいですよ、行きます」

まかせて下さい、くらいの勢いで私はうなずく。しかしこれが間違いの第一歩だなんて、そのときは思ってもみなかった。

ああよかった、とオーナー夫人は笑顔を見せて信じられない言葉を口にする。

「実はね、那覇にはこのホテルをはじめるにあたってお世話になった人がいるのよ。その人もホテルをやってるんだけど、急にアルバイトの人が辞めちゃったらしくて、困ってるっていうの」

「えっ？　那覇の宿？」

てことは、おつかいじゃなくて人事異動？　だったら那覇で募集をかければいいのに。

そんな私の心を見透かしたように、夫人は続ける。

「困ってるんだ、って言われたら応《こた》えなきゃいけないのよ。助け合いっていうか、そういう見えない習慣みたいなのがあってね、実際、私たちは助けてもらったわけだし」

それがオキナワン・スピリットってやつ？　しかも夫人いわく、その宿はここよりも狭いぶん、ぎりぎりの人数で回していたらしい。

「だから宿屋で働いた経験のある人がいいわけ。でも、いきなり貼り紙を出してもそういう人がすぐ見つかるとは限らないでしょ？　その点、柿生さんなら申し分ないわ。だって本当に、よくやってくれてるもの」

なんてことだろう。こんなことなら、もうちょっと手を抜いてれば良かった。正直、そう思ってしまった。だってこんなにも居心地のいい職場、きっとめったにないから。でも。

「わかりました。行かせてもらいます」

私の口から出たのは、そんな台詞だった。


薄暗い石垣空港で飛行機を待ちながら、私は早くも後悔しはじめている。カッコつけすぎたかな。もしかしてほんのちょっと渋れば、違う人が行くことになってたんじゃないかな。弱気な気持ちが、途切れもなく湧き上がってくる。

（でも、良くしてもらったバイト先だし、恩義には報いたいし……）

オーナーはバイト代を上乗せしてくれたし、夫人はお弁当だって持たせてくれた。バイト仲間とは住所の交換もしたし、よく考えればこの状態は悪くないはず。私はそう考えることで、無理やり気分を奮い立たせた。

＊

そして今、私はニューヨーク、もとい那覇にいる。

　何が言いたいかというと、「那覇は都会」、その一言に尽きる。鉄道があるというのは聞いていたし、高速道路があるってことも本では知っていた。けど、ここまできらびやかな世界が広がっているとは思わなかった。

　教えられた通りにモノレールに乗り、県庁前という名前の駅で降りた。そこから徒歩で十分ほどだという。手書きの地図を見ながら、那覇のメインストリートである国際通りを私は歩く。夏休み中ということもあって、通りはかなりの賑《にぎ》わいを見せていた。沖縄の民謡を流している土産物屋、若者向けのキャラクターTシャツを売っている店、レストラン、観光ホテル、ついでにコンビニとショッピングプラザ。歩いている人の中には欧米人やアジア人も入り乱れ、より一層外国っぽい雰囲気をかもし出している。その上道路はずっとラッシュアワーのように車が数珠《じゅず》繋《つな》ぎで、歩道にもまた人が溢《あふ》れていた。

　重い荷物を持って歩く私に、ポシェット一つのギャルや、ダボパンを穿《は》いた手ぶらの男子ががんがんぶつかってくる。しかも彼らは、ぶつかったことなどなかったかのように私のことをふり返りもしない。

（観光地には常識なしが多すぎるって！）

　どう見ても高校生くらいの彼らは、一体どこから来ているのだろう。私服だから、修学旅行というわけではあるまい。でも家族旅行というには、カップル率が高すぎる。彼氏いない歴二年で、親にヒミツの旅行なんかしたことのない私にとっては、二重の意味で腹立たしい光景だった。

しかし国際通りから横道に入ると、人波はぱたりと途絶えた。明るい灰色の壁と、狭い路地。家の玄関や屋根の上にはシーサーが置かれ、曲がり角には『石敢當《いしがんとう》』と書かれた小さな碑が道祖神のように立てられている。いきなり現れた古めかしい住宅街と大通りとの激しいギャップに、思わず私は後ろをふり返った。その先には、渋滞と客引きの声と若者の渦がいまだ流れ続けている。まるで白昼夢のような変化に戸惑いながらも、そのまま数ブロック進むと目指す宿の看板が見えてきた。

『ホテルジューシー』と赤い地に黄色で書かれている。なんというか、中華料理店のような色づかい。

（しかも『ジューシー』って、なんかやらしくない？）

私は新しいバイト先がセクシーな宿でないことを祈りつつ、道を進む。しかし『この先二十メートル』と書かれていたはずの宿が、なかなか見つからない。その上、いつの間に通り過ぎてしまったのか『この先十メートル』という看板が私の背後を指さしている始末。そこここに看板は見つかるのに、宿そのものはどこに行ったというのか。明るくしんとした石造りの街で、私は久しぶりに迷子になっている。しばらく辺りをうろうろしていると、一人のおばあさんが向こうから歩いてきた。

「あの、すいません」

渡りに船とばかりに、私はホテルの場所をたずねる。するとおばあさんは不思議そうな顔をして、私の背後を指さした。

「そこさあ」

「はい？」

私の背後には、街並みにとけ込んだ古い雑居ビルが一軒立っているだけだ。オール灰色、コンクリート打ちっ放しの造りはあまりにも素っ気ない。仮にも観光地のホテルがこんなビルであるわけがないと、私は疑いの眼差《まなざ》しをそのビルに向けた。しかも道に面した一階には、くたびれた喫茶店兼バーと何かの事務所、それにチラシのベタベタ貼られた旅行社が並んでいる。

「だからあ、そこのツーリストオヒスが、レセプシオーンさあ」

おばあさんの発する微妙にあちらっぽい響きの英単語を解読すると、どうやらそこの旅行社が宿の受付を兼ねている、ということらしい。なるほど。ということはこの雑居ビル自体がホテルだったのか。それにしてもわかりにくい。私はおばあさんにお礼を言って、その「ツーリストオヒス」のドアを開けた。

＊

最初に聞こえてきたのは、多分中国語だった。『南海《なんかい》旅行社』と書かれた事務所のデスクに座っている男が、電話で中国語らしき言葉をまくしたてている。他に人はいないし、こちらをちらりと見た男に向かって私は軽く頭を下げた。すると男は電話をしながら軽く手招きをして、手元のメモになにやら書き込んで見せた。私がうなずくと、男は再度メモを見せる。『うちと喫茶店の間。よく間違われる』との文字。私は声を出さずに「ありがとうございます」と口を動かしてぺこりと頭を下げた。ということは、あの事務所のような所が受付なのだろうか。

(でもホテルには見えなかったけどなあ)

旅行社を出て、おそるおそる隣の事務所を覗《のぞ》きこむ。するとガラス扉に、小さなプレートがかかっているのが見えた。赤地に黄色い文字で『ホテルジューシー』。これを建物の正面に大きく貼っていてくれれば、間違う人も少ないだろうに。

(宿としてのやる気が、これっぽっちも感じられないんだけど)

軽いドッキリを仕掛けられたような気分でさらに中を観察すると、受付っぽいデスクに同じ年頃の女の子が座っているのが見えた。周りには一応南国を意識したのか籐《とう》の椅子が置かれ、日帰り観光などのチラシも貼ってある。なんとかホテルらしい部分を見つけて、私はほんの少し安心した。しかし逆に、不安もつのる。こんな宿でバイトしてるなんて、どんな女の子だろう？　仲良くやっていけるんだろうか？　そもそも、ここってちゃんとした宿なのかな？

少しばかりの責任感と山ほどの不安を抱えたまま、私は今度こそ新しいバイト先の扉を開いた。

*

受付の女の子は、松谷明子《まつたにあきこ》と名乗った。南国には不似合いなほど色白で、肩の辺りで切りそろえた髪型がちょっとお人形さんっぽい。

「柿生さんが来てくれてよかった。ちょうどもう一人のバイト仲間が急に辞めちゃったから」

松谷さんはデスクから鍵束《かぎ》を取り出し、とりあえず案内しますね、とエレベーターの前に私を連れて行った。そしてなぜか七階のボタンを押す。怪訝《けげん》そうな私の顔を見て、彼女はふっと笑った。

「ここね、五、六、七階がホテルなの。二階から四階は普通のマンション。びっくりしました？」

「はい。その……ちょっと変わってますよね」

「私も最初は驚きました。でも、こっちでは結構このスタイルが多いんですよ。建物の何フロアかだけが宿になってるっていう」

中には同じ建物に複数の宿が入っているケースもあるという。

（なんかそれって、いい加減っていうか、うーん……）

七階でエレベーターを降りると、むわっと湿気が襲ってきた。高い建物は、やはり熱と水分を蓄えてしまうのだろう。普通のマンションにしか思えないドアを開け、靴を脱いで上がるとそこが客室だった。

「今はハイシーズンだから、部屋は一つしか空いてないの。でも、造りは大体同じだから」

　松谷さんはそう言いながら、私たちがすべきことをてきぱきと説明してくれた。室内にはやはり籐の応接セット、それにベッドと簡単なキッチンがついていた。もとがマンションだから、当然バス・トイレも完備されている。なるほど、むしろ長期滞在者向きな宿なのかも。建物の外観を裏切る室内の充実ぶりに、私は驚きを隠せなかった。

「室内清掃は基本的に通いの人が来てくれるから、しなくてもいいわ。そのかわり私たちはその掃除後に部屋を整えるの。とはいっても、見てのとおりここは本物のホテルじゃないから、掃除も整頓《せいとん》もチェックアウト後のみでいいの」

　基本的に私たちの仕事は、雑用とフロント的業務がほとんどよ。テーブルの上に置いてある館内規約のパンフレットを整えて、松谷さんは笑う。

「ともかく、やることはたくさんあるけど、特に難しいことは何もないと思うわ」

「そうですか。なんか、突然来ることになったからちょっと緊張してるんですけど、よろしくお願いします」

　私が頭を下げると、松谷さんは慌てたように手を振った。

「いえ、そんな。私だって同じバイトだし、こちらこそよろしくお願いします」

ぶんぶんと手を振り続ける松谷さん。この人となら、うまくやっていけそうだ。

「それに柿生さんには、すごくお世話になっちゃうだろうし……」

まあ、バイトが事実上二人なら、私たちは助け合っていかなきゃならないわけだし。私は新しい同僚の言葉を深読みする余裕もなく、素直にうなずいていた。

「じゃあ、残りのスタッフはおいおい説明するとして、とりあえずはオーナー代理に紹介するわね」

「オーナー代理……？」

ということは、オーナーは留守なのだろうか。首をかしげる私を連れて松谷さんはエレベーターを降り、一階のフロントから表へ出る。そしてあろうことか、隣にあった怪しげな喫茶店兼バーに入っていくではないか。しかも扉には『準備中』の札がかかっている。

「オーナー代理、南風さんからの応援で来てくれた柿生さんです」

ドアを開けて松谷さんが声をかけると、薄暗い店の奥から声がした。

「ああ、すぐ行く。すぐ行くから」

がたがたと音をたてて、暗がりから人影が現れる。怪しい。ものすっごく怪しいんですけど。途中「いてっ」という声とともに、よたよたした足どりで小柄な男性が姿を現した。年は三十代か四十代かよくわからない、眼鏡をかけた年齢不詳なおじさんだ。着ているのはTシャツと、いい加減に引っかけられたアロハ。慌てて留めたせいか、ボタンがずれている。そして極めつけはその頭。長髪というほどではないものの、パーマがかかった髪を肩までのばした姿は、ヘビメタさんか、それともヒッピーとかいう人種の生き残りかという感じだ。ま、どちらにしても到底堅気には見えない。

「お待たせ。ぼくは安城幸二《あんじょうこうじ》。オーナー代理って呼んでね」

呼んでね、ってあなた……。私は年上の男性に、ここまでくだけた口調で話しかけられたことはない。固まる私に、安城さんことオーナー代理はさらに信じられないようなことを言う。

「仕事は全部そこの松谷さんがわかってるから、彼女に聞いて。ぼくはたいていこっちにいるから、何か用があったら呼んでね。それじゃ、よろしく」

「は、はい。よろしくお願いします」

思わず習慣で頭を下げてしまったが、要するにこの人は何もしない上司ってやつなのかもしれない。あまり期待はしないこと、と私は心の中でメモを取った。

次に向かったのは、一階のさらに奥にある調理室。そこにはなにやら揚げ物をしている恰幅《かっぷく》のいい中年の女性がいた。

「こちらは比嘉照子《ひがてるこ》さん。通いで調理を担当しています。照子さん、こちら柿生さんです」

よろしくお願いします、と挨拶《あいさつ》すると比嘉さんはにっと笑った。

「ああ、真面目そうないいひとが見つかったね。これでアキちゃんも安心だ」

これ、お近づきの印だよ。そう言って比嘉さんは揚げたてのサーターアンダギーを手渡してくれる。確かこれって沖縄風の揚げドーナツだったよね。熱々の茶色い固まりをひとくち齧《かじ》ると、中からふわりと湯気が立ちのぼった。

夜、松谷さんと同じ五階の部屋で荷解きをして、私たちはささやかな宴会を開いた。松谷さんはあまりお酒が強くないから、と言いながら果実サワーの缶をちびちびと舐《な》めている。私はせっかくなので土地のお酒を、と思って泡盛《あわもり》のジャスミン茶割りを飲んでいた。移動と緊張で疲れた身体に、アルコールが心地よい。

「それにしてもここって、わかりづらい場所にありますよねえ。お客さんは、迷ったりしないんですか」

布団を巻いて作ったクッションに腰かけながら、私はつまみのたらし揚げという練り物を齧った。

「迷うわ。でもここに来る人はリピーターや口コミが多いから、あまり困らないみたいね」

「ふうん……」

確かにあの室内を見る限り、リピーターが増えそうな宿ではある。だから連泊の人が多いのか。先まで埋まった宿の予定表を見て、私は納得した。個人客で長逗留《ながとうりゅう》というのは、南風の客層とは正反対だ。そういえば、雇い主の態度も正反対かも。

「あの」

「何？」

少し頬を染めた松谷さんが私を見る。酔うと、肌の白さが際だってとても可愛い。でもずっと沖縄にいてここまで白いなんて、ある種の才能かもしれないな。

「松谷さんは、どういういきさつでここに来たんですか？」

だって言っちゃなんだけど、ここのホテルなんてアルバイト情報誌には載ってなさそうだし、さらに言っちゃうと載せるお金もなさそうだし、やっぱりどこかの宿からの応援かと思ったのだ。

「どうって……なりゆきかなあ」

「なりゆき？」

「うん。しばらく一人旅しててね、ここには最初お客さんとして来たの。それで沖縄って居心地がいいなあって思ってたら、ちょうどアルバイトの人が辞めて、声をかけられたの」

……もしかして松谷さんって、見た目によらず豪快ちゃん？「しばらく一人旅」なんて、そうそうできるもんじゃないと思うんだけど。

「柿生さんは、南風さんにいたんでしょ？　私、まだ石垣島とかの離島に行ったことがないんだけど、あっちってどう？」

「そりゃあもう、リゾート全開ですよ」

島を出たのは今朝のことなのに、なんだかすごく懐かしい。私はバイト仲間の皆の顔を思い出し、ちょっとしんみりしてしまう。

「とにかく海がきれいで、住んでる人もゆったりしてて、観光客も知らず知らずのうちにのんびりしちゃうんです。ホントいいとこなんで、松谷さんもぜひ行ってみて下さい」

私は寂しさをまぎらわすように、島の良さについて松谷さんに熱く語った。松谷さんはそんな私のお喋《しゃべ》りを、うなずきながら聞いてくれる。目の端がほの赤いのは、酔ったからだろうか。

「いいなあ、石垣島。やっぱり私も行こうっと」

倒れるように眠りにつく前、松谷さんのそんな声が耳に届いた。

*

翌日、新たに掃除係のおばあちゃんを紹介された。毎日通いで来るという、クメさんとセンさん。かなりのお年に見えるが、二人ともとても元気だ。私が挨拶すると、二人はからからと笑う。

「うんうん。じゃあ柿生さんはヒロちゃんね」

歯の抜けたセンさんの口から出る「ヒロちゃん」は、ちょっと「ひぃろちゃん」に聞こえた。

「あたしらのことはセンばあ、クメばあでいいからさあ」

仲良くやろうねえ、とクメさん、もといクメばあがぎゅっと手を握る。私は一緒に住んでいる自分の祖母を思い出して、不思議な気分になった。

（おばあちゃん、まさかおばあちゃんと同じくらいの年の人と一緒に働くとは思わなかったよ）

しかし。私は二人がエレベーターに乗った後で、松谷さんにたずねる。

「すいません。正直、もう一回会ったときにどっちがセンばあで、どっちがクメばあかわからないと思うんですけど」

そう、二人はおそらく双子の姉妹で、とにかく外見がそっくりなのだ。

「ああ、そうよね。言うの忘れてたけど、右手の甲に大きなほくろがあるのがクメばあよ。ちなみに性格は二人とも大らかで明るい感じ。センばあの方が、ちょっとだけこまやかかなってくらいで」

昨日のオーナー代理と比嘉さん、クメばあとセンばあ、それに松谷さんで全ての紹介が終わった。

「あ、でもあと一人。オーナーがいますよね」

「うーん、でも実は私もオーナーにお会いしたことはないんだけど」

でも確か、松谷さんってもうひと月くらいここで働いてるはず。なのに会ったことがないってことは。

「なんかね、聞くところによるとオーナーってこの宿の経営が本職じゃないらしいの」

だからこの宿はほとんどオーナー代理に任せっきりで、ここには年に何度か来るだけだって話よ。松谷さんはそう言いながら、宿泊予定の人に確認の電話を入れはじめた。

しばらく松谷さんのそばについて仕事を見ていたら、大体の流れが見えてきた。朝は早く発《た》つ人がいない限り、九時が仕事始め。朝食は比嘉さんが早く来て出してくれているから、私たちはそれを厨房《ちゅうぼう》で食べる。

「ここの朝食は、評判いいのよ」と松谷さんが言うとおり、比嘉さんの作る沖縄料理はおいしい。ゴーヤーチャンプルーや魚の唐揚げ、どれを食べてもはずれがない。洗練されたものじゃないのだけれど、どれも塩加減が絶妙なのだ。特にアーサという海藻の入った汁物なんか、海水をぎりぎり超えるくらいの味が、身体の中に潮風を感じさせる。もしかしたら料理だけは、南風よりホテルジューシーの方が上かも。おかずをつつきながら私は、そんなことをふと思った。

朝食後は主にチェックアウトなどの事務作業。出る人が一段落する頃、クメばあとセンばあが出勤してくる。そして二人が集めてきたリネン類を洗濯機に放り込むと、お昼になる。再び比嘉さんの作ってくれたご飯を食べながら、私は部屋の数と宿泊者を頭の中で反《はん》芻《すう》した。

(部屋は全部で十室。そのうち長逗留の人は今のところ二人。後は二、三日のスパンで入れ替わる、と)

私たちがお昼を食べ終える頃になると、入れ替わりに二人のおばあさんは掃除を終えて帰宅する。それが大体一時頃だ。そして朝早くから来てくれていた比嘉さんもまた、二時には帰って行く。その際、翌日の調理に必要な材料をメモに残してくれるので、私たちはそれを買いに外出するのだ。

那覇に来てから、初めての外出。いやが上にも気持ちが高ぶる。

「でもあたしたちが出ちゃうと、宿が無人になっちゃいませんか」

市場へ向かう狭い路地を歩きながら、私はたずねる。すると松谷さんは笑って携帯電話を取り出した。

「大丈夫。受付はオーナー代理にお願いしたし、わからないことがあったらこれにかけてくるから」

「わからないことって、オーナー代理なのに……」

「そういう人なのよ」

べつだん困った風でもなく、松谷さんは自然にそう言った。でも、仮にも雇い主がそんなことでいいのだろうか。もしかしてこの宿って、彼女がいなければ宿泊予定もフロント業務もぐちゃぐちゃだったりして。

駐車場の猫に手を振ったり、軒先の犬の鼻を撫《な》でながら松谷さんはゆっくりと歩く。彼女の伸ばした手の影が、ときおりビルの壁に映って生き物のように動いている。強い日ざしの下では、すべてが白昼夢のように思えてくるから不思議だ。

「とはいっても、オーナー代理が受付にいるのは二時間が限度だから、用事はできるだけその間に済ませておいた方がいいわ」

公設市場の建物に入ると、生臭さがむっと鼻を突いた。おびただしい数の肉屋、それに魚屋。見たことのない野菜を並べている八百屋。そのすべてが一つのフロアに収められているものだから、匂いも喧噪《けんそう》もごちゃまぜになって大きなうねりに感じられた。とにかく匂い負けしないようにと、私は松谷さんの背中を追う。見失ったら二度と会えない、そんな気がしたのだ。

その後彼女は銀行に立ち寄ってレジ用のおつりを作り、口座に売り上げを入れた。うーむ、そこまで任されているとは。

「二時間って、オーナー代理も何か別の仕事があるんですか？」

「ううん。ただ座ってるのに、我慢できなくなるだけみたい。この間、ちょっと寄り道して帰ったら受付に誰もいなくてびっくりしたわ。そしたらカウンターに『外出中』ってメモが置いてあって、そこにこの携帯のナンバーが書いてあったの」

ちなみにレジはその間、施錠もされずにそのままだったらしい。私はそのあまりのだらしなさに、軽い頭痛を覚えた。

買い物から帰ってくるとまた受付と事務に戻り、チェックインのお客さんを迎えながら、宅配便の発送や受け取りをこなす。一人がやることは多いけど、お客さんが多くないのでゆとりを持って動くことができる。それはきっと、食事が朝食だけというのも大きいんだと思う。南風は基本的に二食付きのリゾートだから、夕方が戦場だったのだ。

私は領収書や金庫の場所を教わりながら、午後から夜の受付をこなした。何度か慌てることもあったけど、まあ初日にしてはいい出来だったと思う。そしてその際、長逗留のうちの一人と思われるお客さんから声をかけられた。

「おや、新しい人だね」

私の祖父まではいかないけれど、充分におじいさんな人。そんな人が一人で泊まっているなんて、ちょっと不思議だ。こっちに仕事があるとか？

「はい、柿生といいます。これからよろしくお願いします」

私が頭を下げると、おじいさんはにかっと笑った。顔がちょっと赤黒いのは、日焼けのせいかな。

「あたしは山本仁蔵《やまもとじんぞう》。このホテルに関しちゃ、あんたよりずっと先輩だ」

「よくこちらに来られるんですか？」

「ああ、まあね。あちこちふらふらするのが好きで、沖縄にもよく来るよ。こっちには緋寒桜《ひかんざくら》といって、日本一早く花見が出来る桜があるからね」

お花見のために沖縄旅行なんて、優雅でうらやましい話だ。しかもその桜は、あっという間に散ったりしないのだという。

「だから花見もゆったりしたもんさ。こっちの人は急ぐのが得意じゃないが、花までそうなんだね」

「あたし、お花見っていったら混雑と酔っぱらいとトイレの大行列の記憶しかありませんよ。せわしないです」

私がそう言うと、山本さんは声を上げて笑った。

「いいさ、若いうちはその方が。年を取ると、せわしないことすら懐かしくなることがあるからね」

せわしないことすら、懐かしい。山本さんの言葉がふっと気持ちの底に届いた。私は小さい弟が泣きながら自分にしがみついてきたことや、おいしい料理を母親にほめられた日のことを思い出す。

「この年になってみて、さあどうぞ現役引退ですっていきなり言われても、どうしたらいいかわからなくなっちゃう人も多いらしいよ。なにしろ、働きづめできてるからねえ。余暇ってやつに慣れてないんだ」

それは、まるで私のことだった。じゃあ何、私は定年後のお父さんか？　自分で自分に突っ込みながら、私は軽く落ち込んだ。そんな私を、受付のカウンターに置かれたちびシーサーが面白そうに見上げている。

時間だけはあるから、退屈なときは話し相手になるよ。そう言い残して山本さんは部屋に帰っていった。

「山本さんって何してる人なんですか？」

本日の業務が終わり、床につく前に私は松谷さんにたずねた。濡《ぬ》れた髪をタオルで擦《こす》りながら、松谷さんは首をかしげる。

「さあ、よくわからないわ」

「よくわからないって……宿帳には職業欄とかもあるのに？」

「書いてなかったし、それにあのお年だったら仕事がなくてもおかしくないんじゃない？あ、それとあまり身体が丈夫じゃないって言ってたかな」

いや、そういうことを聞きたかったわけじゃなくて。例えば「悠々自適な年金暮らしで、安い旅行をしてるのよ」とか、「こちらには古いお友達がいるんだって」とか、そういうことを聞きたかったんだけど。微妙なニュアンスのすれ違いに、私はやきもきする。しかし会って二日目の松谷さんに、そこまで言える度胸は私にはない。

「ところで、柿生さんは今日一日やってみてどうだった？やっていけそう？」

化粧水の瓶を片手に松谷さんが私を見た。

「そうですねえ、正直面食らうことも多かったですけど、できないってことはなさそうです」

「ならよかった。オーナー代理はちょっと変わってるけど悪い人じゃないし、比嘉さんやおばあたちは皆いい人だから、慣れてしまえばここはいい職場よ。頑張ってね」

にっこりと笑顔を向けられ、つい私もつられて笑う。うん。確かにオーナー代理は問題児っぽいけど、同僚がいいからなんとかやっていけそうだ。

人生はやり直しのきかないロールプレイング・ゲーム。これは高校の同級生が言った台詞だけど、けだし名言だと思う。とはいっても現実をゲームにすり替えてるわけじゃなくて、本人にとっては些細《ささい》なことが人生の分岐点になったり、返事一つで状況が変化したりする感じが似ているということだ。

そして昨夜、どうやら私は石垣島でのことに続いて間違った返答を選んでしまったらしい。

＊

「それじゃあ、柿生さん後はよろしくね」

大きめのショルダーバッグを肩にかけた松谷さんは、私に向かってにっこりと笑いかけた。あの、今私笑えないんですけど。

「わからないことがあったら、比嘉さんに聞くといいわ。それとこれ、持っててね。必需品だから」

そう言って松谷さんは、私に例の携帯電話を渡した。つまりこれは私物じゃなくて、この宿の物だったんだ。

「……松谷さんは、今日までのバイトだったんですか？」

「ううん。柿生さんの話を聞いてたら、私も石垣島に行ってみたくなって。思い立ったが吉日って言うでしょ」

（……この人だけは常識人だと、思ってたのに。思ってたのにー！）

沖縄に来てから、通算何度目になるかわからないドッキリを味わいながら私は心の中で叫んだ。

「気をつけて行っておいで。何か困ったことがあったら、いつでも連絡するといいよ」

厨房から出てきた比嘉さんが、松谷さんにお弁当を持たせている。ていうか彼女だって、松谷さんの旅立ちをさっき聞いたばかりだっていうのに、動じなさすぎる。そして二人が話していると、ようやくオーナー代理がばたばたと姿を現した。

「松谷さん、なに、今日行くんだって」

「はい、そういう気分になりました」

そういう気分、ってあんた！　私は再度、心の中で悲鳴を上げる。でもどうせオーナー代理だって、当たり前のように彼女を送り出すのだろう。そう思っていた矢先、不意に彼はうつむいた。

「……寂しいなあ」

悪趣味なアロハの柄がすすけて見えるほど、オーナー代理は肩を落としている。もしかして、外見に反してこの人は一番まともな心の持ち主なのだろうか。私は瞬間、淡い期待を抱く。しかしそれは次の言葉で、はかなくも砕け散った。

「寂しいなあ、またぼくだけ置き去りかあ」

ん？　置き去りって、何？

「皆、自由に好きなところへ飛び立って行くのに、また、ぼくだけ取り残されるんだね」

おい。なんですか、その被害者っぽい哀れな台詞は？　しかも涙ぐまんばかりの悲しそうな表情は？

「これ、お給料。松谷さん、ぼくのかわりに広い世界を見てくるんだよ」

松谷さんはそんなオーナー代理に苦笑しつつも、くしゃくしゃの給料袋を受け取った。

オーナー代理はわざとらしく眼のあたりをこすりながら、私をちらりと見る。

「ところで松谷さん、この人、一人で大丈夫なの？」

（大丈夫？　って、大丈夫じゃないのはあんたでしょうが！）

いきなり何を言い出すかと思えば、そう来る！

「大丈夫ですよ。柿生さんは責任感が強いし、仕事の覚えも早いので安心です。だからこそ私もこうして出発する気になったんですから」

「……そう？　それならいいけど……」

「センばあとクメばあには、よろしく言っておいて下さい。もう一度来るまで、元気でねって」

「あのひとたち、殺しても死なないから大丈夫だよ。あっちを心配するくらいなら、ぼくの方を心配すべきじゃないかなあ」

あのう、さっきからこの人、自分のことしか言ってないみたいなんですけど。ていうか私、この人と二人で本当にやっていけるの？　不安で一杯の私をよそに、別れの場面は着々と進んでいく。するとそこに、ふらりと山本さんが現れた。なんだかやけに顔が赤黒い。

「おや、松谷さんは今日までなのかい」

「はい、お世話になりました。山本さんもお元気で」

「いやあ、こっちこそ世話になりっぱなしだったよ」

にこにことはしているものの、山本さんは微妙にろれつが回っていない。どうしたんだろうか。よく見ると、身体も少し揺れている。

「あら山本さん、また飲んじゃったんですか」

彼のそばにいた比嘉さんが、不意に鼻を近づけた。確かにさっきから、ちょっと匂うとは思っていたんだけど。これって、アルコール？

「うーん、まあ、そういうことになるかな」

笑いながら頭をかく山本さん。でも今って、朝食前の七時なんですけど。

「あんまり飲み過ぎて、心配かけないで下さいね」

「大丈夫、大丈夫。あたしは毎日がお花見だから。それじゃあ、元気でね」

危うい足どりのまま、山本さんは外へ出ていく。松谷さんはつかの間その背中を見つめたあと、皆に向かってぺこりと頭を下げる。

「もう、行きますね。本当にお世話になりました」

つられて頭を下げた私に、松谷さんはポケットから出した小さな袋をくれた。

「あの、これは」

「『こんにちはセット』。柿生さんが動物嫌いじゃなければ、使って」

「はあ……」

煮干しとドッグフードが入ったビニール袋を渡されて、私は複雑な気持ちになる。別に犬や猫が嫌いなわけじゃないけど、今はそんなの見てる余裕がない。

可愛い笑顔と理解しにくい言動を残したまま、松谷さんはさらりと去っていってしまった。なんとも言えない空白感。置いていかれたわけじゃないけど、取り残されたような気がしてしまうのはなぜなんだろう。

私は人気のなくなった受付に座って、ぼんやりと考えている。これじゃまるで、松谷さんが旅立つために私が来たみたいだ。いや、もしかしたら本当にそうだったのかも。だって初日に彼女、「柿生さんには、すごくお世話になっちゃうだろうし……」なんて言ってたし。

(応援って、人が辞めたからじゃなくて、これから辞める人の後がまだったんだ)

押しつけられたような形のアルバイト。なのに、オーナー代理の態度ときたらなかった。

「じゃ、まあよろしくね」

初日の愛想の良さはどこへやら。松谷さんを送り出したとたん、彼はそそくさと隣の喫茶店兼バーへ逃げ込んでしまった。残された私の背中を、比嘉さんがばんと叩《たた》いてはげましてくれなければ、不安でどうなっていたことか。

＊

それでも私は、忙しいってことが嫌いじゃない。慣れない宿での業務をこなしていると、あまり物事を考えなくて済むからだ。お客さんに朝食の皿を運び、クメばあとセンばあに空いている部屋を伝え、比嘉さんに渡されたメモを頼りに買い物に行く。途中、何匹か猫を見かけたけどあいにく『こんにちはセット』は置いてきてしまっていた。私などいないかのように前を横切る猫は、昨日より可愛くない。

市場は今日も熱気と湿気と人いきれに包まれていた。謎の樽《たる》から漂う発酵臭に顔をしかめ、コンクリートに流れ出た液体に足をとられないよう、注意して歩く。魚屋の店先で食用とは思えないほど真っ青な魚から目をそむけると、今度は通路の向かい側からショーケースに並ぶ豚の顔面が気持ちの悪い笑顔でこっちを見ていた。

「スーチカ」と書かれた食材がわからなかったので、近くの店の人に見せると肉屋を指さした。

「塩漬けの豚よ」

言われたとおりそれを注文すると、重い肉塊をそのまま渡された。指にずしりと食い込む袋を下げ、私はとぼとぼと宿への道を辿《たど》る。

お金のことに関してはさすがにちょっと恐かったので、隣で寝ていたオーナー代理を叩き起こして銀行に行ってもらった。

「ぼく、銀行とか苦手なんだよね」

「あたしも得意じゃありませんけど、さすがにまだ二日目ですから」

松谷さん、大丈夫だって言ってたのにな。パイナップル柄のアロハに底のすり減ったビーチサンダルでオーナー代理はぺたぺたと銀行へ向かった。それにしても、ここのオーナーって一体どういう理由で彼を代理に選んだのだろう。どう考えても、この仕事に向いているタイプだとは思えないんだけど。

受付に戻って予約の電話を受けたり、今日チェックアウトする人の精算をしたりしていると、ふらりと山本さんが現れた。

「やあ、やってるね」

「こんにちは。今日はどこかへおでかけですか?」

「いやあ、特に予定はないさ。気ままな身の上だからね、時間だけはありあまってるんだ」

山本さんはそう言いながら、受付の近くにある椅子に腰かける。どうやら話し相手が欲しいらしい。私のおじいちゃんも、よくこうやって何気ないふりをしてリビングに来るからよくわかる。

「何か手伝おうか」

ほら、こんなこと言い出すところもそっくりだ。でも彼は曲がりなりにもお客さんだし、手伝いをさせるわけにはいかない。

「良かったら、何か面白い話をしていただけませんか。あたしはまだ沖縄に来て日が浅いし、あんまり旅をしたこともないんです。でも山本さんは旅慣れていらっしゃるようだし」

せめてお喋りくらいはつきあおうと、私は山本さんに話題を振った。すると思った通り、山本さんは生き生きと旅の話をしてくれる。

「あたしはね、もともと定住に向いてないんだよ」

昔から放浪癖があってね、日本中を旅したんだよと山本さんは言う。

「春になると、桜前線を追って北上するのさ。長野、新潟、最後は北海道まで行くんだ。そうすると六月頃まで桜を見続けることができるんだよ」

いつまでも続く花見酒って、いいもんだよねえ。北海道ではさ、八重桜とたんぽぽが一緒に咲いてるんだよ。私は宿帳を整理しながら、山本さんの話に相づちを打つ。

「手間のかかる子供たちを連れての旅だったけど、楽しかったねえ」

子連れで旅なんて、山本さんは一体どういう仕事をしていたんだろう。まさか行商とか？

「あの子たちは花が咲いているところに行くと、とても喜ぶもんだから、あたしは桜以外にもずいぶんとたくさんの花を見てきたよ」

「きっとお子さんたちにとっても、いい思い出になったでしょうね」

「さあ、どうだろう」

横顔に、ふっと影がさした。

「あの頃はただ日々を送るのに精一杯で、あの子たちが本当に幸せかどうかなんて、考えたこともなかったよ。花を見せると喜んだのは確かだけど、無理に旅をしなくたってやっていく方法はあった。今になって思うと、あれはあたしのわがままだったかもしれないね」

立ち入ったことを聞いてしまったのかな。私は少しばつの悪い気分になる。

「だったら今度会ったときに、さっきみたいな花の話をしてあげたらどうですか。お互いに楽しい思い出だったら、話をするきっかけにはなると思うんですけど」

しかし山本さんは、悲しげな笑顔で首を振った。

「ありがとう。でもあの子たちは、もう死んでしまったんだ」

「すいません、あの、あたし……」

慌てて謝る私を制して、山本さんは立ち上がる。

「いいんだよ。それより話し相手になってくれてありがとう。さてちょっと、そこいらを散歩してくるかね」

くたびれた麻のジャケットを片手に、山本さんはふらふらと去っていく。私はぐったりとした気分で、手を額に当てた。うまくいきかけていたのに、悲しませてしまった。せっかくのご旅行なのに、これじゃ台無しだ。

どうしよう。私、こんなことでやっていけるんだろうか。

山本さんを見送った後、客室のチェックに戻るとどこかの部屋から笑い声が聞こえてくる。どうやら二人のおばあさんが掃除の合間にお喋りをしているらしい。

（一応仕事中なんだし、あんまり喋るのもどうかな）

でも先輩だし、なによりすごく年上だし、注意がしにくい。私はとりあえず、声のする部屋の方へ近づいてみた。すると、二人の会話が耳に飛び込んでくる。

「あれまあ、ちいっちゃいパンツ」

「こんなんじゃあ、たいせつなところが丸見えだよう」

ひやひやひやひや、という気の抜けるような笑い声。ドアの開いた部屋を覗くと、二人がビキニの上下を手にしているところだった。おそらく泊まり客の若い女性が室内に干していったであろうそれは、確かにかなりきわどい小ささだった。でも、だからといって手にとっていいものではないはず。

「お客さんの物に、触っちゃいけませんよ！」

我知らず、尖《とが》った声が出てしまった。ふり返る二人。

「あれえ、ひぃろちゃん」

「どうしたのう、何かわからないことがあったのう？」

えーと、お二人とも耳が遠かったっけ。それとも標準語は通じにくいとか？

「あの、今手に持ってる……」

「あーあ、これね。生乾きでお風呂場《ふろば》に置いてあったから、干してあげようと思ったんさあ」

クメばあだかセンばあだかが言った。どっちか判断しようにも、掃除用の手袋をはめていては手の甲のほくろが見えないのだ。

「お客さんの荷物を、勝手にいじっちゃいけないんじゃないですか？」

私はできるだけ優しい声で、もう一度意見してみる。

「いじったりなんてしてないさあ。干してあげようとしてるだけだよぅ」

だから！　元あった場所から動かして、しかも目の前で「びろーん」って広げて笑ったりすることをそう言うんだってば。

「じゃあ、お風呂場のタオル掛けにでも干しておいてあげて下さいね」

せめて近い場所にと思い、私はそうお願いした。すると二人は「屋上の物干しの方が、よく乾くよう」と言い出す。

（だから勝手に屋上まで持っていっちゃまずいでしょう！）

軽くキレそうになったまま、私はなんとか二人を説得した。小学生に説明するように

「なぜそれをしてはいけないのか」を筋道を立てて話すと、二人はようやく首を縦に振ってくれる。ちょっと言い過ぎてしまっただろうか。

「ひぃろちゃんは、しっかりしてるねえ」

畳に座ったおばあさんに見上げられて、私の胸はどきりと波打った。どうしよう、おばあちゃんを叱りつけちゃったよ。なんか、すっごく悪いことをしたような気がするんですけど。

「いえ、あの、出過ぎたこと言っちゃってすみませんでした。お掃除の邪魔してごめんなさい」

今さらのように湧き上がってきた罪悪感に耐えかねて、私は頭を下げる。しかし二人はひやひやと笑って手を振った。

「いいのよう。どうせお掃除なんて、休憩してたとこなんだからさあ」

ほら、と一人がポケットから塩せんべいを取り出す。私はあまりのことに、膝《ひざ》から崩れ落ちそうな脱力感を味わった。

オーナー代理といい、二人のおばあさんといい、常識がないのにもほどがある。いいかげんでだらしなくて、よくこんな調子で今まで宿をやってこれたものだ。私はぐったりとした気分のまま、一人の夜を迎えた。身体は疲れているけど、気持ちが沈んであまり寝つけそうにもない。散歩に出ようかとも思ったけど、いつの間にか開店していた一階のバーの前を通るのが嫌で、引き返してきてしまった。他にどこかいい場所はなかっただろうか。私は、ふと思いついてビール片手に屋上の物干しに登ってみた。

コンクリート打ちっ放しの屋上は、どうやらこの建物全体の共有部分らしい。やけに広々とした感じが悪くなかった。私は段差に腰かけて、夜風に眼を細める。と、そのときポケットの携帯電話が震えた。

「もしもし、ヒロちゃん？」

東京にいるサキからだった。結局彼女は悩んだ末、親戚《しんせき》のおじさんが勤めているという歯科医院の受付嬢をバイト先に選んだ。そこはなかなかサキに合った職場の上、気になる男性も現れたようで最近よく電話がかかってくる。

いつもなら私も、恋の相談に盛り上がりながら長電話してしまうのだけど、今夜に限ってはそんな気になれなかった。自分の悩みを聞いてもらいたいと思うものの、愚痴るようでうまく言い出せない。だってきっと、口を開けば泣きごとが止まらなくなるから。

それにしてもこの状況を、何て説明すればいいんだろう。バイト先で異動させられたら、そこが信じられないほどいいかげんな宿で、ついでに先輩バイトは私をいけにえにして辞めてったの。もう、どこから話したらいいかわからないほど私の現状はとっ散らかっている。それに気づかないサキは、楽しそうに恋の板挟みになった話なんかしている。もういいよ。あんたが誰にナンパされようと、私の知ったことか。そもそも私の職場なんて、恋どころかまともに働くことすら難しいんだからね。苛々《いらいら》とした気持ちは、いつしか胸元から喉《のど》にまで上ってくる。

「サキ、サイテー」

口に出してしまってから、私は口元を押さえた。なんてことを言ってしまったんだろう。サキはなにも悪くないのに。私は慌ててフォローの言葉を重ねて、さも心配そうに振る舞った。あなたのために叱っているんだからね。そんな雰囲気を作ると、素直なサキは嬉しそうに言った。

「ありがと、ヒロちゃん」

吐きそうだ。私はいつからこんな嫌な奴になったんだろう。

＊

耳元で携帯電話がしつこく鳴っている。うるさいなあ、第一私の着信音はこんなのじゃないよ。早く誰かが出ればいいのに。そこまで考えたところで、私は上半身を起こした。鳴っているのは、私のではなくてフロント直通の携帯電話だ。時計を見ると、夜中の三時過ぎ。一体なんの用事があるというのだろう。できるだけ眠そうに聞こえない声を出しつつ電話を取ると、相手は三号室の若い女性だった。

「あのう、隣の二号室からどすんって音がして、その後うめき声みたいなのが聞こえるんです。もしかしたら、何かあったんじゃないかと思って」

二号室というと、山本さんの部屋だ。それに気づいた私は、フロントまで降りて金庫から鍵束を取り出すと、再びエレベーターに飛び乗った。

ノックを十数回くり返した後、返事がないので開けますよと声をかけ、私は二号室のドアを開けた。その瞬間、眼に飛び込んできたのは殺人事件もかくやというほどの惨状だった。

「山本さん！」

口から血を吐いたらしい山本さんが、うめき声を上げながら布団の端に倒れている。寝巻きの胸元と布団には血がべったりとこびりつき、顔色はまるで石膏《せっこう》像のように白かった。そばにあった小さいテーブルは壊れ、割れたグラスがあたりに散乱している。おそらく、よろけてテーブルにつまずき、倒れこんだ際に口の中を切ったのだろうとは思うが、それにしては血の量が多すぎる。

もし、なにか重い病気だったら。私は悪い考えを頭の隅に蹴《け》り飛ばして、山本さんのそばにしゃがみ込んだ。

「山本さん、大丈夫ですか。聞こえますか」

声をかけてみると、かろうじてうなずいている。良かった、意識はあるようだ。

「今お医者さんを呼びますからね」

そう言って一一九番を押そうとする私の手を、誰かの手が遮る。

「救急車は呼ばなくていい。かかりつけの医者が近所にいるから」

いつの間に起きてきたのか、そこにはオーナー代理の姿があった。まだ寝ていなかったのか、グレーのTシャツとジーンズは彼を少しばかりまともな雰囲気に見せている。

「ちょうど呼びに行こうと思ってたんです」

私の言葉にうなずくと、オーナー代理はそのまま受付用の携帯電話でどこかへ連絡を取った。

「五分ほどで来るそうだ。夜中に働かせて悪いんだけど、柿生さんは新しい布団と水差しを持ってきてくれるかな。ぼくはこのテーブルなんかを片づけるから」

昼間とは別人のような声で、オーナー代理が指示を出す。心なしか、顔つきまできりりとして見える。やがて医師が到着し、山本さんの容態を診察した。

「飲み過ぎで、胃を壊してますね。その上にまた飲んだせいで血を吐いたんでしょう。倒れた際の打ち身は大したことありませんが、年が年ですから精密検査くらい受けておくことをおすすめしますよ」

ありがとうございます、とオーナー代理は頭を下げる。医師は注射を打ち、頓服《とんぷく》を処方すると帰って行った。私はほっとして、横たわる山本さんを見つめた。薬のせいか、今は呼吸も安定して普通に寝ているようだ。あらためて室内を見回すと、あちこちにお酒の瓶が転がっている。日本酒、泡盛、ウイスキー、焼酎《しょうちゅう》。チャンポンもいいところだ。

「どうして胃を壊してまで、飲んだりなんか……」

酒瓶を片づけながら私はつぶやく。気ままな旅だから昼酒もあり、くらいに見ていたのに。

(やっぱり、お子さんのことが気になってるのかな。あたしが昼間、あんな話題をふっちゃったから……)

申し訳ない気持ちが胸一杯にせり上がってきて、私は唇を噛《か》みしめた。寂しいお年寄りを追い込むような真似をして、「サイテー」なのは私の方だ。そんな私に、オーナー代理が信じられないような言葉を囁《ささや》いた。

「じゃ柿生さん、夜が明けたらお子さんのところへ連絡してあげてよ。住所は宿帳に載ってるのと同じだから」

お子さん、ですって?

*

「今、お子さんがいるっておっしゃいましたか?」

大きな声を出してしまった私に、オーナー代理は人差し指を立てる。

「せっかく容態が落ち着いたみたいだから、屋上にでも行って話そうか。山本さんは、一時間ごとにぼくが見るから」

私はこくりとうなずくと、彼の指示に従って屋上へと上がった。いいかげん深夜だというのに、那覇の街はところどころに灯《あか》りがまたたいている。石垣島なんて、市街地を少しでも外れたら夜は本当に暗かったのに。

「昼間が暑いから、宵っぱりの街なんだよ」

遅れて来たオーナー代理は、街を眺めていた私に冷えた缶コーヒーとほの温かい包みを手渡してくれる。紙包みを開くと、そこにはなにやらクレープのようなものが入っていた。そして香辛料の香りが立ちのぼる。

「あ、それはブリトー。やわらかいタコスみたいなやつ。一階のバーで作ってるんだけど、うまいよ」

夜中に働かせたから、お礼ってことで。自分も同じものを頬張りつつ、オーナー代理は笑った。うん、たくさんの野菜と直火《じかび》焼きの鶏肉《とりにく》、それにチリソースがぴりりと利いて確かにこれはおいしい。しかしこの気のききようも、昼間の人と同一人物とは思えない。

「ところで、山本さんのことですけど」

「うん。フロントで話すと誰か起きてこないとも限らないから、ここで話しちゃおうか」

ソースで汚れた口元を紙で拭《ぬぐ》い、オーナー代理は私の方を向いた。

「柿生さんは、山本さんからお子さんが亡くなったっていう話を聞かされたんだよね」

「はい。あちこちお子さんを連れて旅をして、各地でお花見をしたっておっしゃってました」

「ぼくもその話は、山本さんから何度も聞かされたよ。でもね、実は彼、以前にもここで倒れたことがあったんだ」

「え？」

突然のことに慌てたオーナー代理は、そのとき宿帳に書いてあった住所に連絡したのだという。

「そしたら、息子だと名乗る人物が電話に出たんだよ」

名前も一緒だし、彼が送ってくれた保険証は確かに山本さんのものだったから、多分本当の息子さんだと思うけど。そう言ってオーナー代理は言葉を切った。

「じゃああたし、だまされてたんですか」

お年寄りの退屈しのぎのため、悲しい話にのせられて相手をさせられてたってことなんだろうか。でもそれじゃあんまりだ。ここのところずっと胸に抱えていたもやもやが、どんどん膨れあがっていく。

勝手に辞めるバイト。客の私物を触る従業員。そしてなにより、なんにもしないオーナー代理。市場だってくさくてうんざりだし、方言が聞き取れなくて苛々する。石造りで狭くるしい那覇の裏路地。暑いだけで何の取り柄もない沖縄。なんで私は、こんなとこにいなきゃならないの？

「みんないい加減で、みんな最低ですね」

思わず口をついて出た言葉。もうやだ。私がこんなにキレやすくなったのも、ぜんぶここに来たせいだ。目尻《めじり》にじわりと熱いものが滲《にじ》む。人前で泣くなんて、絶対に嫌なのに。

そんな私を、オーナー代理はじっと見つめる。夜風でゆるいウエーブのかかった髪の間から見える瞳《ひとみ》は、不思議な色をしていた。

「あのさ、小学生の頃よく言わなかったかな」

「はい？」

「バカって言う方がバカなんだ、って」

一瞬、何を言われているのかわからなかった。けど。仕事を教えてくれた松谷さんに感謝もせず恨むばかりの私。お年寄りに声を荒らげる私。そしてなにより、良いところを探そうともせず沖縄を最低と言う私。辞めたければいつでも辞めることができたのに、私はこの場所で文句ばかり言っている。

「最低なのは、あたしです……」

自分しかいないから。私がやらなきゃ誰もやらないから。いつの間にか刷り込まれた呪文は、「私がいなくても平気な場所」でまで私を縛っていた。

けれどオーナー代理は、缶コーヒーを飲み干して笑う。

「別に最低じゃないよ」

「え？」

「一回くらい怒ってもらわないと、こっちもやりにくいし」

それにほら小学生の場合、大抵最初にバカって言われる方がホントのバカだしさ。そう言われても、私にはさっぱり答えがわからない。つまりどっちが悪いんですか、そう詰め寄る私をオーナー代理はするりとかわした。

「柿生さん、我慢強いから怒るの遅かったよねえ。いつ来るのかと思ってはらはらしちゃったよ」

こつん。コーヒーの缶をコンクリートに置いた音が響く。その小さな音はまるで一滴の水のように、ゆっくりと私の心にしみこんできた。

「ところで、山本さんの名誉のために言っておくけど」

「はい」

「山本さんの子供たちは本当に亡くなったんだと思うよ」

言ってる意味が、もっとわからなくなったんですけど。首をかしげる私に、オーナー代理は人差し指と親指で小さな空間を作って見せた。

「きっとその子供たちって、このくらいのサイズだったんだ」

ほんの数センチの子供。もし人間だったら、胎児以前の状態ってことになる。

「山本さんは、その子供たちを連れて花見をしてた。ちなみに花見をしたのは山本さんで、子供たちは花を喜んだ、って言ってたよね。これでもわからない？」

自慢じゃないけど私は、なぞなぞがすごく苦手だ。答えがあるようでない、アクロバティックな着地をする問題を解く脳みそは、想像力と共に燃えないゴミの日に出しちゃったもので。

「じゃあさらに言うなら、電話した実の息子さんの対応は、すごく冷たかった。保険証と治療費だけ速達で届けて、後は知らんぷりだったからね」

「でも、息子じゃないなら冷たくてもわかりますけど、それって……」

いっそうこんがらかってきた私は、ついに白旗をあげた。

「あたし、こういう問題は解けません。答えを教えて下さい」

そんな私を見て、オーナー代理は肩をすくめる。

「しょうがないな。じゃ、教えてあげよう。子供たちっていうのは、虫のことだよ」

「はあ？」

虫ってあの、そこらへんに飛んでるような、あれ？　灯りのそばを飛び回る蛾を見つめて、私は呆然《ぼうぜん》とした。虫愛《め》づる姫君っていうのは聞いたことあるけど、そんなんじゃないだろうし。

「あ、もしかして昆虫の研究をしてたとか？」

だからしょっちゅう採集旅行に出て、花の咲く場所に行っていたんじゃないだろうか。これはかなり画期的な答えに思えたのだが、オーナー代理は苦笑している。

「あのねえ、山本さんは養蜂家だったんだとぼくは思うよ」

「ようほうか、ですか」

「そう。花を追って旅する、移動式のミツバチ農家だったんだ。だから季節によって花の咲く場所へ移動しては、商売をしていた」

なるほど。花見をするのは人間で、花を喜ぶのはミツバチなんだ。

「子供たちは、ミツバチのこと。子連れの旅というのは、そういうことなんじゃないかな」

「つまり、そうじゃない方法もあったっていうのは、定置式の養蜂農家ってことですね」

「そう。でも実際山本さんは旅が好きだったんだろう。だからあえて移動式を選んだ。そしてミツバチを子供と呼び、滅多に家に帰って来ない父親を見て育った息子は、どうなるかな」

だから引退した今でも、息子と折り合いが悪くて旅に出ているのかもしれない。そこまで考えてようやく、私は山本さんの悲しみを知った。

「どうしようもなくて旅に出てしまうのは、わかりました。でもなんであんなに飲んだりするんでしょうか」

聞いてもわからないことかもしれない。けど、もしかしたらオーナー代理はその答えすら知っているような気がした。

「そうだね、多分……」

遠くの灯りを見つめたまま、オーナー代理は静かにつぶやく。

「多分あの人は、目の前に横たわる時間に耐えられないんだよ」

あ。私は沖縄に来る前に感じていた、あの感覚を思い出した。手のつけようがないほど大きく、ずるずるべったりとした生き物のことを。

「大切に世話をしてきたミツバチは死に絶え、目的もなくなった。年金をもらいながら、折り合いの悪い息子の家にやっかいになる毎日。時間は昔と違ってありあまるほどある。自分は何をやってきたんだろう。自分は何を残せただろう。そういうことをちょっとでも暇になるたび考えてしまうと、自殺したいほど追いつめられるんだ。そんな気持ちが、わかるかな」

私は黙ってうなずく。澱《よど》む毎日。澱む心。だからせめて、身体くらい流れのある場所に置きたかった。そうしたら何かが変わるかもしれない。だから、ここに来た。

「旅に出た。それはいい。昼間のうちは色々な人と話すこともできるし、散歩にも出られる。けど、夜はどうだろう。寝つけない夜、嫌でも心は茫漠《ぼうばく》とした時間にさらされる」

オーナー代理は、そのときはじめて苦しそうに眉根《まゆね》を寄せる。

「正気に返りたくないんだよ。酔っていれば、ふわふわと楽しく過ごすことができるからね」

それは本質的な解決ではないことを、きっと山本さんも知っている。でも、そうせざるを得なかったのだ。

「ぼくも同じなんだ」

オーナー代理は静かに微笑みながら、私を見る。昼間よりほんの少し若返ったような印象の、不思議な色の瞳。

「不眠症でね、夜の正気が恐いから山本さんの気持ちはよくわかるよ」

なるほど。夜眠れないから、昼の彼は駄目人間なわけだ。オーナー代理の二つの顔は、そんな理由で成り立っていたらしい。

「ぼくの場合、暇にあかせてバーを開いたのが救いだったね。お客さんは少ないけど、夜の間ずっと一人きりだったらおかしくなってただろうし」

「そうだったんですか」

「でも、昼間のぼくはけっこう幸せなんだよ。なにしろ寂しがりやだからさ、人の起きて動いてる時間に、誰かの気配を感じながら寝るのが好きなんだ」

「……駄目ですね」

どこからか、ふっと笑いがこみ上げてきた。

「駄目だよ」

眼を細めて、オーナー代理も笑う。風向きが変わったのか、夜風はいつの間にか潮の香りを孕《はら》んでいた。

「さて、そろそろ一時間くらいたったかな。様子を見てくるよ」

柿生さんはもう寝ていいからね。そう言い残してオーナー代理は階段を下りていった。

潮風にさらされた肌が、少しべたついている。目には見えないけど、やはりここも海が近い場所なんだな。私はぼんやりと熱の残るコンクリートに腰かけたまま、目を閉じた。

サキ、今何してる？　私、なんとかやっていけそうだよ。

＊

　翌朝、山本さんの枕元へ私は食事を運ぼうとしている。案の定オーナー代理は起きてこなかったけど、それはそれでかまわなかった。

　比嘉さん特製の雑炊は、具もたっぷりで見るからに栄養がありそうだ。私が一階でエレベーターを待っていると、出勤してきたクメばあとセンばあがお盆の上をのぞき込む。

「あれま、ジューシー」

「はい？」

「これのこと、こっちじゃジューシーっていうんさあ」

　じゃあこのホテルの名前って、沖縄料理の名前だったんですか。たずねる私にセンばあがうなずく。

「固く炊いた炊き込みごはんがクファジューシー、でもってこうして柔らかく煮たのがボロボロジューシー」

「このホテルも、たいがい古いし、あたしらも古いけどさあ」

　ボロボロのホテルジューシーで、ボロボロジューシー食べるのよう。クメばあの言葉に、私もぷっと吹きだしてしまう。ひやひやひや、くすくすくす。

「ひぃろちゃん」

「はい？」

「やめないでいてくれて、ありがとね」

おばあさん二人に見上げられて、ついに私は陥落してしまった。お盆持ったまま、大泣き。

駄目じゃん。

越境者

ライオンの方がましだった。

いや、そういう言い方をするとむしろライオンに失礼かもしれない。でもとりあえず、日本語が通じなくて牙《きば》を持った生き物という意味で使わせてもらう。

ライオンの方が、きっと数百倍もましだった！

＊

思えば、予約の時点で嫌な予感はしていたのだ。

「オーナー代理、このお客様、携帯の番号と下のお名前しか書いてませんけど」

宿泊予定表を突きつけてたずねると、オーナー代理はぼんやりとコーヒーを口に運びながらうなずく。ここでアルバイトをはじめてからもう一週間。仕事は慣れたけど、この人の適当さ加減にはいまだ慣れそうにない。

「ああ、これはぼくがうけたよ」

だろうと思った。前任の松谷さんだったら、こんないい加減な書き方はしないだろうから。

「他にメモしたなら、出して下さい。書き写しますから」

「ないよ」

「え？」

だって普通、予約を受けたら宿の人間は相手の名前と住所と電話番号を聞くものじゃないの？

「名前と電話番号がわかってれば、連絡は取れるし」

いや、そういう問題じゃなくて。そもそもこれを名前って言っていいものか。私は走り書きされた文字に目を落とす。

『ユリ&アヤ。四日くらい滞在？』

これじゃあ、そもそも宿泊が確定しているかどうかもわからない。一つしかない電話番号にかけてみると、ユリだかアヤだかは開口一番こう言った。

「あんた誰ぇ？」

あんたこそ、何様だってものだ。

＊

今日も日射しがすごい。ベランダから雲一つない空を見上げて、私は目を細めた。ここは沖縄。それも一年で一番暑い八月の沖縄に、私はいる。

一夏の住み込みアルバイトをするため訪れた石垣島の宿から、なかば売られるような形でやってきた那覇の安宿。国際通りから裏通りを少し入ったところにあるその宿の名前は、『ホテルジューシー』。ここで働きはじめてから、もう一週間が過ぎようとしている。


ものすっごい丸文字。

宿帳にゆっくりと書き込まれる名前と住所を見つめて、私はため息をついた。こてこてと飾りのついた指先が、いかにも持ちにくそうにボールペンを操っている。

（名前ひとつ書くのに何分かかるわけ？）

苛立《いらだ》ちを顔に出さないようにしながら、私は相手を観察した。住所は関東。「シブヤ」とか「ブクロ」が大好きそうで、服装はいかにもそっち系な感じ。ラメの入ったタンクトップに、エクステンションのついたセミロングの茶髪。化粧が濃いけど、多分十代だろう。ほら、その証拠に「年齢」の欄で一瞬ためらってる。ペン先はしばし紙の上をさまよった後、ようやく「十七」という数字を描き出した。

（つまり、十六歳くらいってことか。中三か高一かな）

これは自分にも覚えがあるけど、女の子は背伸びをして遊ぶときに、自分とかけ離れた年齢は言わないものだ。見た目に無理がなくて、ちょっと上。そのくらいに設定するのが、いちばん賢い。

「あ、一人だけじゃなくて、お連れの方も書いて下さいね」

「えー？　部屋は一つなのにぃ？」

尖《とが》らせた唇はグロスでぴかぴか。私はキレそうになるのをこらえつつ、にっこりと微笑む。お客様。どんなに自分好みの人間でなくても、お客様であることには変わりがないんだから。

「ちょーめんどいんですけどぉ」

細いヒールのついたサンダルをひきずりながら、もう一人がカウンターの前にやってくる。先刻の女の子と同じ店で買ったと思しき、色違いのタンクトップ。同じようなエクステンションに、同じような化粧。始末の悪いことに、背格好《せかっこう》まで似ている。

（……クメばあとセンばあ並みに、見分けがつかないんですけどぉ）

私は彼女たちの喋《しゃべ》り方を真似て、心の中でつぶやいてみる。

「これでいいですかぁー」

ボールペンをぽいと放り出して、彼女が顔を上げた。ばっさばさについたつけまつげの奥から覗《のぞ》く、やけに好戦的な視線。

多分、もしかしなくても私が世界一苦手とする人種。

現存するうち、接触することはまずないだろうと思っていた生き物。

ギャルが、やってきた。

＊

幸いなことに、私は怒りで食欲が増すタイプだ。お昼のどんぶりをかきこみながら、私はオーナー代理のいい加減さについてもう何度目かわからないくらいの怒りを爆発させている。

（予約の電話ひとつ受けられない責任者って、どうよ！　ていうか、よく今までトラブルもなくやってこれたもんだ）

歴代アルバイトの苦悩がしのばれて、私はつい心の中で合掌してしまう。

そんな怒りにまかせて食べていても、比嘉さんのごはんはおいしい。しかし、これは一体なんという名前の料理なのだろう。勝手に中華丼だと思いこんで食べていたけど、野菜炒《いた》めの卵とじの下からは何故かトンカツが顔を出している。

（……サービス？）

疑問に思いながらさらに下へと掘り進むと、今度は「ポーク」と呼ばれる缶詰のハムみたいなものが出てきた。これって、よくゴーヤーチャンプルーに入ってるやつだ。そして、それに絡まるように青々とした菜っぱの姿が。

（？？？）

一体、私は何を食べているんだろう。どんぶりの中を観察すると、下から順にポーク野菜炒め、トンカツ、野菜炒めの卵とじとなっている。しかも一番上の野菜炒めにも豚の三枚肉がふんだんに使われているから、三段重ねのお肉攻撃だ。

（ていうか普通、重ねないよね？）

一週間分くらいのカロリーをお腹に詰め込んだ後、食器を下げるついでに比嘉さんにたずねてみる。

「あの、今日のごはんってなんていう名前の料理なんですか？」

「チャンポンだよ」

大きな中華鍋《なべ》を洗いながら、比嘉さんはこともなげにそう言った。

「チャンプルー、じゃなくてチャンポンですか」

「そうだよ。長崎のラーメンみたいなのと同じ名前だけど、こっちじゃそれをチャンポンって呼ぶのさ」

紛らわしいから、よく観光客が食堂で面食らってるよ。比嘉さんはからからと笑って、鍋の水気を拭《ぬぐ》った。うむ。確かにややこしい。

＊

けてん、けてん、けてん。ゆっくりと近づいてくる不思議な音は、ギャルたちがぺたんこのつっかけで階段を下りてくる音だ。だるそうな動きでフロントに続くガラス扉を開け、二人がカウンターの前に立った。

「あのぉ、このへんで安くておいしいお店とかって知ってますかあ」

話しかけてきたのは、最初に宿帳を書いたユリこと工藤《くどう》由利子《ゆりこ》の方だろう。携帯の連絡先も彼女だったから、声に聞き覚えがある。

「できれば、オキナワっぽい料理とか食べたいんですけどぉ」

アヤこと田中《たなか》亜矢《あや》は、ストラップのじゃらじゃらついた携帯電話をいじりながら壁の市街地図を眺めている。似たファッションの二人だが、よく見るとユリの方が明るい茶色の髪で、アヤは落ち着いた栗色をしていることに私は気づいた。そしてユリが健康的な小麦色の肌をしているのに対し、アヤが色白なことにも。

「この近くにある公設市場に行ってみるといいですよ。二階に安くておいしい食堂もあるし、市場の周りにも食堂はたくさんありますから」

年若い彼女たちの旅行費用は、きっと切りつめたものなのだろう。派手な格好をしてても高校生なんだし、アルバイト代だってたかがしれてるはず。私はふと優しい気持ちになって、二人に地図を差し出した。

「これ、この近くの地図です。散歩すると楽しいですよ」

「いいです」

「え？」

「散歩とか、しないし」

ユリは悪びれた様子もなく、そう言ってくるりと背を向ける。呆気《あっけ》にとられた私の手の中で、コピーの地図がくにゃりとのけぞった。


「ヒロちゃん、どうかしたのう？」

クメばあが私を見上げてたずねる。ギャルたちが出かけていったあと、センばあに呼ばれて私はフロントの奥にある畳敷きの小上がりにいるのだが。

「元気ないねえ。おなかが空《す》いてるんじゃないのかい？」

そういうわけじゃなくて。さっきの「チャンポン」ってやつが消化しきれてないだけなんです。そう、言いたいのは山々だった。しかし。

「ならちょうどいい。ヒロちゃんのためにたくさん作ったんだから、好きなだけ食べてねえ」

小さな折り畳み式のテーブルの上に置かれた、沖縄おやつ。黒糖の入ったクレープみたいな筒状のお菓子が、これでもかっていうくらいてんこ盛り。しかも半分はあんこ入りらしい。

「あ、ありがとうございます……」

嬉《うれ》しい。ものすっごく嬉しい。アルバイト先で知り合ったおばあちゃんにおやつを作ってもらえるなんて、もう本当にじーんとするくらい嬉しい。けど。

（どうしてこっちの人って、なんでも大盛りにしちゃうんだろうか……）

クレープの山を前に私が脂汗を流していると、オーナー代理がビーチサンダルをぺたぺた鳴らしながら通りかかった。

「あれ、おいしそうだねえ。ぼくをのけ者にして、みんなでお茶会？」

相変わらず、昼間の彼は被害妄想気味で性格が悪い。ゆるいウエーブのかかった肩までの髪も、貧乏神さながらのうっとうしさだ。けど、今の私にとっては救いの神か。

「ずるいなあ。仲間に入れてよ」

言いながら、すでにサンダルを脱いでるんですけど。しかしクメばあとセンばあはそんな彼に慣れているのか、ごく自然にもう一つ湯呑《ゆの》みを取り出した。

「あい、食べなよー」

あつあつのジャスミン茶（こっちではさんぴん茶、というらしい）を淹《い》れて、私たちにお菓子をすすめてくれる。私はとりあえず一口、褐色のクレープを頬張った。

あれ。思ったより、あっさりしている。見た目はもっちりと重そうな質感をたたえていたのに、食べてみるとほの甘い黒糖風味の蒸しパンといった風情で悪くない。これならあんこ入りの方も食べられそうだ。

「いやあ、おいしいねえ」

案の定、オーナー代理は遠慮なくお菓子を口に放り込んでいる。

「これはやっぱりあれ？　我が家の味？」

「あい、そうねー。あんこを入れるのはクメばあが思いついたよー」

センばあがお茶をすすりながら、クレープのはじっこをちぎっては食べている。私がお菓子を見つめていると、不意にクメばあが言った。

「ちんびんよ」

「はい？」

呪文《じゅもん》のような言葉に、思わず私は首をかしげる。ちんびんよ、という音が頭の中で日本語に変換されないのだ。これは沖縄に来てから何度も体験していることだが、そのたびに外国にいるような不思議な気分になる。

「ちんびん、って名前のお菓子なんだよ」

タイミング良くオーナー代理が口をはさんだ。

「地味だけど、おいしいよね。食べ飽きないっていうか」

「ホント、おいしいです」

あんこ入りを頬張りながらうなずくと、クメばあとセンばあが嬉しそうに笑っている。うちのおばあちゃんも私がおやつを食べているとき、よくこんな表情をするっけ。それを思い出すと、ちょっと胸の奥がきゅんとする。

しかしそんなつかの間の感傷は、オーナー代理の呑気《のんき》な声でさえぎられた。

「さて、ぼくはそろそろ行かなきゃ」

ごちそうさま、と立ち上がりつつ彼はさりげなく残りのちんびんを数本つかむ。せこい。

しかもそれをアロハの胸ポケットに直接入れてしまった。油で焼いたお菓子なんだから、布地にシミがつくだろうに。

「柿生さん、あとよろしくね」

「オーナー代理はどちらへ？」

「隣にいるから、なんかあったら呼びに来て」

どうせまた昼寝をしにいくのだろう。「隣」というのは、彼が夜だけ開けている喫茶店兼バーのことだ。夜はもう一人調理担当のスタッフがいるらしいけど、時間の関係で私はまだ会ったことがない。

ちなみにこの店、信じられないことに名前がなかった。いくら観察しても店名がわからなかったので、オーナー代理に聞いてみたところ彼はこう言ったのだ。

「名前？　そんなのないよ。だって名前があったら、バレちゃうもん」

バレる？　首をかしげた私に、彼はさらに信じられない言葉を重ねる。

「ほんの気まぐれではじめた店だからさ、オーナーにも言ってないんだ。お金かかるから、電話も引いてないし」

ついでに保健所にも言ってないけどね。けろっとした顔の彼を前に、私は言葉を失った。

（保健所未認可。それも宿の人間が）

いい加減だとは思っていたけど、よもやここまで責任感がないとは。

（あり得ない。あり得なさすぎる！）

私は怒りを込めて、オーナー代理の顔をじろりとにらみつける。すると彼は慌てて、フォローの台詞《せりふ》を口にした。

「あ、でも料理作ってる奴は調理師免許持ってるから。だからもしバレても、許可証の出し忘れってことで宿の営業停止とかにはならないと思うよ?」

……これっぽっちもフォローになってないんですけど。

＊

結局、夕方になってもお腹は空かなかった。けれどさいわいなことに、夕食は比嘉さんのまかないがない。石垣島の『南風』は三食つきだったけど、それはリゾート地の常として周囲に食堂が少なかったからだと思う。対して那覇、それも市場の近くにある『ホテルジューシー』では、その必要性がない。いや、むしろ夕食を選ぶ自由があるという言い方の方が正しいかもしれない。なにしろ、市場周辺は買い食い天国なのだから。

とりあえずお腹が減るまで仕事をしよう。そう考えた私は、カウンターに残って仕事を続けることにした。夜になり、お客さんが夕食を終えて戻ってくるのを迎えていると、そこに足どりも怪しい山本さんが現れる。

「やあ柿生さん、こんばんは」

真っ赤な顔。アルコールの匂い。先日飲み過ぎで胃を壊し、派手に倒れたばかりだというのに、この人は。

「あんまり飲んじゃ駄目ですよ」

「うんうん。大丈夫。今度はチャンポンにしないからさ。というわけで今日は泡盛の日だったんだね〜」

あまりにも足どりが危なっかしいので、私はエレベーターの前まで山本さんを連れていくことにした。よろよろとエレベーターに乗り込む後ろ姿を見送って、ほっとひと息。するとその直後に、今度は例のギャルたちが帰って来るのが見えた。

（さて、何を食べてきたのかな。ソーキそば？　それともおやつでお腹一杯だったりして）

しかし、彼女たちの手にした袋を目にした瞬間、私の想像は無惨にうち砕かれる。

（その、黄色いMのマークは……）

世界の言葉、ファストフード。ポテトの匂いをふりまきながら、二人は私の前を通り過ぎようとした。

「あのっ」

思わず、声をかけてしまった。前を歩いていたアヤが不審そうな表情で眉根《まゆね》を寄せる。

「沖縄っぽいもの、食べましたか？」

「食べましたよぉ、揚げドーナツみたいの」

ユリが得意そうにうなずいた。サーターアンダギーのことを言っているのだろう。

「でもその袋……」

「ああ。ちょうど安かったから」

安かったから。それだけの理由で？　市場の周りの食堂なら、そのバーガーセットと同じくらいの値段でそばや定食が食べられるのに？　思わず喉元《のどもと》まで出かかった台詞を、私は力ずくで呑み下す。

「明日の朝は、沖縄料理の定食が出ますから楽しみにして下さいね」

そう。彼女たちが外食で何を食べようとも、とりあえず比嘉さんの朝ご飯は約束されているのだ。

「ああ、はい」

アヤが気のなさそうな会釈をしながら、階段を登ってゆく。だるそうな足どり。なんていうか、若さの感じられない子だ。

(でも、比嘉さんのごはんを食べればこの子たちも少しは生き生きするんじゃないかな)

二人の背中を見送りながら、私はそうやって自分を納得させた。だがしかし。

「起きてこなかった？」

厨房《ちゅうぼう》で朝食を前に、私は頓狂《とんきょう》な声を上げていた。

「そうなのよ。だからちょっと電話してみてくれない？　もし具合が悪かったりするんだったら、部屋まで持っていってあげるから」

汁椀《しるわん》を片手に、比嘉さんがフロント用の携帯電話を指さす。朝からあの子たちと会話をするのは気が進まなかったけど、しょうがない。部屋にかけてみると、コールしてもなかなか出ない。しかし出かけたとも思えないのでそのまま鳴らし続けていると、ようやく受話器が外された。

「もしもし、おはようございます。フロントですが」

「……あ」

あ、じゃなくて。他に言葉はないのか。

「朝食の時間を過ぎているんですけど、どうされますか？　体調がすぐれないなら、お部屋まで運びますよ」

百パーセント、ただの寝坊だと思う。だけど宿の人間として、私はそうたずねた。電話の向こうでは、「朝食だって」とか「どうする？」という声がぼそぼそとつぶやかれている。やっぱり。二人とも寝ていたに違いない。

しかし長い。相談するならするで一度電話を切るとか、そういう頭は働かないのか。待たされる時間があまりに長くて、私が再び口を開こうとしたそのとき、ようやく答えが返ってきた。

「あの、やっぱりいらないです」

「はい？」

「朝、弱いんで」

ぷつり。これは私がキレた音じゃなくて、電話が切られた音だ。発信音が鳴り続ける携帯電話を手に、私は呆然《ぼうぜん》と目の前の膳《ぜん》を見つめる。卵焼きにポークが添えられた「ポーク玉子」というシンプルなメイン。小鉢には昆布の炒め煮。そしてほかほかのごはんと、汁物は小さな沖縄そば。豪華じゃないけど、味はとびきりの朝食だ。

「どうだった？」

ひょこりと顔を出した比嘉さんに、私は首を横に振った。

「朝、弱いからいらないんだそうです」

「あらもったいない。先に言ってくれればいいのにねえ」

まったくだ。夕べ私と会って、しかも朝食の話をしているんだから、そのときにせめて一言告げておいてくれれば。そうすれば、このごはんが無駄にならずに済んだのに。

残り物は、胃の中へ。それが柿生家のお約束だ。ご飯を捨てるなんてバチが当たる。そう言われて育った私は、お昼にこの二膳を食べる覚悟を決めた。またカロリーオーバーになってしまうだろうけど、かまうものか。鼻息も荒く流しへ行くと、そこでは比嘉さんがなにやら作っていた。

「あ、これ？　もったいないからあたしのお弁当にしてるの」

私が申告するまでもなく、料理の行き先は決まっていたらしい。ほっとした思いで手元を見ていると、どうやらおにぎりを作っているようだ。しかしなぜかそれは丸でも三角でもなくて、平たい。おかずのポーク玉子を挟み込んだ姿は、まるでごはんで出来たサンドイッチだ。

(こっちではおにぎりも違うんだなあ)

それとも比嘉さんのオリジナル料理なのかも、と思いながら私は厨房を後にした。

＊

結局、二人が下りてきたのは十時を回ってからのことだった。

「おはようございます」

軽い嫌みをこめて、私は二人に声をかける。

「あ」

だから、あ、じゃなくて！

「今日はどちらへ？」

「え。買い物だけど」

「あ」とか「え」とか、あんたらは長い言葉を発音できんのか。行ってらっしゃい、と見送る私に軽い会釈をして二人は宿を出ていった。私は気分を切り替えるべく、掃除中のクメばあとセンばあのもとへと向かう。

しかしエレベーターに乗ろうとしたところで、匂ってくるものがあった。食べ物の香りだけれど、厨房の匂いではない。私は匂いのもとをつきとめようと、よく嗅《か》いでみる。するとそれはエレベーターの脇にある、階段の方から漂ってきているのがわかった。油っぽいスナックの香り。もしかして。瞬間、嫌な予感が頭をかすめた。足を速めて、少し上った所にある踊り場を覗《のぞ》き込む。するとそこには、黄色いMのマークがついた袋が、くしゃくしゃになって転がっていた。

(……あり得ない。マジであり得ないんですけど！)

しかも持ち上げた袋の中には、ポテトが半分ほど残っている。どう考えても、ユリとアヤがやったとしか思えない。しかも食べ残しているということは、これのせいで朝も食欲がなかったに違いない。

(だから、食べ物を捨てたらバチが当たるんだってば！)

もう、キレてもいいですか。そう神様にたずねたいような気分で、私はゴミを拾い集めた。次に会ったら、なんて言ってやろう。それにしても暑い。今日もぴかぴかの晴れだから、コンクリートに囲まれた踊り場はもわっと熱気がこもっている。その居心地の悪さに顔をしかめた私は、ふと疑問にかられた。

(でも、なんで階段で？)

確かに夜、この場所は外よりいくぶん涼しいかもしれない。けれど彼女たちはれっきとした泊まり客だ。軽食を食べるなら、冷房の効いた部屋の方がずっと快適なはず。なのに、何故彼女らはわざわざ階段で飲み食いしたのだろう。

（学校と同じノリ？　にしても……）

色々な意味で納得がいかないまま、私は紙袋をくしゃりと閉じた。

午後になり、買い物と銀行へ行くために表へ出た。照りつける日射しから顔をそむけつつ、私は裏道を選んで歩く。銀行は国際通りに面しているのだけど、あの道はなるたけ通りたくない。那覇で日を重ねるにつれて様々な物事に慣れてきたけど、国際通りの歩きにくさには何日たっても慣れなかったからだ。

次の角を曲がり、通りに入ると私は憂鬱《ゆううつ》な気分になる。立ち並ぶタレントショップのような土産物屋。その店先で呼び込みをする若者。地面に手作りのアクセサリーやイラストを広げる、アーティスト風の露天商。多分、その全員が私と同じように沖縄県外からの人間だろう。そんな場所で、嬉しそうにグッズを物色する修学旅行生。私が文句を言う筋合いじゃないかもしれないけど、「それでいいの？」って思わずにはいられない。

「はい、ランチにタコライス。なんと今なら三百円！」

昼下がりの店を埋めようというのか、値段も学生に合わせて格安になっている。ちなみにタコライスというのは、タコスの具をご飯の上に載せた料理らしい。タコスといったらメキシコなのに、これはなぜか沖縄名物だ。和洋折衷のオムライスみたいな存在ってことだろうか。

珍しく銀行が混んでいたので、私はガラス越しにぼんやりとタコライス屋を眺めていた。

通りすがりのカップルが、興味深そうにメニューを覗き込んでいる。すると店のドアが開き、数人の客が出てきた。男二人に女二人の、派手なグループだ。男の方がポケットに財布をしまっているところを見ると、おそらく会計は男性もちなのだろう。

（ま、四人分払ったって千二百円だもんね）

お茶をごちそうするのと大差ないか。そんな思いでグループを観察していると、どうも女の子の方に見覚えがある。原色使いのタンクトップに、歩きにくそうなサンダル。そう、あれはユリとアヤだ。

（ちょっとちょっと、なにナンパされてんの）

宿の泊まり客が外で何をしていようと、私とは関係ない。けれど彼女たちは未成年だし、言動も危なっかしい。相手の男たちをよく見てみると、二人ともアロハをひっかけて、膝《ひざ》丈《たけ》のパンツに革のサンダルを履いている。とはいえ、そのアロハは土産物屋で売っているようなダサい柄ではなく、アンティーク調の洒落《しゃれ》たものだ。

（オーナー代理のアロハとは、えらい違いだわ）

ペラペラに薄い生地で、パイナップルやゴーヤー柄の趣味の悪いアロハ。それにはき古したハーフパンツと底のすり減ったビーチサンダル。以上がオーナー代理の昼の定番ファッションだ。長めの髪と相まって、怪しいことこの上ない。

それに比べて、彼らはそこそこお金がかかったファッションをしている。こざっぱりとした髪型は今風で、就職活動にも支障がなさそうだ。

（大学生？　それともすでに社会人？）

ここから見ていてわかるのはそれが限界だ。彼らがいい人か悪い人かなんて、判断できない。でも、気になる。私は、銀行のソファーに腰かけたまままじりじりとした気持ちを持てあましていた。

「ホテルジューシーさまー」

タイミング良く名前を呼ばれて、私ははじかれたように立ち上がる。大慌てで通帳とお釣り用の小銭を受け取り、外へ出た。あたりを見回すと、四人は先刻のタコライス屋の隣にある土産物屋に移動していた。どうしよう。外に出たはいいけど、いきなり声をかけるのも変だし。ていうか、お客に干渉するのもどうかと思う。

（……でもでも！）

理性的に考えた末、身体《からだ》はなぜか頭脳を裏切った。私は何気ない顔をしつつ、いつの間にかその土産物屋に足を運んでいたのだ。沖縄県出身のバンドの曲が鳴り響く店内には、『星砂ボトルつかみ取り』や『貝殻詰め放題』などの文字が躍ってる。こまごまとした商品の並ぶ狭い通路には人があふれ、一度奥に入ったら出るのは難しそうだ。

観光客に紛れて四人に近づくと、彼らの会話が聞こえてくる。

「星砂って、可愛いよねえ」とユリ。

「つかみ取り、やってみる？」と男その一が籠《かご》をのぞき込む。

「お前がやってやれば。手がでかいんだからさ」と男その二。

アヤは、ぼんやりと星砂の入った小瓶を見つめている。そんなアヤの肩に、男その二の手が回された。むきだしの白い肌が、なんだか痛々しいほどだ。

「アヤちゃんはなにが欲しい？」

ちょっとちょっと。今日初めて会った相手でしょ？　けれどアヤはその手を振り払うでもなく、黙ってにっこりと微笑んだ。その瞬間、男その二と私は彼女から目が離せなくなった。

（なにあの笑顔）

まるで赤ちゃんがするみたいな、無防備な笑顔。それは見上げる相手に自分のすべてを丸ごと預けた、原始の微笑みだ。

さっきまで焦点の合わない表情をしていたアヤだけに、なんというか落差がすごい。そこだけスポットライトが当たって、ぱっと花が咲いたような印象を受ける。もともとの顔立ちも良いせいなのか、とにかく可愛くて目が離せない。ずっと腕の中で守ってあげるから、心配しなくていいよ。そう言いたくなるほどに。

女の私が見てもこんな感想を抱くのだから、男にしてみればひとたまりもない。

「言ってみなよ。なんだったらこんな土産物屋じゃなくて、ちゃんとしたアクセサリーでもいいんだぜ」

俺たちの泊まってるホテルのアーケード、ブランドとか結構充実してるからさ。そう言いながら、手は肩から腰に下りている。目的が見え見えだ。ユリと男その一は、つかみ取りに夢中でそんな会話が交わされていることに気づいていない。

「アクセサリーは、いらないの」

男その二の顔を見上げて、アヤが微笑む。

「じゃあ、なにがいいの」

でれでれとした表情で男その二がアヤに顔を近づけた。そしてアヤが口を開いた瞬間、私のポケットの中の携帯電話がマナーモードで震えた。

「うわっ」

驚いた私は、思わず声を上げてしまう。その声に、アヤが反応した。目が合う。気づいた。

(ヤバい……)

ちょうどそのとき、つかみ取りを終えたユリがアヤのもとにやってきた。アヤは、ユリに私の存在を視線でうながす。顔をしかめたユリは、無言でくるりと背を向けた。

「ごめーん、ちょっと時間なくなりそう。ケー番教えるから、また後で会おう？」

両手を合わせたユリが、男たちに頭を下げる。

「マジで？　せっかくいい感じだったんだし、このまま俺たちのホテルで遊ぼうぜ」

男その二が、あからさまに不満げな顔をした。

「うん、そうしたいよ。でも、夜にはまだ時間があるじゃん。あたしたち、ネイルの予約入れてんだよね」

また後で絶対電話するよ。ユリの言葉に、男たちは不承不承うなずいて去っていった。やかましいポップスの流れる店内で、私はその場に立ち尽くしている。

「のぞき見？　サイテーじゃね？」

棚の向こう側から回り込んできたユリが、私の隣をすり抜けながら囁《ささや》いた。

「マジウザい」

アヤはまた例のぼんやりとした表情に戻って、そうつぶやく。

私、一体何がしたかったんだろう。

公設市場に行って買い物をする間も、彼女たちのことが頭から離れなかった。こっそり後をつけるような真似をしたのは、確かに私が悪い。でも、あのまま放っておいたら二人はきっとあの男たちの泊まっているホテルに行っていただろう。初対面の女の子の腰に手を回す男の部屋だ。何もされずに帰れるなんてことはあり得ない。

(結果的に、悪いことはしてないと思うけど)

それでもどこか、後ろめたい気分がつきまとう。沈んだ気分のままいつもの露店に立ち寄り、頼まれた野菜を手にしておばさんに差し出すと、お釣りとともに声をかけられた。

「ネーネー、あんた今日元気ないねえ」

私のこと、覚えてくれたんだ。ちなみにネーネーというのは、こっちの言葉で「お姉さん」という意味だ。なんか、可愛い響き。

「そんなことないですよ。ただ、ちょっと陽にあたりすぎちゃって」

「あー、それはよくないねぇ。ビタミンCをとんなきゃ」

はいこれ、とおばさんは小さなミカンをおまけにつけてくれた。

「あ、ありがとうございます」

心がちょっとばかり弱くなっていたせいだろうか。おばさんの親切が身に染みた。私はぺこりと頭を下げると、重たい荷物を抱えなおしてホテルへの道を急ぐ。

(もし、私があの子たちの家族だったら)

あんな格好には絶対文句を言うし、そもそも言葉づかいや生活態度を根本から叩《たた》き直したくなるだろう。実際、妹が流行《はや》りのギャル言葉を使いはじめたときも、私は注意した。そりゃあ私だって数年前までは同じ年齢だったんだから、そういう雰囲気に惹《ひ》かれるのは理解できる。「ちょっと悪い感じ」というのは、いつだって格好よさげに見えるものだから。

「友達同士で使ってるならいいよ。でも、ずっとは使わないようにして。大学生になってまでギャル語使ってる人がカッコいい、とか思ってるなら別だけど」

私の言葉に、妹は頬をふくらませながらもうなずいてくれた。あの子たちには、そんなことを言う家族はいないんだろうか。それとも、いたとしても無視しているのか。

「……これ以上踏み込んで、どうするっての」

小さくつぶやいた拍子に、こめかみから汗がするりと落ちた。乾いた道路に出来る黒いシミ。私は軽く目をそらすと、再び歩き出した。

*

悪いことほどよく続く。これは世界史の先生が口癖のように言っていた台詞だ。悪天候は不作をまねき、不作は飢饉《ききん》をまねく。さらに飢饉は革命や戦争の大量虐殺をまねく。とんだマイナス思考だと思っていたけど、今私はそれを実感している。ていうか実感する羽目になっている。

目の前には、ほどよく冷えたアイスコーヒー。そしてその隣にはナッツ入りのクッキーがそえられている。ここは、市場のそばにある小さなコーヒーショップ。たまにはきちんとドリップされたコーヒーでも飲もうと、わざわざ国際通りを避けて私はこの店にやってきた。なのに。

(ライオン発見! ライオン発見!)

自分の中の危機感知システムが、警報を鳴らしている。狭いカウンターと屋外に出したテーブルのみのこの店に、けばけばしい原色の固まりが近づいて来たのだ。どう見てもあれはユリとアヤ。今日は市場近辺の香水店でもひやかしてきたのだろうか、手にはショッキングピンクの袋がぶら下げられている。

(なんでここに来るかなあ……)

カウンターの一番奥に座っていた私は、彼女たちが通り過ぎることを祈りつつ、サバンナの小動物さながらに身を潜めた。二人は今朝もフロントから死角になる階段を使って外出していたし、私の方だって昨日の今日では気まずすぎて顔を合わせたいとは思わない。幸い、私の隣には身体の大きな男性が座っている。私は彼をついたてがわりにして、そっと向こうを眺めた。

「アイスコーヒーとアイスオレのフロート。二つずつ」

悪いこと、絶賛リピート中。彼女たちは外のテーブル席に腰を落ち着けてしまった。しかも、今日も今日とて男連れ。

これでは退散したくとも、店を出るときに必ず見つかってしまう。そう考えた私は、仕方なく彼女たちが去るまで待っていようと思った。この店はあまり長居しやすいタイプではないから、あの子たちだってすぐに行ってしまうはずだし。

知らんぷりをすると決めたのに、耳だけはどうしても会話を拾ってしまう。でもそれは私のせいじゃない。彼女たちの声がでかいのだ。

「えー？　コンピューター系ってことは、今流行りのIT企業ってやつですかあ？」

「うん、まあそういうことになるかな」

「すごーい。最先端って感じ」

ユリが必要以上にはしゃいだ声を出しているのは、相手が金持ちだと思ったからだろう。社会人なら少なくとも、星砂の小瓶よりはいいものを買ってくれそうだ。

（ん？　ってことはあの後、昨日の男たちのホテルには行かなかったのかな？）

だったら私の行動もほどほど役に立ったのかも。そう考えると、少しばかり気持ちが救われた。

「二人は、夏休みだよね」

「うん。初めて沖縄に来たんだけど、ずっと二人だとごはんも飽きちゃう」

これはアヤの声だ。

「じゃあ、夕飯は皆で食べようか。もちろん、俺らがおごるからさ」

「マジで？　嬉しいー」

またか。はしゃぐユリの声を聞きながら、私はアイスコーヒーをずるずると吸い上げる。

「何か食べたい料理とかある？」

「特にないけど」

変わらずぼんやりとした受け答えをするアヤ。

「俺さ、すっごくうまい沖縄料理の店知ってるんだ。那覇からはちょっと離れてるんだけど泡盛とかの品揃えもいいし、どう？」

車で一時間くらいだし、レンタカーで送り迎えするからさ。明るさを装った声の中に、じわりと嫌な感じがにじむ。これだから男って奴は。

「どうしようかなー」

さすがのユリも、決めかねているようだ。ホテル内のレストランならまだ逃げようがあるが、車で連れ出されるのは危険だと考えたのだろう。

「普通に観光してたら、多分絶対行けないところだよ。ま、ユリちゃんたちが行かないって言うなら俺らだけで行くし」

「え……」

「お互い旅行中だからね、時間には限りがあるだろ。俺ら、もともとその店に行くのも目的だったからさ」

レア物だという強調と、あっさり相手を切り捨てる口調。この男たちは、昨日の若者より頭がいいぶんたちが悪い。

「どうしようか、アヤ」

不安な口調のユリが、アヤに声をかけた。

「どっちでもいいよ、あたしは。欲しいものさえくれれば」

欲しいもの。確か昨日の男もそう言っていた。私はその言葉の符合に反応して、思わず彼女たちの方を盗み見る。

「欲しい物さえくれれば、ってさあ。まるで物でつるみたいじゃん。俺ら、ワルモノじゃないんだから」

そういうのってどうよ？　と本日の男その一は明らかに不快そうな表情を見せていた。

しかし本日の男その二は、そんな受け答えをしたアヤに興味を持ったらしく、さらに質問を重ねる。

「まああ、ちょっと聞いてみようぜ。欲しい物がブランド品とは限らないんだし」

それはそうだ。ものすごく好意的な解釈をするなら、「欲しいもの？　あたしだけを好きでいてくれる彼氏」なんて答えもありだろうから。けど、そんな少女漫画的台詞をギャルに期待するのは無理だと思うけど。

しかし、その言葉を聞いた瞬間、アヤの顔が変わった。昨日見た、赤ちゃんみたいな笑顔だ。顔全体で、あなたが大好きって言ってる。二度目に見ても、やっぱりすごく可愛い。

当然、本日の男その二だって見事に釘付《くぎづ》けだ。

「ま、いいか。ブランドのバッグくらいなら、買っても」

おいおい。極端すぎる男の変化に、私はこっそり苦笑する。けれどアヤは、男を見つめたまま笑顔で首を振った。

「お金で買えるものじゃないの」

「じゃあ、なに」

熱に浮かされたような声で、男がたずねる。本日の男その一は、アヤの変化が信じられないように二人を見つめていた。しかしおかしなことに、先刻まで不安げな声を出していたユリは、妙に落ち着いた風情でアヤを眺めている。

するとアヤは、男に向かってグロスでぴかぴかの唇を開いた。

「あのね、子供」

「へ？」

「あたし、子供がたくさんほしい。くれる?」

何を言い出すんだ。男たちと私は、同じタイミングでそう思っていたはず。しかしアヤはまったく動じることなく、さらに続けた。

「結婚して。あたしと子供をつくって」

*

案の定、告白された本日の男その二は引きまくり、ユリとアヤはめでたくナンパ男たちから解放された。四人が立ち去った後、店を出た私は頼まれ物を買ってからホテルに戻る。

フロントの扉を開けると、どこからかオーナー代理が現れた。私は一瞬、彼に先刻のことを相談しようかと悩む。

(一応、仮にも責任者だし、お客さんとのことは報告しておいた方がいいかな。そもそも昨日のことなんて、トラブルに近いし)

しかし、次の台詞を耳にしたとたん、そんな気持ちはすっと冷めた。

「ぼくの頼んだアイス、買ってきてくれた?」

「買ってきましたよ。はいこれ」

アイスキャンディーの袋をばりばりと開けるオーナー代理は、たるみきった昼間の顔をしている。使えない。ていうか話す気になれない。

もともと不眠症だという彼は、日中の人格が使い物にならないのだ。しかしその反動から、夜の間は魔法が解けた王子様のようにまともな人間になる。二重人格みたいだけど、もし相談するなら少しでも人間らしい夜中の彼にするべきだろう。

「ところでさあ、ユリちゃんとアヤちゃんのことだけど」

「はい？」

いきなり、考えていることを見透かされたのかと思って私はどきりとする。

「すっごいかわいいよねえ。いっつもくっついててさ。あの二人、カラフルな小鳥みたい」

そんなかよわい生き物だったら、こんな苦労してませんけど。やはりオーナー代理といえども、男は男。ころっと騙《だま》されるもんだなあ。

そう考えた私は、彼の着ているアロハを見てため息をつく。最悪。今日の柄は、ハブで出来たストライプだ。

夕食を持ち帰りの弁当で済ませた後、私は仮眠をとろうとした。オーナー代理が冴《さ》えてくるのは、真夜中を過ぎてからだからだ。でも、昼間の件が気になって眠れない。私は冷たいジャスミン茶を片手に、壁にもたれた。

「子供が欲しい、結婚して」と言ったアヤ。そしてそれを冷静な表情で見ていたユリ。去っていった男たち。この三つを掛け合わせると、ある図式が見えてくる。

(アヤの決め台詞は、もしかしたらナンパ撃退の必殺技なのかな)

例えば二人はタダで食事をしたいとき、声をかけてきた男についてゆく。そしてその相手が安全牌《パイ》ならばその後もつきあい、危なそうな状況になったらユリがアヤに「どうする？」と合図を送る。するとアヤは例の台詞を口にするという流れだ。

いきなりそんなことを言われたら、たいていの男は気味悪がってそれ以上手を出しては来ないし、相手のプライドを傷つけるわけでもないから逆恨みの可能性も低いだろう。よくできた作戦、と言えなくもない。

でも、そんなことをしていて楽しいのだろうか。せっかく沖縄まで来たのに男との駆け引きをくり返すだけなんて、私から見れば旅行の時間を無駄遣いしているようにしか思えないけど。

(ゲーム、なのかなあ)

私が女子高生だったときにも、彼女たちのような振る舞いをしている女の子はいた。けど、昔も今も私には「そういうこと」が理解できない。

彼氏を欲しいとは思うものの、道で声をかけてくるような輩《やから》とはお近づきになりたくないし、合コンってやつもあまり好きになれない。頭が固いとか今どき古くさいとか自分でも思うけど、でも苦手なんだからしょうがない。前の彼と別れたのも、彼が私に内緒で合コンに参加していたからだ。

そもそも、「つきあうこと」を前提にしての出会いというのがどうも釈然としない。お見合いならいざしらず、よく知りもしない相手と恋人前提で関係をはじめるというのが納得できないから。

ときどき、自分は今の時代に合っていないんじゃないかと感じることがある。

周りの常識と自分の常識に隔たりを感じるのだ。

ケータイにテレビにパソコンに口コミ。「知っていること」と「うまくやること」が一番大事だよ、と始終誰かに言われているような気がする。

でも、私はうまくやることなんてできない。うまくやるために目をつぶるくらいなら、下手くそでもずっと目を開けてすべてを見ていたいと思うから。

私は自分の常識が間違っていない自信がある。だのになぜだろう、ときどき不安になる。もしかしたら、常識が正しくても、私の使い方が正しくないのかもしれない。そう考えると、次の一歩が恐くなる。まっすぐに見えていたはずの道が、途方もない数の分かれ道に見えてくるからだ。

どの道が正しいのか。それは莫大《ばくだい》な数の質問をくり返すロールプレイング・ゲームと同じ複雑さで、プレーヤーを悩ませる。

自信と不安はいつでも同じ重さで揺れている。この矛盾はなんだろう。常識に従って正しい行動をしていれば、悩まなくて済むと思っていたのに。

「正しい」ことはいいことだ。そう教えられてきた。だから正しさを守りたいし、他の人にも守ってもらいたいと思う。でも、それをしようとすると必ずどこかで嫌な顔をする人がいる。ていうことはつまり、私の方が間違っている？

ねえ。私の「正しさ」は、間違ってるのかな？

いつの間にか、壁にもたれて眠っていたらしい。しかし目覚ましを三時にセットした私を起こしたのは、アラームではなく人の声だった。なにやら外が騒がしい。時間は、午前二時。酔っぱらいだろうか。しばらく様子をうかがっていたけど、一向に移動する気配がない。

（これじゃうちのお客さん以前に、近所迷惑だ）

とりあえず状況を確認しようとドアを開けた私は、一番見たくないものを目にしてしまった。ホテルの前の道路にぺたりと座り込んで、ユリとアヤが酒盛りをしているのだ。

（未成年だったら、未成年らしくこっそり飲めっつーの！）

周りに散らばったビールの缶。だらしなく投げ出した足。手にはスナック菓子の袋が握られている。不幸中の幸いは、昼間の男たちがそこにいないことだろうか。

正直、何も見なかったことにしてドアを閉めたいと私は思った。一階にはオーナー代理の店もあるし、本当にうるさければそっちのスタッフが出てくるはずだ。それにまだ他のお客様からの苦情は来ていない。つまり、私がなんとかする必要はないということだ。

(関係ない。あの子たちが何をしてようと、もうあたしには関係ない)

心の中でそうくり返す。あとはドアを閉めて、鍵《かぎ》をかけるだけだ。しかし私の身体は、またしても脳みそを裏切る。細く開けたままのドアの向こうから、ユリの甲高い笑い声が聞こえてきた。うるさい。しかも、なんだか声の種類が増えてきたような気がする。思い切ってもう一度覗くと、ユリとアヤのそばに数人の人影が見えた。

(ちょっとちょっと……)

四人、いや五人の男たちが二人に声をかけている。だらしなく腰の下までずり下げられたパンツに、重ね着のタンクトップ。言葉のイントネーションからすると、彼らもまた他県からの観光客だろう。髪を金色に染めたのもいれば、鼻にピアスをしてるのもいる。人を見かけで判断してはいけないというけれど、夜中の裏通りで出会う相手としては、最低ラインの男たちだ。

実際、ユリとアヤもあからさまに迷惑そうな表情を浮かべている。というのも、男たちは最初から彼女たちにからんでいたからだ。それはナンパというよりも、もっと暴力的な何かを感じさせる。

小競り合いが生じた。

「おい、立てよ」

どっか連れてってやるって言ってんだろ。男の一人がアヤの腕を乱暴に摑《つか》む。

「やだ。放せよ」

「いいからこいって」

アヤと男の間に、ユリが割りこんだ。

「あんたたち、マジでウザいんだけど」

はあ？　と男が首をかしげる。

「まじでぇー、うざいんだけどぉー、だってよ」

ユリの真似をしてみせた男の周りで、下品な笑い声がどっと起こる。

「ウザいのは、この口だろ？」

男の手が、ユリの顎《あご》を摑む。

「はなせ、はなせよっ！」

もう、放っておこうと決めた。私はこの部屋から出ないのだと。なのにオーナー代理は一向に出てくる気配がないし、事態はどんどん切迫してゆく。

（どうしよう……警察？）

宿で警察沙汰《ざた》というのは、おそらく避けたいはずだ。でも、どうしても通報しなければいけなくなったときは、せめてオーナー代理に言ってからにしないと。そこではたと私は気づいた。悪いことはやっぱり、雪崩式につながってゆくのだ。いや、ここは沖縄だから津波式って感じ？

つまり、オーナー代理に連絡を取りたくても、あの店には電話がないということだ。もしどうしても彼を呼びたいなら、私がこの道の前を通って店に入らなければならない。なに、このロールプレイング・ゲームもびっくりの選択肢は。

「るっせーな。おい、いいかげんにしないと人呼ぶから」

私が逡巡《しゅんじゅん》している間に、男たちの声が凄《すご》みを帯びてきた。

（……ああ、もう、駄目じゃん！）

ギャルだってナンパ待ちだって、ご飯を残したってしょうがない。彼女たちは、うちのお客さんだ。それに、どんなに気にくわなくたって顔見知りであることに違いはない。

（知ってる人が痛い目に遭うのを見てるだけなんて、正しいはずがないし！）

そして私は、勢いよく扉を開けた。

＊

本当は、そのまま隣の店に駆け込み、オーナー代理とそこのスタッフを呼ぶつもりだった。けれど私の身体は、もう何度目か数えるのも嫌になるくらいの確率で、頭を裏切る。

（あれ？）

手に持ったジャスミン茶のペットボトルを、ユリを摑んでいる男に投げつける。新手の登場に男たちが動揺した隙に、私はユリの手を引き後ろにかばった。アヤはなにかの拍子に転んだのか、地面に座ったまま私を見上げている。

（バカバカバカ！　なにやってんの！）

なんだか、こっちに来てからというもの、私の頭と体は喧嘩《けんか》ばっかりしている。対人関係のリズムが狂いっぱなしで、おかしな感じだ。

「なんだ、この女」

ペットボトルが当たった男が、ゆらりと近寄ってくる。恐い。

「あんたたち、うるさいから近所迷惑なのよ。それにこの子たち、嫌がってるじゃない」

声が、震えないよう慎重に発音した。サバンナでは、怯《おび》えを見せたら負けだ。

「いいかげんにしないと、警察呼ぶから」

警察、という言葉でまた空気の色が変わった。ねっとりと暑い夜に立っているのに、なぜだか冷や汗が止まらない。摑んだまま離せずにいるユリの手にも、じっとりと汗が滲《にじ》んでいる。

「こいつ、先にやっちまおうか」

「それよか、持ち物検査だろ。ケータイとか持ってたら面倒だし」

じゃ、まず黙らせるか。そう言いながら男が近づいてきた。殴られる。そう予測しているにもかかわらず、私の足はこわばってぴくりとも踏み出せない。恐い。恐すぎて声も出ない。私はこんなにも臆病者《おくびょうもの》だったっけ？

（出なきゃよかった。それで警察に電話しときゃよかった。ホテルのことなんか、考えなきゃよかった）

後悔の念が頭の中で渦を巻く。せめて大声。大声を出せばいくら真夜中でも、起きてくる人がいるだろう。なのに、喉はからからに渇いて音を発しない。

万事休す。そう思って目を閉じた。


しかしパンチは、飛んでこなかった。

おそるおそる目を開けると、私を殴ろうとした男は口を開けたまま、私の背後を見つめている。一体、何があるというのだろう。

「お、君なかなか目がいいね。これがなんだかわかるんだ？」

聞こえてきたのは、楽しそうなオーナー代理の声。

「わかるに決まってんだろ。頭おかしいのか、お前」

「おかしいよー。だからちょっとでもうるさいと、すぐにこれ投げちゃいそうだ」

本来ならヒーロー登場、という場面なのだがどうにも緊張感にかける。しかし「これ」って何のことだろう。私はそうっと後ろをふり向く。するとオーナー代理は、なにやら手の中に丸っこい物を持っている。あれは……手榴弾《しゅりゅうだん》！

「おい、ふざけんな。そんなのホンモノのわけねえだろ」

比較的冷静な男が、オーナー代理に言い返した。それはそうだ。ここは沖縄。米軍払い下げ品の店で、空の手榴弾なんて腐るほど売っている。

「あ、ばれた？」

言わなきゃいいのに。私ががっくりと肩を落とすと、オーナー代理は私を見つめて片目をつぶった。へたくそなウインク。

「だったらちゃんとホンモノ出すよ。君、若そうだけどこっちはわかるかなあ？」

手榴弾をポケットにしまった彼は、もう片方の手に何かを持っていた。

「はあ？」

男が頓狂な声を出したのも納得だ。その手に握られていたのは、泡盛の瓶だったから。でも、よく見るとその瓶の口から白い何かが出ている。

「酒盛りでもする気かよ。マジで頭おかしいだろ、こいつ」

「ああ、やっぱわかんなかったか。ジェネレーション・ギャップを感じるねえ」

ため息とともに、オーナー代理はポケットからライターを取り出した。ヤバい。私はこれを、テレビで見たことがある。

「それ、火炎瓶……！」

「ピンポーン」

その返しも、絶妙に古くてダサいんですけど。

「知ってる？　泡盛ってさ、限りなくアルコール度数を上げられるお酒なんだよ。でも輸送のとき、アルコール度数が一定以上だと劇物扱いになっちゃうから、わざと度数を下げてるんだ」

「だから、なんなんだよ」

手の中の瓶がどうやら本物らしいと判断した男たちは、微妙に口数が少なくなっている。

「つまり、輸送を考えなきゃガソリンみたいな酒が造れるってこと。観光客には内緒だけど、ぼくの友人はそれを造ってるんだ」

これ、投げたら結構すごいよ？　オーナー代理がライターにかちりと火をともす。ものすごい笑顔。誰かがごくりと唾《つば》を呑み込む音がした。

「こいつ、ヤバい」

一人がそうつぶやくと同時に、男たちは後じさりをはじめる。

「お、覚えてろよ！」

お約束通りの捨て台詞を残して、男たちは暗がりに消えていった。後に残されたのは、ユリとアヤ、そして私とオーナー代理。不意に戻ってきた静けさの中、壊れかけた街灯だけがジージーと蟬のような音を発している。

「マジ、恐かった……」

私とつないだままの手をずるりと離して、ユリがアヤのそばにへたり込んだ。

「アヤ、大丈夫？」

もとから座ったままのアヤは、青ざめた表情でこくりとうなずく。

「うん。ユリは？」

二人は互いを杖《つえ》のようにして、よろよろと立ち上がる。私は、ユリと私の汗で濡《ぬ》れた手のひらをぐっと握りしめた。溶け合ってしまった汗。もう、遠慮なんてしない。

「あんたたち、心配かけるのもいいかげんにしなさいっ！」

濡れた手で打ったから、びしゃりびしゃりとにぶい音が二回。私はひりひりする手のひらのまま、呆然と立ち尽くす二人を見つめた。

「何が気にくわないのかわかんないけど、女の子が夜中にお酒飲んだりふらついたりするのはやめなさい！　あたしが嫌いならそれでもいいから、ちゃんとエレベーター使って、安全な時間に出入りしなさい！　でないと……」

あんたたちの親御さんに顔向けできない、と言おうとして私は口ごもる。違う。会ったこともない「親御さん」じゃない。私が本当に嫌なのは。

「でないと、あたしが心配なの！　気になっちゃうの！　だから危ないことしないでよ！」

長い沈黙。私は肩で息をしたまま、二人を見つめている。

「……こわかったんだもん」

不意に、アヤがぽつりとつぶやく。

「アヤ……！」

はっとした表情で、ユリがアヤの肩を抱く。それが引き金になったのか、アヤは激しく泣き出した。

「五時四十六分が、恐かったんだもん！」

子供のような手放しの泣き方。そんなアヤにつられたのか、ユリまでもがしゃくり上げはじめる。

「アヤは言わなくていい！　なんにも言わなくていい！　ぜんぶあたしが言うから！」

マスカラで目の周りを汚しながら、ユリはアヤを抱きしめた。そんな二人を前にして、私は困惑している。なんだろう、私、またやっちゃったの？

正義のつもりでふりあげた拳《こぶし》は、何か事情を抱えた女の子たちの頬を打つだけに終わったってこと？　そして彼女たちはライオンなんかじゃなくて、私こそが牙《きば》をむいた言葉の通じない野獣だったってことなのかな？

ぬらりと暑い夜の中で、私だけが冷水を浴びせかけられたように寒々しい気持ちのまま立ち尽くしている。

＊

こんこんこん。教室の先生がするように、オーナー代理が泡盛の瓶を叩いて私たちをふり向かせた。火炎瓶仕様だっていうのに、まったく。

「ところでみんな、喉渇かない？」

涙の筋をつけたまま、ユリとアヤがこくりとうなずく。

「じゃあさ、部屋は嫌だろうから、屋上に集合ね。ユリちゃんとアヤちゃんは未成年だから、バーに入るのもなんだし」

部屋に戻るのが嫌、ってどういう意味なんだろう。疑問に思ったものの、口を挟む雰囲気ではなかったので私もうなずいた。

「飲み物はぼくがデリバリーするから、柿生さんは二人と一緒に階段で登っててよ」

「え？」

「疲れてるだろうから、ゆっくりね」

こんなにふらふらな二人に、あえて階段を勧めるのは何故だろう。しかしユリとアヤは、その言葉に何かを感じ取ったらしい。

「ありがとう……」

アヤが小さな声で告げた。部屋にいるのが嫌で、階段しか使わない。私はてっきり夜遊び好きな上、フロントの目を盗んで外出しているのだと思っていたけど、そこには理由があるらしい。

(客室とエレベーターの共通点は、何？)

それは、密室であるということ。ということは、二人の内のどちらかが閉所恐怖症なのかもしれない。先刻の様子からすると、それは十中八九アヤの方だろうと思われた。

（でも、五時四十六分の意味がわからない）

二人を先導するように階段を登りながら、私は考えている。特定の時間が恐い、とアヤは言った。だとしたら、その時間にどこかに閉じこめられたりしたのだろうか。

屋上までは都合八階分を登らなければならない。後ろをふり返ると、二人は息を切らしながらゆっくりとついてくる。相変わらず華奢《きゃしゃ》なサンダルを履いているせいで、呑気な音が打ちっ放しのコンクリートに響いた。けてん、けてん、けてん。

階段を登りきると、頬に風を感じる。山登りをしていて、不意に頂上へ出たような爽快《そうかい》感《かん》。ふっと気分が切り替わった。

「そこ、座って休んでて」

段差のある場所を示すと、二人は大人しく腰を下ろした。寄り添う姿は、まるで十姉妹《じゅうしまつ》だ。

「今、タオル持ってくるから」

そう言い残して、私は階段を駆け下りた。七階に常備されているバスグッズのストックから小さいタオルを何本か引き抜き、水道の水で湿らせる。

「はいこれ。顔拭《ふ》いて」

汗と涙でどろどろになった二人の顔は、放っておけば明日の朝ひどいことになっているだろう。けれどユリは白いタオルを受け取ったまま、困り顔で私を見上げた。

「でもこれ……よごしちゃうし」

なんだ。日本語通じるじゃん。

「いいよ。明日業務用の洗剤で洗っちゃうから。気にしないで」

これは嘘。でも彼女たちに顔を拭いてほしかったから、あえてそう言った。ユリはしばらく悩んでいた風だったが、アヤがタオルに顔を埋めるのを見て、自らも使いはじめる。頬に流れたマスカラが落ち、グロスが落ち、厚塗りのファンデーションが落ちてゆく。その中から現れたのは、年相応の幼さを感じさせる女の子の顔だった。

(タオルを身代わりにして、生き返ったみたい)

素顔をじっくりと見つめてみれば、ユリは細めの眉《まゆ》と上を向いた唇が勝ち気そうな女の子で、アヤはといえば顔立ちは良いものの全体的に小作りな顔をしていた。

「こっちの顔のが可愛いじゃん」

思わず正直な感想を口にしてしまう。怒るかな、と表情をうかがうと意外にもユリが笑っていた。

「カレシの台詞だよ、それ」

「そう?」

「少女マンガの王道。女の子が水たまりに突っ込んだりして、顔を洗うしかなくなったときとか、そう言うんだ」

なるほど。私がくすりと笑うと、アヤもふわりとした笑みを浮かべる。そうか。この子、笑うと本当に魅力的になるんだ。

「さっき、叩いてごめん。痛かった？」

「やあだ。それもカレシの台詞っぽい」

おねーさん、男前だね。そう言ってけらけらと笑うユリは、どうやら私を許してくれるらしい。

眼下に広がる町の灯《あか》りを見ながら、私はちょっと泣きそうになっている。

「ちょっとちょっと、ぼくがいない間にずいぶんいい雰囲気だね」

いつの間に登ってきたのか、オーナー代理がトレーを手にして立っていた。さっきは興奮していたからわからなかったけど、よく見れば彼は昼間の怪しいアロハに替わって紺色のTシャツとカーキ色のワークパンツという、しごく真っ当な服装をしている。長めの髪が縁取る笑顔も、昼間とは違って実のある表情だ。そう。これが頼りになる「もう一人のオーナー代理」。

そして全員に、アイスレモンティーが配られた。緊張でからからになった喉を、冷たくて甘い液体がさわやかな香りとともに滑り落ちてゆく。

「小腹もへったんじゃないかと思って、こんなの作ったよ。よかったらつまんで」

はい、と手渡されたお菓子には見覚えがあった。くるりとシガレット状に巻かれたクレープ。

「ちんびん、ですか？」

「アレンジ版、てとこだけどね」

オーナー代理は穴の中を指さす。

「黒糖味のクレープに、中身は紅芋のスイートポテトと生クリームが入ってるんだ」

「へえ、おいしい」

原宿で食べるのよりおいしいね、とアヤがつぶやく。

「アンジー、やるじゃん」

ユリがそう言ってオーナー代理を尊敬の眼差《まなざ》しで見上げた。ん？

「アンジーって、誰のこと？　もしかして、オーナー代理？」

「そう。安城さんだからアンジーって呼ぶことにしたの」

やけに親しげ。ていうか、私のいないところでこの人たちはすでに会ってたってことだ。夜遊びをするユリとアヤに、不眠症のオーナー代理。出会わない方が、嘘か。

「おねーさんの名前は、なんていうんだっけ？」

「え、柿生。柿生浩美だけど」

「じゃあカッキー？　それともヒロリンかな。どっちがいい？」

せめて「リン」はとってほしいんだけど。私が力の抜けた声でお願いすると、アヤが細めのちんぴんを葉巻のように構えて言った。

「じゃ、男前だからヒロさん。決まり」

「はは。なんか板前みたいだね。かっこいいなあ」

無責任にウケている「アンジー」を、私はじろりとにらむ。すると彼はにっこりと笑って、もう一本ちんびんを差し出した。

ま、食べますけど。

＊

「さてと」

二本目のちんびんを私がくわえている横で、オーナー代理が立ち上がった。

「どうしよっか。ぼくは君たちが夜更かしする理由がわかるんだけど、ヒロさんはわからない。話す？　話さない？」

ユリとアヤは、つかの間顔を見合わせる。アヤが軽くうなずくと、ユリもうなずき返した。

「いいよ、でもアンジーが話して」

ユリの言葉に、今度はオーナー代理がうなずく。

「柿生さん、うすうすわかってるとは思うけど、ユリちゃんとアヤちゃんには部屋にいたくない事情があるんだ」

「それは、エレベーターを使いたくないってことと同じ理由ですよね」

閉所恐怖症だから。私がその単語を口にすると、アヤが驚いたように息を呑んだ。当たっているらしい。

「さすが柿生さん、じゃあそれに五時四十六分を足したら、なんになると思う？」

その時間が恐い。確かアヤはそう言っていた。ということは、五時は夕方ではなく午前ではないか。

「朝早くに、閉じこめられた？」

ユリが、真剣な表情でうなずく。エレベーターに閉じこめられるなんて、よく災害のときに耳にする話だ。例えば……。

（地震？）

脳裏に閃《ひらめ》く風景があった。横倒しの高速道路。あちこちから上がる黒煙。朝起きたら、テレビの中ではそのニュースで持ちきりだった。あれは確か、早朝に起こったはず。

「阪神淡路《はんしんあわじ》大震災……！」

思わずもれたつぶやきに、アヤが深く頭を垂れた。その青白い横顔に、輝くものがひとすじ流れている。

＊

確かあれは、もう十年くらい前のことだ。ということは、アヤはまだ小学校に入るか入らないかといった年齢だったはず。

「アヤはね、小学三年生のときにこっちに越してきたの」

つらそうな表情のアヤにかわって、ユリが説明してくれた。

「地震にあったのは小一のときだけど、一年間、休んでたんだって。その、両親が……」

言葉につまるユリの後を、アヤが引き取った。

「両親が、死んじゃったから」

「アヤ」

「大丈夫だよ、ユリ。この人たちになら、話せる」

安心させるように笑って見せてるけど、涙はアヤの頰を流れ続けている。

「あの朝。一九九五年、一月十七日の午前五時四十六分。あたしはすべてを失ったの」

古いマンションの一室に、彼女は両親と三人で川の字になって寝ていた。そして明け方、異常な音と揺れに気づいた両親は、とっさにアヤを抱えてユニットバスに放り込んだ。築四十年を超えていた建物の中では、はめ込み式の風呂場《ふろば》だけが丈夫そうな場所だったから。

「でも、あたしがバスタブに入った瞬間、天井が落ちてきた。あたしをお風呂場に投げ入れてくれたパパの手は、歪《ゆが》んだドアに挟まれたまま、ゆっくりと動かなくなった。ママは、アヤをお風呂に！　って叫んだ声が最後。姿も見えないまま、永遠に会えなくなった」

そして、両親の判断は正しかった。大きな揺れがおさまった後、すべてが崩れ落ちたマンションの中で、唯一アヤの入ったユニットバスだけが瓦礫《がれき》の中から掘り起こされたのだ。ひしゃげた風呂場の中で生きていた子供を近所の人は奇跡だと喜んだが、しかしそれは翌日の夕方のことだった。

「パパの手が動いている間、あたしはずっとパパのことを呼び続けた。パパは、指をキツネの形やVサインにしてあたしのことをはげましてくれてたの。でも、時間がたつにつれてだんだん指の動きがゆっくりになっていった。恐くて悲しくて、パパの指が止まりそうになるたびに、あたしは叫んだ。そうすると、目が覚めたみたいに指がまた動いたの」

やがてその指が完全に動きを止めても、アヤは父親の名を呼び続けた。やがて夜が来て、瓦礫の中に残酷な暗闇が訪れる。

「真っ暗で狭い部屋で、息をしてるのはあたし一人だけ。寝巻きのままだから寒くて寒くてどうかなっちゃうと思った」

こわいさむいくるしいたすけて。パパ、ママ、パパ、ママ。一昼夜叫び続けたアヤの声を聞いたのは、通りの向かいにある家の住人だったという。そして救出されたアヤは、ショックのあまり一年ほど休学した後、関東に住む親戚《しんせき》にひきとられた。

「それ以来、狭いところには入れなくなったの。あと、地震のあった時間になると目が覚めるから、いっつも寝不足」

へへ、と舌を出して笑うアヤ。私はそんな彼女を、まっすぐに見ることができない。涙と嗚咽《おえつ》が溢《あふ》れて、止まらなかったからだ。震える私の肩を、オーナー代理が軽く叩く。

ユリはそんなアヤと小学校で知り合って以来、行動を共にしてきた。林間学校で眠れないときには一緒に起きていて話し相手になり、外出時にはエレベーターではなく階段を選んで移動した。どうせ眠れないなら、夜遊びを楽しめばいいと言ったのもユリだ。

「あたし、ユリがいたからどうにかやってこれてるんだ。今回沖縄に来たのだって、あたしが寒いのも恐い、って言ったからだし」

眠れないことも、あの時間の閉所が恐いことも、すべて前向きに転化してきた。その結果がギャルっぽい行動だったということか。

「ごめん。あたし、本当にあんたたちのことわかってなかった。それで勝手に決めつけて、ひっぱたいたりして」

私は立ち上がって、二人に深く頭を下げた。

「いいよ。あたしらだって階段散らかしたり、さっきみたいな騒ぎ起こしちゃったから」

これでチャラね、とアヤが鼻をかみながらもごもご言う。うなずく私に、ユリが何かを投げてよこした。

「ヒロさんにあげる」

夜目にきらりと光るのは、星砂入りの小瓶。土産物屋でつかみ取りをした中の一本か。

「そんな死骸《しがい》の入った瓶、嬉しいもんかねえ」とオーナー代理がうそぶく。

「死骸？」ユリが眉をひそめた。

「そうだよ。星砂っていうのは、サンゴ虫が死んだときに残る骨みたいなものだからね」

てことは、星砂の浜って死骸の浜？ 夢がないにも、ほどがある。そういうの、知ってても言わないのが大人のつとめってやつじゃないかな。

「げ、気持ち悪い」とユリが自分の分の小瓶を指でつまんだ。しかしオーナー代理の言葉を聞いたアヤは、自分もそれをポケットから出して、愛《いと》おしそうに手で包み込む。

「あたしはずっと持っててあげる」

両親の骨が入った骨壺を見るように、アヤは星砂の小瓶を見つめている。そのうっとりとした表情には、どこか心のバランスを失ったような危うさがあった。ユリはそんなアヤを、痛々しそうな目で見つめている。

「いのちは儚《はかな》いからね」

ふわりとアヤが笑った。それはあの男たちに見せた微笑み。何度見ても、思わず引き込まれそうになる。

「いのちは儚いから、あたしは早く結婚して妊娠したい。それでたくさん子供をつくるの。あのときいなくなった人たちの分まで、たくさん」

そのとき、私は唐突に理解した。アヤがわざとナンパにひっかかる意味を。

「もしかして、アヤはそうやってずっと結婚相手を探してるの？」

私は小さな声で、ユリにたずねた。

「ていうか、男に質問しないではいられないみたい」

ねえ、欲しいものをくれる？　あたしが欲しいのは、たくさんの子供。それに家族。だからあたしと結婚して？　若ければ若いほど、男が逃げ出したくなるような台詞。こんな聞き方をしていたら、いくらたずねても答えは返ってこなかっただろう。

「ま、そのおかげで変な男にも引っかからずにすんでるんだけど」

アヤの心にぽっかりと空いた深い穴。いつかそれを埋めてくれる王子様は現れるのだろうか。

「早くつくりたいな」

誰に言うでもないアヤのつぶやきが、悲しかった。

「つくればいい」

そんな中、まるで天の声みたいに唐突な言葉が降ってくる。オーナー代理はアイスティーの残りをぐっと飲み干してから、アヤをまっすぐに見つめた。

「子供なんて、いくらでもつくったらいい」

「え？」

夜風に長髪がなびき、その間から不思議な色の瞳《ひとみ》がのぞく。

「でも、その前にあんたはあんたをつくらなきゃ」

「あたしが、あたしを……？」

「そう。だってあんたはまだ、子供だから。お父さんとお母さんに守ってもらった、あの朝の子供のままだから」

アヤの中で止まったままの時計。だからこそ彼女は、子供の笑みを浮かべることができたのだろう。

「午前五時四十六分に目が覚めるなら、そこからはじめればいい。あの朝とは違う一日が毎朝はじまってるってこと、あんたにはちゃんとわかってるはずだよ」

ぼくにはまだわからないけどね。そう言ってオーナー代理は小さく笑う。

「出口のない時間をくり返すのはつらいさ。でも生きてる限り、時間は流れてる」

夜と昼を行き来するオーナー代理。彼の中にも、止まったままの時計があるのだろうか。

「さびしさで空っぽになってる部分を、きちんと埋めること。そうしないと、子供は悲しみの産物になるよ。だからあんたは、強くならなきゃ」

「強くって、どうやったらいいかわかんない」

震える声で、アヤがつぶやく。オーナー代理は彼女の頭を軽く撫《な》でながら続けた。

「簡単だよ。順番を逆にすればいい」

「え？」

「結婚や子供っていう目的優先で相手を探すんじゃなくて、大好きになった人と結婚すればいい。そうすれば、子供は愛の産物になるから全部ハッピー。違うかな？」

彼の言葉に、いつしか私まで納得していた。そう。「つきあう」目的で相手を探すんじゃなくて、好きになった相手とつきあえばいいんだ。

それはきっと、正しい順番なのだから。

＊

翌朝、控えめなメイクで階段を下りてきた二人はきちんと朝食を食べた。ポークってハムとどう違うの？　とかアーサって海苔《のり》？　などとはしゃぎながら。

「ヒロさん」

やがて食事を終えた二人が、フロントにやってきた。

「会計、してくれる？　あたしたち、今日帰ることにしたんだ」

寂しそうな顔で、ユリが蛍光グリーンのウォレットを取り出す。

「そっか、残念。でもまた来なよ」

電卓を叩く私に、アヤが笑いかける。

「うん。また来るために、帰ることにしたから」

「え？」

「あたしたち、がんばってバイトして、もっともっと長くいられるようにお金貯めてくるから。そしたら、また会ってくれる？」

もしかしたらそのとき、私はこの場所にいないかもしれない。そもそもこの夏が終わったら、私とて家に帰るのだから。でも。

「もちろん、待ってるよ。でもワリがいいからって、危ないことはやっちゃ駄目だよ」

「あは。やっぱ男前だ」

ユリがけらけらと笑う。今日も今日とて原色のギャルたち。でもいつの間にか、私の妹たち。

昼前に宿を発《た》つとき、ユリが泣きながら私にタックルしてきた。その衝撃を力の限り受け止めつつ、小さな身体を抱きしめた。骨が細いな。

「ヒロさん、ユリの理想の王子様だったみたいだね」

くすりと笑いながら、アヤがそんな私たちを眺めている。

「いやいやいや。ていうかあたしだって、かよわい女子ですから」

「ユリ、自分を守ってくれて、本気で叱ってくれるカレシが理想だって」

「カノジョですから、マジで！」

女の子に本気で抱きつかれる私を、宿の入り口からクメばあとセンばあ、そして他のお客さんが面白そうに眺めている。

（……駄目じゃん！）

私だって彼氏募集中なんだっての！　という心の叫びは、あとでサキへのメールに書くことにしよう。オーナー代理は、あんなにカッコいいことを言ってたくせに姿を現しもしない。まあ、昼間の彼に戻ってしまったということか。

何度もふり返りながら手を振る二人。もうあの「けてん、けてん」を聞くこともないんだな。うら寂しい気持ちになった私の背中を、センばあがつつく。

「ひぃろちゃん、情が深いね。いいことよお」

隣でクメばあが、「イチャリバチョーデー、だからさあ」と笑う。

イチャリバチョーデー。行き交えば兄弟。

意味は、袖振《そでふ》り合うも多生の縁、みたいな感じ。

きっとそれは「正しさ」の先にあるもの。

正しさを越えて、私があの子たちとつながったように。

＊

夜、サキからのメールを読みながら私は階段に腰かけている。

『ヒロちゃん、私は王子様を見つけたみたいだよ』

そう結ばれた文章に、思わず吹きだしてしまった。

ていうかサキ、私は王子様になりそうだったんだよ。しかもそばにいる男ときたら、王子様から「う」を抜いた人だけ。ロマンスのかけらもないけど、でもここは悪くない。なにしろ、チャンポンでちんびんで大盛りなんだから。わけがわからない？　わからなくてもいいよ。笑ってくれれば。

メールの返信を打っていると、見知らぬアドレスからメールが届いた。私は脇に置いたペットボトルのさんぴん茶をごくりと飲みつつ、それを開く。

こちゃこちゃした絵文字だらけの、暗号みたいな文章が制限文字数一杯に詰め込まれている。ユリとアヤからだ。苦笑しつつ、スクロールしてゆくと最後はこんな文で締めくくられていた。

『ヒロさ↓ん、大好き♥』

私はちょっとだけ泣いた。でも、これは絶対に秘密。

だって私、男前なんだから。

等価交換

夏も後半に差しかかり、ここ沖縄にも季節の変わり目が近づいていきていた。気温にはほとんど変化がないのだけれど、ときおり強くて湿った風が吹き抜けてゆく。

「洗濯物、大丈夫かな」

私は仕事の手を止めて、ふと窓の外を眺めた。右手には雑巾《ぞうきん》、そして左手には住居用洗剤のボトル。ちょっとでも時間が余ると、つい拭《ふ》き掃除をしてしまう。貧乏性の長女体質は、今日も健在だ。

ホテルの五階から下りてきたら、カウンターの脇に大きな段ボールが積み上げられている。宅配便が届いたのかと思い、伝票を探しても見当たらない。

「あの、これ何かわかりますか?」

私はフロントにある自動販売機の前に佇《たたず》むおばあさんに声をかけた。右手の甲に大きなほくろが見えているところを見ると、クメばあだ。

「ああ、それならさっきお客さんが車から降ろしてたよ。えーと、田中さんとかいう人ねえ」

「じゃあとりあえず置いといて、ってことでしょうか」

「んー、多分そうだと思うよお」

がしゃこん。出てきたジュースの銘柄を見て、私は目を丸くする。コーラのロング缶。

「それ、誰が飲むんですか？」

近くにお孫さんでも来ているのかと思ってたずねると、クメばあはいきなり笑い声を上げた。ひやっ、ひやっ、ひやっ。

「なあに言ってんのよお。自分で飲むに決まってるさあ」

「えっ……」

「センばあはセブンナップのがいいってゆずらんけど、あたしはずっとコークが好きさー」

絶句したままの私に、クメばあはたずねる。ヒロちゃんはどっちが好き？

「ええっと、あたしは……」

ああいうジュースは歯に悪いから飲んではいけない、という世間の言葉を信じて生きてきたこの人生。そもそも私の選択肢の中には、コーラもセブンアップも入っていなかった。

「ぼくはドクターペッパー派だよ」

あくびをしながら、オーナー代理がフロントに姿を現す。ていうかドクターペッパーって、そういうジュースの中でもかなり怪しい味のやつじゃなかったっけ。

「チェリーコークね。あたしもたまに飲むさあ」

「おお、同志」

ひやひやと笑い合う二人を見て、私はがっくりと肩を落とす。

(あんたたちはアメリカ人か!)

ホテルジューシーは、今日も気の抜けた笑いに満ちている。

＊

沖縄の食生活が微妙にアメリカっぽいということは、ガイドブックなどで事前に知っていた。米軍の基地と長い時間を共にしてきた土地だから、それは当然のなりゆきかなと私も思う。でもふと疑問に感じるのは、地元チェーンのハンバーガーショップやアイスクリーム店、それにステーキハウスの多さだ。那覇の街を歩けばあちこちで出合うそれらの店は、観光客だけでなくなぜか地元の人々でも賑《にぎ》わっている。

(……なんていうか、肉好き? それとも脂好き?)

長寿県で、健康的なイメージとは対極にあるもう一つの「オキナワ」。そんな相反する部分こそが、観光客には魅力的に映るのかもしれない。

けれど——。

「あい、フレンチフライ買ってきたさあ」

センばあがファーストフードの袋を提げて帰ってくると、二人はさっそく厨房《ちゅうぼう》の側にある小上がりでそれを食べはじめた。

（……あり得ない）

高齢者がポテト片手にコーラを飲んでいる姿は、私の中の「お年寄り像」をものの見事に裏切っている。それに第一、そういったものを食べていても健康で長生きしていること自体が信じられなかった。

「ぼくにもちょっと下さいよ」

フロントに置いてある無料のジャスミン茶を片手に、オーナー代理がポテトに手を伸ばす。

「ひぃろちゃんは？」

センばあの声に、私は力無く首を振る。

「ちょっと今、書きものをしてるからいいです」

宿泊予定表のチェックをしながら、私は部屋の割り振りを決めていた。紙の中にぽつりぽつりと浮かぶ空欄。それが妙に寂しくて、私はふっと小さな息をつく。八月も終わりに近づいたせいか、お客さんの数がようやく落ち着いてきたのだ。

（お祭りが、終わっちゃったな）

超ハイシーズンの宿屋でバイト。それを嫌う人も多いけど、私はもともと空き時間を潰《つぶ》すのが苦手なタイプだから、そんな状況も結構楽しかった。朝から晩まで走り回り、夜には何かを考える暇もなく眠りに落ちる。自分自身に思いを馳《は》せる余裕がないというのは、なんと心安らかなことなのか。

フロントは連日大賑わいで、ツアーの集合や解散、そして待ち合わせをする人などでごったがえしていた。そんな中、オーナー代理は「ぼくにはとても耐えられない」とだけ言い残して、隣の店にこもりっきりになった。しかもその店はお盆の間中、閉まっているという体たらく。

「だって一番混んでるときって、わけのわからない店にも観光客が入ってくるからさあ」

「はい？」

「だからあ、街が混んでるとさ、観光客が広い範囲でうろうろするでしょ？　それでもって、探検気分でうちみたいな店にも入ってきちゃう人がいるんだよ」

まがりなりにも店なんだから、「入ってきちゃう」という言い方はいかがなものか。

「ほとんどは入り口から覗《のぞ》いて帰っちゃうんだけどさ、中には臆《おく》さないタイプの観光客や放浪志向の若者とかもいて、語りかけてくるわけ」

そういうの、嫌じゃない？　と言うオーナー代理の言葉に私は黙って眉間《みけん》に皺《しわ》を寄せた。わかってる。この人がどういう人なのかは、もう充分にわかっているのだ。

「じゃあそのかわり、電話番くらいして下さい」

嫌がるオーナー代理にネックストラップつきの携帯電話を押しつけ、私はハイシーズンのホテルを駆け抜ける。タオルがないだの、コップを割ってしまっただのという小さなことから、ツアー会社から連絡が来ないとか、離島行きの飛行機が飛ばないなどの大ごとまで、雨あられと降りそそぐアクシデント。それを一つ打ち返すごとに、自分の中でポイントがちょこっと上がる。もし私がゲームの主人公だったら、今頃頭上にはかなり大きな「経験値」ってやつが表示されているに違いない。

さらにクメばあとセンばあ、そして比嘉さんとの連携がスムーズに運んだ日は、とりわけ気分良く眠りにつくことができた。もしかしたら、私には宿屋を切り盛りする才能があるんじゃないのか。そんな自惚《うぬぼ》れを抱いてしまうほどに。

しかし今は。

「うーん、やっぱりポテトは揚げたてだよねえ」

指を舐《な》めながら、オーナー代理が呑気《のんき》な声を上げる。

宿泊表には空き室が二部屋。しかも滞在者は長期型で、手のかからなそうな旅慣れたお客さんばかり。またもや姿を現しつつある、空き時間という名のおばけ。祭りの後の寂しさに乗っかってやってきたこいつは、今までになく手強《てごわ》い感じがする。

*

「あのう、すいません」

声のした方を見ると、ガラス扉を開けて一人の中年男性が入ってきた。ちょっと頭頂部は寂しいけど、昔風のサマースーツがよく似合って優しそうな感じの人だ。

「いらっしゃいませ。ご予約の方ですか？」

「はい、田中といいますが。さっきそこに荷物を置かせていただきました」

大きなハンカチで汗を拭きながら、田中さんと名乗る男性はカウンターの脇に積まれた段ボールを指さす。私はとっさに予定表の空き部屋を見つめた。大丈夫。大きめでエレベーターに近い部屋が残っている。

「お仕事か何かですか？」

「ええ、ちょっと骨董《こっとう》というかアンティークを扱ってましてね。よかったら部屋に持っていく前に、お目にかけましょうか」

「え？　そんな……」

結構ですよ、と私が制止する間もなく、田中さんは一番上の箱を床に下ろした。物見高い二人のおばあさんとオーナー代理は、いつの間にか側に来て箱の中をのぞき込んでいる。

「あい、古い物だねー」

「でもごちゃごちゃに入ってるよぉ。傷ついたりしないのかねー」

クメばあとセンばあの言うとおり、箱の中には雑多な品々が適当に放り込まれていた。掛け軸っぽい巻き物に、正体不明のキャラクター人形、それに怪しげな壺《つぼ》。この入れ方からすると、大して値の張る物はないのかもしれない。

「ごちゃごちゃなのは、ついさっき手に入れてきた品々だからですよ」

「ついさっき？」

「ええ。古いお宅を取り壊すというんでね、とりあえずそこにある物をざっとかき集めてきた次第で」

　これは私もテレビの番組などで見たことがあるが、古物商の人たちは持ち主が家ごと処分をしてしまうとき、田中さんのように馳せ参じて、そこにある物品を一山いくらで買うことがあるらしい。その中に本物の骨董が混じっているかどうかはある種の賭《か》けだけど、解体の進む現場ではゆっくりと品を選《よ》り分けるわけにもいかないのだ。

「普通の蔵や所蔵品の整理を頼まれるよりも楽しいんですよね、こういうのって。さてここにどんなお宝が隠れているのか、そう考えるとわくわくしませんか」

　小さな鳥の置物をそっと持ち上げて、田中さんは微笑む。

「それ、可愛いですね」

　優しい水色をした焼き物の小鳥は、掌にすっぽりと収まるほどのサイズで、しかもどこか間が抜けた表情をしている。彩色の段階で筆が滑ったのかもしれないが、それが逆にぽかんとした愛らしさをつくりだしているのだ。

「おや、あなたはものを見る目があるようだ」

　いきなりそんなことを言われて、私はどきりとした。大体柿生家は、骨董とかアンティークなんて代物とは無縁の生活を送っている。飾り物を買う余裕があるなら、夕飯のおかずを一品増やしなさい。そういった家風のもと、私は育ってきたのだから。

「見る目、ですか」

美やゆとりといったものにお金を払う思想がない私に、そんな目があるとは思えない。けれど、悪い気はしなかった。

「これは多分、名のある陶工が作ったものだと私は思います。しかし箱も銘もないから、こんな扱いをうけているのでしょうね」

「じゃあ本物ってことですか」

もしかしたら、普段そういうものを見慣れていない人の方が真実を見抜くのかもしれませんね。田中さんは小鳥を見つめながら静かにつぶやく。

「ともあれ、こうして私と出合った物たちを、私は次の誰かに出合わせてやる。これは、そんな巡り合いを待つ宝の箱なんですよ」

（……クサい。ていうかサムい？）

ちょっとドリーム過剰な田中さんの台詞《せりふ》。でも彼の物に対する愛《いと》おしげな表情を見ていると、そんなことを考えた自分の心が汚れているようにも思えてきた。しかしそんな中、オーナー代理はまたしても信じられない言葉を口にする。

「でもさあ、ぱっと見た感じはゴミっていうか、汚いよねえ」

あんたには気づかいというものがないのか。私がきっとにらみつけると、オーナー代理は怯《おび》えたようにポテトをぱくりと口に入れた。そう。口を閉じていればいいんです。

重い段ボールを抱えた田中さんのため、私は一緒にエレベーターに乗り込んだ。五階の一号室は、グループ用としても使える広めの部屋だ。二往復してすべての箱を運び込んだ田中さんは、扉を押さえていた私に向かって頭を下げる。

「ありがとう。荷物のせいでもっと狭苦しくなるかと思っていました」

「今は少し空いてますから、融通がきくんです」

それがこういうホテルの良いところですね、そう言って田中さんは汗だらけの顔を拭《ぬぐ》いながら笑った。つられて私も笑顔になる。

「どうぞ、ごゆっくり」

フロントに戻ると、すでに三人の姿はなかった。おやつを食べ終えたクメばあとセンばあは、家に帰ったのだろう。そこはかとなく漂うポテトの香りに、私はユリとアヤを思い出す。

(あの子たち、ちゃんとしたごはん食べてるかな)

ファストフードばかり食べていた二人の少女。しかし私にとってポテトやハンバーガーは、どうしても食事だと思えない。おやつというか、ひらたく言ってしまうと「ちゃんとした食事の代打」みたいな感じなのだ。

(こういうこと言ってるから、年寄りみたいだって笑われるんだよね)

＊

朝起きたら、生ぬるくて強い風が吹いていた。表に出て空を見上げると、ごうっという音とともに髪が真横になびく。

「もうすぐ台風の季節だからね」

オムレツ風にまとめた卵に「ポーク」と呼ばれるハムのようなものを添えて、比嘉さんは私に差し出した。「缶詰開けただけじゃないですか！」と叫び出したくなるようなメニューだが、これは「ポーク玉子」といってれっきとした沖縄の家庭料理だという。ちなみに「ポーク」はそれを発売している会社のブランド名などで呼ばれることもあり、その場合は「スパム」や「ランチョンミート」などが一般的だ。

「台風は、確か九月がメインなんですよね」

「そうね。でもちょっと前後したりもするから、気をつけるにこしたことはないけど」

はいスープ、と渡されたお椀《わん》を見て私は二度びっくりする。これって、キャンベルの缶開けて水で薄めただけじゃないですか！　驚愕《きょうがく》の表情を浮かべる私に、比嘉さんは苦笑しながら説明してくれた。

「あのね、ポーク玉子とクリームスープっていうのも、代表的な朝食のメニューなの。あたしもなんだかなあ、とは思うんだけどね。それもまた沖縄だからねー」

「はあ、そういうものなんですか」

「うん。さすがにもうちょっと手を加える人も多いよ。スープに野菜入れたり、卵の形を変えたりして」

「うーん……」

何をどうすると、こういうメニューが生まれるのだろうか。それにしても、ここまでくるとむしろ主食がご飯であることの方が不思議な気がする。

雨よりも風が心配だったので、私は朝食を食べ終えると早々に屋上へ向かった。今日の朝日で乾くことを期待して、自分の服を干しっ放しにしてしまっていたのだ。

「うわっ」

吹きっさらしの屋上に出たとたん、Tシャツが顔に巻きついて息が止まりそうになる。風を避けようとしても、のっぺりとしたコンクリートの屋上には隠れるような場所などない。あたりを見回すと、重しで固定された物干しが軽くしなって揺れている。

（本当の台風がきたら、きっとすごいことになるんだろうな）

そうしたら洗濯物どころか、植木鉢くらいは軽々と飛んでいってしまうはず。だからこっちの建物は飾りや看板が少ないのかな。私は那覇の街にコンクリートで打ちっ放しのビルが多い理由が、なんとなくわかった気がした。お洒落《しゃれ》な屋根や看板をつけても、風で飛ばされてしまっては意味がないのだ。古いタイプの家なら屋根が低い位置にあるからまだしも、二階以上の高さでは、上をフラットにするのがベストなのだろう。

どんなことにも、それなりに理由があるものだ。気候と建物の関係を詳しく調べれば論文が一本書けるかもしれない。私は街並みを眺めながら、ふとそんなことを考えた。

（ああもう！　そうやって必ず「もと」を取ろうとするのがいけないんだってば！）

サンドイッチを作ったらパンの耳は揚げて妹のおやつに。アイロンの余熱ではもう一枚ハンカチをのばして。ついでに弟を叱るときは、お風呂《ふろ》の掃除が交換条件。家事に追われる日々の中では、所帯じみた習慣がごく自然に身についてしまう。

そんな生活を送ってきた私には、どだい余暇を味わうゆとりなんかないのだろう。でも、だからといって何もしない時間を楽しむこともできない。

(私、一生こんななのかな)

いっそ吹きつける風がすべてを奪ってくれたら。そんなことを思った瞬間、私の手からタオルがもぎ取られた。

「あ!」

風に乗って飛んでゆく白いタオルを見つめたまま、私は呆然《ぼうぜん》と屋上に立ち尽くす。

＊

天気予報では台風にはならないと言っていたけど、それでも先に買い物を済ませておこうと午前中に街へ出た。今日は出入りするお客さんも少ないから、フロントはオーナー代理でもなんとか務まるはずだ。

狭い路地を、ときおりごうっと音を立てて風が通り過ぎてゆく。生ぬるくて湿気を含んだ風はただの空気にしてはやけに重たく、どしりとした質量が感じられた。そんな天気のせいか街角にはいつも顔を出す野良猫の姿もなく、ただ魔除《まよ》けの石敢當がじっと佇んでいいる。からっと晴れた南国というよりは、アジアの昔話を彷彿《ほうふつ》とさせるじめっとした不思議な雰囲気。私がぺろりとおばけに呑《の》み込まれても、誰にも気づいてもらえないような、そんな感じ。

「まあ、こんなのはまだ台風じゃないさー」

天気を気にする私に、島豆腐《しまどうふ》を売っているおばさんはにっと笑いかけて上を指さす。

「だってほら、そういうときのためにここには屋根がついてるんだよー？　だからネーネーも、安心して買い物にくるといいさー」

なるほど。公設市場を中心としたこの長いアーケードは、てっきり日よけのためだと思っていたけど、実は台風を避ける意味もあったんだ。

(色々わかってくると、景色が変わる感じがするな)

松谷さんに連れられてきたときは、屋根のせいで薄暗い市場が怖かった。アジアっぽい野菜に、日本語にすら聞こえない方言を話す人々。でも今はそんなおばさんに平気で「ゴーヤーとチキナー一つずつ」なんて言えるようになった。それが、ちょっと嬉《うれ》しい。

生ものを冷蔵庫にしまっていると、フロントの方から声がする。

「あのう、すいません」

慌ててカウンターに向かうと、そこには田中さんが立っていた。手には部屋の鍵《かぎ》。お出かけだろうか。

「お待たせしました。キーをお預かりします」

「あ、いえ。そうじゃなくて」

困った顔で田中さんは首を振る。

「実は急に仕事の話が入ってしまったんです」

「宿泊のキャンセルですか？」

カレンダーを見ると、田中さんは一週間の滞在予定だった。しかし彼は、その問いにも首を振る。

「仕事は沖縄本島なんですが、那覇からすごく離れた所なんです。だから今日から三泊だけキャンセルにして欲しいんです。荷物は置いていきますから、必ず戻ってきます」

その申し出に、私は一瞬悩んだ。前金をお願いすべきなのかどうか。

（前金制だって書いてあるならまだしも、いきなり言い出すのも失礼かな）

田中さんはすでに二泊しているけれど、このまま泊まっていればチェックアウト時の精算だったはずだ。荷物は置いていくというのだし、それを考えればお金は後でもいい。悩んだ私は比嘉さんに聞いてみようかとも思ったが、あいにく不在だった。しょうがないからオーナー代理に電話をかけても、呼び出し音が鳴り響くばかりでなかなか繋《つな》がらない。

「あの、ちょっと急いでもらえますか？　早く行かないとライバルの業者に先を越されてしまうので」

田中さんの言葉に、私はうなずく。そういう事情があるなら、許されるだろう。オーナー代理には後で報告すればいい。

「わかりました。では荷物をお預かりしますね」

私が快諾すると、田中さんはほっとした表情になった。

「すいませんね。突然で」

「いいえ。気になさらないで下さい」

「他人のご不幸で仕事するのもなんですけどね、どうやら身よりのないお年寄りが亡くなったらしいんですよ。でも親類だっていう遠縁の方は、荷物も家も一切合切《いっさいがっさい》処分に回すっていう話で」

だから急がないと、廃品回収の業者に捨てられる可能性もあるんですよ。そう言って田中さんは切なそうに眉《まゆ》を寄せた。

「こんなの捨てちゃえ、って言われると弱いんですよ」

「そういうの、寂しいですよね。あたしは骨董とかよくわからないんですけど、でも普通に使ってる物だって、せめて役目を全うするまでは捨てたくないなって思います」

私がうなずくと、田中さんは何故か不思議そうな表情を浮かべる。それはまるでいきなり驚かされたような、呆気《あっけ》にとられた顔。

「あの、あたし何かおかしなこと言いましたか？」

「いいえ、今の若い人にしては珍しいなって思いましてね。私らの年ならいざ知らず」

はいはい。どうせ中身は年寄りなんです。穴の空いた靴下を捨てるのに、小一時間ほど悩むんです。それでもって最後にガス台とか拭いてしまうんですよ。私は心の中で大きなため息をついた。

「あ、そうだ」

忘れ物をするところでした、と田中さんは額を叩《たた》く。慌ててもう一度エレベーターに乗り込む彼を待ちながら、私はふと東京にいるサキのことを思った。サキのお父さんは画廊を経営するもと芸術家で、お母さんもとても趣味がいい。

(ああいう家のひとが、アンティークを買ったりするんだよね)

私の家にある古い物といえば、おじいちゃんが子供の頃遊んだベーゴマとか、おばあちゃんの若かりし日の写真くらいだ。ていうか、時間のたち方だったら祖父母自身が独走状態でトップなんだけど。

戻ってきた田中さんからあらためて鍵を受け取ると、私は立ち上がる。

「お待たせしてしまいましたね」

「いえ。荷物は確かにお預かりしますので、お気をつけて」

「ありがとう」

田中さんを見送りがてら、私もなんとなく表に出た。彼は正面に回してあったライトバンにせわしなく乗り込むと、にこやかに手を振る。汗っかきの笑顔がなんだかおかしくて、私はくすりと笑いながら手を振り返した。

やっぱり私、宿屋づとめが向いてるのかも。

＊

「呼んだあ？」

田中さんが出発してしばらくたった頃、ビーチサンダルの裏をぺたぺたと鳴らしながらオーナー代理がフロントに入ってきた。

「呼んだのは、三十分以上前ですけど」

そう言って私が田中さんの留守を告げると、オーナー代理は「ふうん」と笑った。

「遺品の整理、ねえ。せいぜいお宝が見つかるといいけど」

なんともひねくれた言葉に、私はがくりと肩を落とした。やっぱり、昼間のこの人と話しても不毛だ。


午後、私がフロントで書きものをしていると突然扉が開いた。見ると、そこには女性のお客様が息を切らして立っている。

「どうかしましたか」

私がたずねると、彼女は髪をかき上げて大きく息をついた。

「おかしな奴につけられたの。帽子とサングラスをしてたから顔はわからないけど、背が高くて大きな男だったから、ちょっと怖かった」

痴漢だろうか。このあたりは比較的安全な地域だけど、ごくまれにそういった輩《やから》も出現する。

「どこからつけられたんです？」

「国際通りのあたりからつけられてたみたいだけど、気づいたのは大通りを曲がってからよ。大柄な男だったから、人気のない通りではよく目立ったの」

撒《ま》こうと思ったんだけど、とにかく怖くて。そう訴える彼女に、私はジャスミン茶を勧めた。なんでも、このお茶には鎮静効果があるらしい。

「そいつ、ホテルの前までついてきたのよ。まだいるかもしれない」

「男はどんな服を着てましたか？」

「ブルーのシャツに、チノパンを穿《は》いてたわ」

私は柱の陰から、こっそり外の様子をうかがった。とりあえず、今はいないようだ。念のため彼女の部屋の前まで付き添ってから、再度前の通りを眺める。すると向かい側に、ブルーのシャツの男が立っていた。真っ黒なサングラスをしているため、その表情はわからない。私はぞっとして、オーナー代理に連絡をした。

「痴漢？　どこに？」

「さっきまでそこに立ってたんですけど」

オーナー代理が比較的素早くやってきたにもかかわらず、男は姿を消している。男性従業員を目にして逃げたのだろうか。ともあれ、私は男の服装などをメモして、カウンターの中に貼っておいた。

そして数時間後、夕闇の迫る街路に男は再び現れた。しかし何故か服装が変わっている。変装したつもりなのだろうか。Tシャツにジーンズ、といった姿の男はホテルの周りを落ち着きのない感じでうろうろと歩き回っている。

(入ってきたら、どうしよう。でもまだ何をしたわけでもないし……)

携帯電話を握りしめて、私は男をじっと観察した。すると、驚くべき事に気づいた。男の背が縮んでいるのだ。先刻は向かいのビルの軒下ぴったりだった背丈が、今はかなり下の方になっている。

(別人？　でも、何で二人も？)

キャップを目深に被《かぶ》っているせいで、こちらも顔がわからない。しかし同じ目的の痴漢だと考えるには、あまりにも不自然だ。こう言っては失礼だが、さっきのお客さんはごく普通の雰囲気の女性で、いきなり二人の男に目をつけられるようなタイプではない。

(じゃあ、一体何が目的なんだろう？)

しかし私の不安をよそに、男はしばらくあたりをうろついた後、あっさりと姿を消した。

「なんなの、まったく」

恐怖を怒りで紛らわせるように、私はわざと大きな声を出す。そしていきおいよく席から立ち上がり、必要もないのにガラス窓を拭きまくった。

けれど信じられないことに、不審な男はその後さらに二人ほど現れたのだ。

＊

オーナー代理が不眠症でありがたいと思ったのは、これが初めてだ。

「うん。十時頃に一人と、十二時過ぎにもう一人来てたね。でもやっぱり同じように何もせず帰っていったよ」

早朝、申し送りを兼ねて正気のかけらが残っているオーナー代理と話すと、さらに疑問はつのる。どうして皆、ホテルの前まで来て何のアクションも起こさないのだろうか。

(起こしてくれなくて何よりなんだけど)

「こないだみたいに危なくなったらまた呼んでよ。火炎瓶用意しとくから」

物騒な台詞を残して、オーナー代理は隣の店へ寝に行ってしまった。でも用心するに越したことはない。私は今日一日、携帯電話を首から下げていようと思う。

天気は皆の言葉どおり、ただどんよりと湿った曇りになった。低気圧はゆっくりと沖縄本島を通過中、とニュースでは報じている。とりあえず飛行機は飛んでいるらしいので、私はほっと胸をなで下ろす。これからの季節は飛行機が飛ばなくて延泊になる人が増えるはずだから、宿としても交通機関の運行状況は知っておかなければならない。

「良かった。土曜に帰らないとつらいのよね。ほら、一日休みがないと疲れちゃうから」

　そう言って若いＯＬさんはお洒落なバッグをぱちんと閉じる。ブランド物で、確か何万円もするものだ。

（安宿に泊まって、宿代の何倍もの値段のバッグを持つって変じゃないのかな）

　いくらお気に入りでもアンバランス過ぎる。私がこぼすと比嘉さんは笑う。

「多分そのバッグ、こっちで買ったんだよ」

　那覇には日本で唯一の免税品店があるから、ブランド品が安く手に入る。

「それを目当てに来るお客さんだっているんだからさ」

「でもなんか、納得できないんですよ」

　分相応、という言葉は今や死語なのだろうか。それとも、お金さえ出せば何をしようと勝手なのか。

「じゃあ偽物なら許せるの？」

　エプロンから黒糖飴《あめ》を出して、比嘉さんは口に放り込む。

「うーん、そうでもないですね」

　多分私は、そういった基準に価値を見出《みいだ》せないのだ。だから偽物も許せない。第一、それは法に触れるものだし。

「ああいうバッグはきっと、あたしにとって芸術品みたいな存在なんです」

「これまた難しいことを言うねえ」

ほっぺたをぽこりと膨らませて、比嘉さんは首をかしげた。

「つまり、目に見えない価値にお金を払うってことですよ。でもあたしは現実的な人間だから、それだけのお金があったら何個普通のバッグが買えるか考えてしまう」

「そりゃそうだね」

「それに自分が気に入ったデザインであれば、別にブランド物じゃなくてもいいと思うんです」

「それもわかるよ」

でもさ、とさんぴん茶を啜《すす》って比嘉さんは続ける。

「その言い方を借りると、気に入ったデザインがブランド物にしかなかったとき、柿生さんはそれを買わなきゃいけなくなるよねえ」

「あ、そうなりますね……」

思わぬ穴を指摘されて、私は言葉に詰まった。そうか。中には本当にあのデザインが好きで買っている人もいるかもしれない。ブランドなんて必要ない、と頭から決めつける私もまたその価値基準に縛られているのだ。

「その値段に納得するかどうか、は別としてね」

「そこから先は個人の自由ですもんね」

物には定価があるのが当たり前、と信じて生きてきた。けれど世の中には値段があってなきがごとし、といった物も存在する。そんな物に直面したとき、一体私はどんな基準でそれを選ぶのだろう。

(あーあ、まだまだ半人前だな)

私は比嘉さんに貰《もら》った飴を頬張りながら、頭を垂れる。

＊

上の階で部屋を整えていると、携帯電話が鳴った。私はパンフレットを置いて、電話に出る。

「はい、ホテルジューシーです」

相手は激昂《げきこう》した口調で、何かを喋《しゃべ》っている。しかし全く理解できない。

「あの？　もしもし、もう少しゆっくり」

お願いします、と言いかけたところで相手が英語を話していることに気づいた。まずい。私は英語が苦手で、卒業旅行の時もサキに頼ろうかと思っているほどなのだ。

「えーと、プリーズだっけ。スロースピーク、プリーズ？」

とりあえず言ってみたものの、相手がそれを理解してくれたかどうかがわからない。私があーとかうーとかうなっている内に、電話は一方的にぶつりと切れてしまった。

(何だったんだろう、今の)

宿泊予約にしては怒ってる風だったし、クレームにしても英語を喋るお客さんなんて、私がここに来てからは見たこともない。ホテルジューシーは値段が安いせいか外国人のお客さんも多いけど、しかしそれは台湾や韓国といったアジア系の人たちがほとんどで、欧米人は滅多にいない。というのも、同じビルの一角にある『南海旅行社』という旅行会社が、主にそっち方面の人々をターゲットにしたツアーを組んでいるからだ。

ということはきっと間違い電話だろう。そう結論づけた瞬間、また携帯電話が鳴りだした。同じ人なのかどうかもわからないけど、やっぱり怒鳴っている。

（絶対どこかと間違えてかけてるし！）

私は困り果てて、とりあえず電話を持ったまま一階に下りることにした。南海旅行社の人なら、もしかしたら英語がわかるかもしれない。

慌てたままフロントに着くと、ちょうどそこに紙袋を提げた一人の男性が入って来た。

「あ、いらっしゃ……い」

思わず言葉に詰まったのは、その人が外国人だったからだ。それもこれ以上ないってほどの、白人。

（あ、しかもでかい。その上なんか、怒ってる？）

カウンターを挟んで対峙《たいじ》した白人男性は、百八十センチを優に超える長身で、上から私を見おろしている。もしやお客さんかと思い、私は素早く手元の宿泊予定に目を走らせたが、それらしい名前はやはり見当たらない。しかも手の中では、さっきからまた電話がけたたましい音をたてている。

（なんの用ですか、ってどう言うんだっけ）

ああもう。学校で習った英語って、どうしてこういうときに限って出てこないんだろう。その上相手の男性は興奮した口調で喋っているから、余計に言葉が聴きとりにくい。一体どうしたらいいのか。携帯電話でオーナー代理を呼ぼうにも、電話は鳴りっぱなしだし。

動揺しまくる私と、それに苛立《いらだ》つ男。絶体絶命、そう思ったところにセンばあがふらりと現れた。

「ひぃろちゃん、なんか騒がしいねー」

「大丈夫ですから、こっちに来ないで下さい」

しかし、私が遠ざけようとしたにもかかわらずセンばあはとことこと近づいて来る。もう、こうなったら私が盾になるしかないじゃない。

「センばあ、あたしの後ろに……」

「うあっつ、またー？」

「え？」

「かーむだん、がい。ぷりーずとーくとみー。おけーい？」

多分英語、なのだろう。だってこの男性、激しく反応してるし。

そしてセンばあは合間に「あー、りありい？」とか「そーそー」などとうなずきながら彼の話を聞いていた。

（アメリカナイズは食生活だけじゃなかったのか……）

私はいつになく頼もしいおばあの横顔を見つめて、安堵《あんど》の息をもらす。言葉って、平和のための武器なんだな。

「あい、わかったよ、ひぃろちゃん」

「センばあ、ありがとう。本当に助かりました。で、この人はなんて言ってるの？」

「なあんかね、騙《だま》されたってさー」

「騙された？」

意味がわからなくて、私は首をかしげる。だって騙すも何も、この人は少なくとも私が来てから、このホテルに泊まっていないのだ。

「そうそう、騙した相手がここの住所を教えたらしいよー」

「ええっ？　誰ですか、その人」

驚いて声を上げると、男性がふてくされたような表情で肩をすくめた。

「それがスズキさん、って言ってるんさー」

「スズキさん、ですか」

名前を聞いても、ぴんと来なかった。なぜなら、そんなありふれた名字のお客さんはごまんといるから。私が来てからでも鈴木なんとかさんは二人いたし、宿泊リストをさかのぼっていけば、軽く十人は見つかるだろう。

「そのスズキさん、この人に骨董品だと言ってさー、これを売りつけたらしいよー」

センばあにうながされて、男性は紙袋の中から何かを取りだした。それはデパートの中国物産展とかでよく見る、裏表が違う絵柄になった刺繍《ししゅう》の額だった。

「これ、メイドインチャイナ、ですよね」

だって、明らかにラーメン丼っぽい模様が入ってるし。

「そうそう。なのに日本伝統とか言われたんさあ。かわいそうねー」

日本と中国の区別がつかないのは、きっと彼のせいじゃない。私だってアメリカとイギリスの陶器を並べてそれらしいことを言われたら、ころりと騙されてしまうだろう。

お気の毒だとは思いますが、そんな名前の人はここにいないから、訪ねてこられても責任を取ることはできないんです。センばあにそう通訳してもらうと、ようやく男性は納得して帰ってくれた。

電話の相手も同じ用件だということがわかったので、私はセンばあに教えられた通りの英語を機械的にくり返した。

「ああ怖かった」

ようやく騒ぎが収まり、ソファーにどさりと腰を下ろすと、嫌な予感がじわりとわき上がってくる。骨董品を扱っていて、ものすごくありふれた名字の人。もしかして。いや、絶対信じたくはないけど、でも。

「まさか……田中さんじゃないよね」

あの人の好さそうな笑顔を思い出し、私は天井を仰ぐ。

＊

そしてその「まさか」は、あっという間に証明された。しばらくした後、またもや白人の男性が訝《いぶか》しげな表情でホテルを訪ねてきたからだ。再びセンばあに通訳してもらったところによると、その人は昨日の午後、国道沿いのガレージで店を開いていたスズキと名乗るアンティーク業者から品物を買ったらしい。

スズキさんはどんな人でしたか、と聞くとこんな答えが返ってきた。

「サングラスをかけてたから顔はわからないけど、髪の毛が少なかった、そう言ってるよう。服は、古い感じのサマースーツだって」

ああ、これは大当たりだ。私は自分の頭をげんこつで殴りたい衝動に駆られる。

「その人から、どんな品物を買ったんですか？」

私がたずねると、その人はディパックから新聞紙の包みを取り出した。がさがさと音を立てながら開くと、中から小さな石像が出てくる。エキゾチックで、どこかで見たことのあるようなデザイン。はて、私は一体どこでこれを目にしたんだろうか。

「あい、こりゃ焼き肉屋で見たことがあるよう」

センばあの言葉に私は膝《ひざ》を叩いた。

「トルハルバン、ですよ。韓国のモアイみたいな石像です」

でもこの人は、それを日本の物だと言われたから買ったのだ。そうですよね、と聞くと彼はうなずく。

「日本の古い遺跡から出た物だと思う。そう言われたんさあ」

詐欺だ。やはりれっきとした詐欺。それでもどこかで、私はあのお客さんを信じたがっている。なのに事実は悲しいほど正直だ。だって昨日はどんより曇っていたから、サングラスをかける必要なんてない。それもガレージの中ならなおさら。

「ここの住所が書かれているというカードを見せてもらえますか」

言われるがままに、彼は財布から名刺大の紙切れを出した。表には『アンティークショップ・スズキ　代表・鈴木《スズキ》淳二《ジュンジ》』という文字が印刷されている。しかし裏返してみると、そこには手書きでこのホテルの住所が書きこまれていた。ものすごくインチキくさい。

(そんな詐欺師を知らずに泊めてたなんて)

自分のせいではないとはいえ、鈴木を阻止することはできなかったのだろうか。私はなんだか、目の前の人に対して申し訳ない気持ちで一杯になった。

「ごめんなさい。ここで気づいていればよかった……」

がっくりと肩を落とす私に、男性は気にするなという顔をして見せる。

「騙されたかもしれないけど、払ったのはほんの安い金額だし、よく見るとこの石像も悪くない。納得した物にお金を使ったんだから、ひぃろちゃんが気にすることはない。そう言ってるよう」

自分が納得した金額。その言葉に私はふと顔を上げた。にっこりと笑うその人は、とても優しい顔をしている。

(英会話教室って、レッスン代いくらかかるのかな)

そんなことを考えながら、あたたかな気持ちで私も笑顔を返した。しかし次の瞬間、恐ろしいことが脳裏に閃《ひらめ》く。お金といえば。

「宿泊代、貰ってなかった！」

何？という表情で二人が私の顔を見る。

「一週間の予定だけど、まだ二泊しかしていなかったし、荷物も置いていかれるって言ってたから、お代は後でいいですって言っちゃったんです」

でも、田中もとい鈴木が詐欺師なら。私は宿帳を開き、彼の連絡先に書いてある携帯電話の番号を確認した。電話は、当然のごとく繋がらない。

「五階。五階に荷物が！」

混乱した私は、マスターキーを持ってフロントを飛び出した。エレベーターを待つのももどかしかったので、階段を一気に駆け上がる。部屋の鍵を震える手で開け、むっと暑い室内に入ると、問題の段ボールが目に入った。

かみ合わせてある蓋《ふた》をずらして、中をのぞき込む。新聞紙しか見えない。ということは、陶器が入っているのだろうか。よくわからないので床に下ろして見よう、そう思って私は箱に手を伸ばした。重いだろうな、と気持ちが身構えた瞬間、私の両手はすっと宙に持ち上がる。

「え……空?」

私はいたたまれない気分で、唇を噛《か》みしめた。騙されたんだ。私も。

＊

あまり気を落とさないで。英語は理解できなくても、そう言ってくれているのは雰囲気でわかった。私はその優しい人に深々と頭を下げ、大きな背中を見送る。

「だあいじょうぶよう。ひぃろちゃんのせいじゃないから」

センばあが皺だらけの手で、そっと私の手を握った。脂分のすっかり抜けた手は、さらさらと乾いていて気持ちがいい。

「センばあ、ありがと……」

どんなに唇を噛みしめても、口惜《くや》し涙がこぼれてくる。私、優しくされてばっかりで何もお返しできてない。

とにかく少しでも情報を集めよう。そう思った私は、まずホテルの周りにいた男たちを捜しにかかった。よく考えれば、彼らが現れたのは鈴木がここからいなくなってから。つまり彼らもまた、被害者なのではないかと私は推理したのだ。

しかし残念なことに、彼らの姿はもう見えない。手がかりすら失った私は、人気のない街角を見渡して途方に暮れる。どうしよう。

あのとき、私は鈴木にせかされて他の誰かに指示を仰ぐことなく、前金の支払いも要求しなかった。でもオーナー代理を少し待ってみれば、鈴木のおかしな言動に気づけたかもしれない。なのに私はそうしなかった。

二泊分の代金くらいなら、すぐにだって弁償できる。けれどホテルの信用は、お金で買うことは出来ないのだ。しでかしてしまった失敗の大きさに、私は愕然《がくぜん》とする。

「どうしよう、どうしよう」

自分の頭をげんこつで殴りながら、私はとぼとぼと隣の店に向かった。

＊

「オーナー代理、いませんか。柿生です」

声をかけると、物陰からだるそうな声だけが返ってきた。

「いるけど、何？」

「あの、ちょっとお話があるんですが。あたし、すごいミスをしてしまって」

「何それ」

夕暮れが近づいた薄暗い店内で、私は姿の見えない相手と会話している。そのせいなのか、事情を説明しているうちに感情がこみ上げて、声が震えた。

「……ホント、すいません。オーナー代理に連絡すべきだったのに、あたし、自信満々であの人のこと信じてました。そのせいで宿泊代も踏み倒されて」

泣くもんか。もう泣くもんか。私の涙は、詐欺師ごときにあげるほど安くはないんだ。

「二泊分の代金は、あたしのバイト代から引いて下さい。でもホテルの信用は、どうやってつぐなったらいいのかわからないんです。だから……本当にごめんなさい！」

声がした方向に向かって、私は深く頭を下げる。するとテーブルの陰から、オーナー代理がむくりと起きあがった。眉間に皺を寄せた、不機嫌そうな顔をしている。でもそれは当たり前か。だって私、すごいことしちゃったんだし。

「別にいいじゃん。どうせこのホテル、欧米人少ないんだし」

「そういうわけにはいきませんよ」

せめて減俸くらいしてくれないと、心苦しくてやってられないんです。私が訴えると、オーナー代理は頭をぼりぼりとかいた。

「もう、ホントーにめんどくさいなあ」

「……はい、すいません」

「そう思うんだったら、ちょっと比嘉さんに連絡してさ、車持ってきてよ」

「え？」

車？　このホテルに車なんてあったのだろうか。少なくとも私は今まで、見たことがないけど。

「履歴書に免許持ってるって書いてなかったっけ」

「あ、はい。書きました」

私は思わず、オーナー代理の顔をまじまじと見た。うん。この表情はまだ夜の彼じゃない。なのにこんな実際的なことを言い出すなんて、珍しいことだ。夕方が近いからだろうか。私は首をひねりながら、それでも比嘉さんに電話をかけに店を出る。

ホテルジューシーの車は、潮でぼろぼろに傷んだライトバンだった。

「はい、これがキー。あと、サイドブレーキがかなりいかれてるから、急な坂道には停めない方がいいよー」

車を運転してホテルまで来てくれた比嘉さんは、私にキーを渡すとためらいなくホテルのフロントに入っていく。

「え？ あの、お仕事はもう終わったんじゃ」

「終わったも何も、しょうがないでしょう。柿生さんとオーナー代理が出かけちゃったら、お客さんが困るよー」

何故、自動的に私とオーナー代理が出かけることになっているのか。事態を呑み込めずにいる私に、車の中から不機嫌そうな声がかけられた。

「用意できたなら早くしてよー。ぼく運転できないんだから、もう待ちくたびれて死にそうだよお」

なるほど、そういうわけか。「今行きます」と返事をする私に、比嘉さんはほのあたたかい包みとさんぴん茶のペットボトルを持たせてくれた。

「あのひと、お腹ふくれればご機嫌になるから」

「ありがとうございます！」

いきなりフロント業務まで押しつける形になったのに、こんなことまでしてもらうなんて申し訳ない。私はいつか比嘉さんにこの恩を返そう、と心に誓った。クメばあにセンばあ、それに先刻の優しい外国人。私の恩返しリストは、長くなるばかりだ。

とはいえ、実はライトバンを運転するのはこれが初めてだった。私は運転席に乗り込むと、視界の位置を確認する。うん。思ったより高いけど、なんとかなりそうだ。

「ところで、どこへ向かえばいいんですか」

助手席でふんぞり返っているオーナー代理に、私は比嘉さんからの包みを渡す。

「国道五十八号に出て、伊佐浜《いさはま》下水処理場になったら教えてよ。上に地図挟まってるから」

オーナー代理は包みをがさごそといわせつつ、ぶっきらぼうに言い放った。説明しようという気はないらしい。フロントガラスの上から地図を引っ張り出して調べてみると、伊佐浜というのは、北谷《ちゃたん》町の南に位置するようだ。それにしても下水処理場に一体、何があるというのか。

「うわあ、おにポーじゃん。やっぱ比嘉さん、気が利いてるなあ」

オーナー代理が突然大声を上げたので、私はびっくりしてハンドルを手放しそうになった。

「驚かせないで下さい。なんなんですか、おにぽーって」

聞き慣れない単語は、やはりこちらの方言なのだろうか。ちんびんとかポーポーとか、沖縄のお菓子には不思議な名前のものが沢山ある。

「おにポー知らないのお？　ポーク玉子を挟んだおにぎりだよ」

嬉しそうにそれを取り出して、オーナー代理はあんぐりとかぶりつく。見るとそれはぺったんこで、サンドイッチのような形のおにぎりだった。そういえば以前、ユリとアヤが手をつけなかった朝食の残りを、比嘉さんがこんな風に仕立てていたことがあったっけ。

「う、まーい！」

今どき手動の窓を開け、オーナー代理は外に向かって叫ぶ。車内にどっと流れ込んできた風は、もうかすかに潮の香りを含んでいる。私たちは海沿いの道路へと向かっているのだ。

「コンビニとかでも売ってるのに、今まで食べなかったなんて。柿生さんは哀れだねえ」

しょうがないから一つあげよう。押しつけがましい台詞と共に、おにポーが差し出される。

「……ありがとうございます」

食欲など到底なかったけれど、私は信号待ちをする間にそれをひとくち齧《かじ》ってみた。海苔《のり》とごはんと卵の甘み、それをしょっぱいポークが引き締めて、予想外においしい。平べったい形なのも、片手で食べやすくて気に入った。それにしても、朝食と同じ構成なのに、こちらの方が完成度が高く感じるのは何故だろう。

（メジャーなメニュー、っていうのは本当だったんだな）

やがて車は国道に出て、眼前には夕暮れ間近の海岸線が広がった。遥かな水平線と雲の間には、まるでオーロラのように濃いオレンジの光がドレープを描いている。私はつかの間先刻の失敗を忘れ、その風景に見入った。

「きれいですね」

我知らずつぶやいた台詞に、珍しくオーナー代理もうなずく。

「これから目的地まで、ずっと海岸線だから好きに見たらいいよ。ぼくはそれまで寝てるから」

さんぴん茶をぐっと飲み干すと、オーナー代理は腕組みをして目を閉じる。私はお言葉に甘えて、那覇に来て初めて見る海岸線のドライブを堪能した。

＊

下水処理場に着く頃には、すっかり日も暮れていた。いびきをかいていたオーナー代理に声をかけ、私は車を路肩に寄せる。

「あの、着きましたよ」

まだ寝ぼけているのか、半眼で外を眺めつつオーナー代理は身体を起こした。

「ここ、伊佐浜？」

「そうですよ」

「んじゃもうちょっと国道先へ進んで。でも普天間《ふてんま》川は越えちゃ駄目だよ。そしたら賑やかな場所に出るから、その手前の路駐できそうなとこに停めて」

賑やかな場所？　あまりにも適当な指示に、私は不安を覚えながらも再び車を出す。この先に繁華街でもあるんだろうか。

しかし私の心配は、あっという間に杞憂《きゆう》に終わった。車の行く手に、なにやら屋台のような露店が並びはじめたからだ。薄闇の中に、黄色い白熱灯の光が次々に浮かび上がる。このままだと車を停められなくなる、そう判断した私は他にも車の停まっている一角を目指した。

とりあえず平地であることを確認してから、渾身《こんしん》の力を込めてサイドブレーキを引っ張り上げる。車を離れている間に何かあったら、洒落にならない。

「じゃあ行こうか」

大きくのびをして、オーナー代理は車を降りた。その後を、私は慌てて追いかける。

「あの、ここはどこなんです？」

絶え間なく聞こえるラテン系の音楽と、発電機のモーター音。道の左右は先に進むに従って混み合い、いつしか周囲はお祭りのような騒ぎになっている。

「ここ？　ここはハンビー。ハンビーナイトマーケットだよ」

歩きながらオーナー代理は路上に並んだ露店をひやかす。オリジナルのTシャツに、古い洋画のポスター。占いがあれば、足つぼマッサージもある。ちなみに食べ物はタコスやドーナッツといった洋風のものと、丼や弁当、それに唐揚げといった和風のものが混在していた。

「ナイトマーケットって何ですか」

その統一感のないラインナップのせいで、私にはこれがどういう趣旨のお祭りなのかさっぱりわからない。オーナー代理は途中の店でアイスコーヒーを二つ買うと、私に一つ手渡してくれた。ん？　ということは、もしかして。

「いらないの？　運転して、喉《のど》が渇いたかと思ったんだけど」

真正面から見つめられて、どきりとした。私の内面まで、するりと覗かれてしまいそうな不思議な色の瞳《ひとみ》。

それともカフェオレの方が良かったのかな。言葉を失った私の前で首をかしげるオーナー代理。この口調、そしてこの気づかい。昼間の彼とはまるで別人だ。

「いらないならぼくが飲んじゃうけど」

不眠症のオーナー代理は、昼はぼんやりとしていいかげん、そして夜はしっかりとした頭脳明晰《めいせき》な人物になる。そんな夜バージョンの彼が、笑顔で目の前に立っていた。おそらく車で寝ている間に変化していたのだと思うが、何にせよこれはラッキーなことだ。

「いただきます」

手を伸ばす私に、オーナー代理は満足そうにうなずく。

「ところで、質問の答えだけど。ハンビーナイトマーケットは、毎週土日の昼から夜の十一時くらいまで開かれてる、フリーマーケットみたいなものさ。一ブース千五百円の出店料だから誰でも気軽に店を出せる」

「フリーマーケット、ですか」

「柿生さんの気が晴れるかな、と思って来てみたんだけど」

夜風に長い髪を遊ばせながら、オーナー代理は私を見た。なんでこの人は、こんなにまっすぐな視線を寄越すんだろう。昼間は前髪をすだれのようにして、あさっての方向ばかり見ているくせに。

「はい、ありがとうございます」

けれど予想外のプレゼントに、胸はじわりと熱くなる。ああ、恩返しの口がまた一つ増えた。

「あんまり観光とかしてないみたいだから、たまにはこんなのもいいでしょ。国際色豊かで面白くない？」

そう。混み合うマーケットの中には、実に様々な人種がいた。白人に黒人、それにアジア系。中にはごくまれに、インド系の人々も見え隠れする。しかも面白いことに、それらの人々は売る側と買う側に分かれているわけではなかった。日本人を含め、全ての人々が適当に入り混じり、売り買いをしているのだ。

「珍しいですよね、こういうの」

「チャンプルー文化、ここに極まれりって感じさ」

しかし歩いているうちに、やはり人種の比率として一番多いのは日本人で、次いで白人だということがわかってくる。そしてその白人は、かなりの確率でアメリカ人だと思われる。

「やっぱり米軍の影響ですかね」

手作りケーキを売るアメリカンな体型のおばちゃんに笑顔を返しつつ、私は辺りを見回した。

「うん。基地問題とか住民との摩擦とか問題は絶えないけど、ぼくはこの適当でごちゃごちゃした感じこそが世界って気がするよ」

世の中きっぱり割りきれる問題ばかりじゃないからね。そう言ってオーナー代理は、古着屋のデニムを物色しはじめる。ダメージにダメージを重ねた、ぼろぼろのジーンズ。サイズが合いそうなことを確認してから、彼は代金を支払った。その値段、なんと百円。

「よかった。秋物の服がないからどうしようかと思ってたんだよ」

「このあったかいのに、秋物ですか」

「そうは言っても、こっちに住んでると温度感覚も順応しちゃうもんでね。それなりに防寒をしたくなるのさ」

店をひやかしつつしばらく歩いていると、マーケットの雰囲気が少し変わった。食べ物の屋台が減り、物販の露店が増えてきたのだ。曲がり角に立てられた案内図を見ると、どうやらこのマーケットは三つのゾーンに分かれているらしい。

「ここから違うゾーンに入るんですね」

「そう。さっき通ってきたのはハンビーナイトマーケットとハンビーファミリーマーケット。これらは出店料が必要なゾーン。でもここはフリーゾーンといって、無料で店を出すことができる場所なんだよ」

だからより一般のフリーマーケットに近いわけか。飲食店が少ないのは、それなりに設備や資格が必要だからなのだろう。私が手作りのアクセサリーなどを眺めていると、オーナー代理は苦笑しながら肩を叩く。

「柿生さん、まだここに来た理由がわからない？」

「えっ？　あ、はい」

「お祭りで気分が上向いたなら、それでもいいけど。でも、もっと気にかかること、あったんじゃないかな」

「気にかかること、ですか」

「ガレージとか出店料無料の露店でしか、店開きしなさそうな奴の行方とかさ」

「あっ！」

そうか。田中もとい鈴木のことだ。

「昨日の今日だし、まだそんなに遠くに行ってるとは思えないんだよね。だってああいう商売は、人の少ない所じゃしづらいから」

それにさ、と辺りを見回しつつオーナー代理は続ける。

「ここには鈴木のお客さん予備軍が多いはずなんだ」

「予備軍って騙されやすい人ってことですか」

「うーん、ちょっと合ってるけど違うかな」

だからほのめかされるのは苦手なんですって。そう訴える私を見て、オーナー代理はにやにやと笑う。しかし次の瞬間、彼の表情がきゅっと引き締まった。

「いた」

「ええっ、どこに？」

「二つ隣のブース。ワンボックスカーの後ろを開けて店にしてる」

顔をそちらに向けないようにして横目で見ると、確かにそこはアンティーク調の小物を扱う店だった。そして店番をしている男はメジャーリーグの野球帽を目深に被っているものの、あきらかに鈴木だということがわかる。

「あいつ……のうのうと！」

かっときた私は、つい正面から鈴木の店に向かってしまった。つかつかと歩いてくる私に気づいた鈴木は、一瞬何かを思い出すように首をかしげたあと、驚いたような表情を浮かべる。

「ちょっとあんた！」

私が店の前に立つと、しかし鈴木はにっこりと笑う。一体、どういう神経をしているんだろうか。

「おやいらっしゃい。またお会いしましたね」

「またお会いしましたね、じゃないでしょう？　宿泊代、払ってもらいますからね」

そう告げると、ん？　という顔をして鈴木は首をかしげる。

「ああ、宿代ですね。前金をお支払いしなきゃいけなかったんですか？　でも心配なさらないで下さい、後で払いますよ。だって戻るつもりなんですから」

汗をたらたら流しながら鈴木は福の神もかくや、という笑みを浮かべた。でも、この笑顔にはもう騙されない。

「嘘をつきなさい！　部屋に残した荷物は空っぽだし、電話も繋がらないじゃない。しかもあんたから偽物売りつけられたって人から、苦情がじゃんじゃん来てるんだから！」

「いやあ、それは知らなかった。なんということでしょう」

しらばっくれるにもほどがある。私はそれを聞いて、さらに頭に血が上った。

「よくもうちの住所まで悪用してくれたわね！」

「悪用？　滅相もない。今は買い付けの途中で、旅行中だから滞在先を連絡先にしただけなんですよ。携帯電話は残念なことに、偶然落として壊してしまったから、急場しのぎで新しいものを買ったんです。だから繋がらないのも、しょうがないでしょう?」

ぺらぺらと喋る鈴木に我慢ができなくなった私は、ついに手を出してしまう。

「嘘の上塗りもいい加減にしなさい!」

座っている鈴木の胸元をつかみ上げ、いきおいよく立ち上がらせた。そこまでされるとは思っていなかったのか、さすがに鈴木の顔色が変わる。そのとき、絶妙のタイミングでオーナー代理がこんな合いの手を入れた。

「柿生さん、適当なところでやめてあげないと怪我させちゃうよ」

殴るつもりはなかったけど、鈴木はその言葉を聞いて誤解してくれたらしい。

「止めないでください。あたし、こうなったら謝罪の言葉を聞くまで徹底的にやりますから」

私がそう言うと、鈴木は怯えた表情で後じさった。しかし、私ってそんなに暴力的に見えるんだろうか。効果覿面《てきめん》だったのはいいけど、なんだか女子としては嬉しくない話だ。がっくりとした気持ちと共に、怒りのテンションも少し下がる。

それに対して鈴木は、汗をかきながらせわしなく喋り続けていた。

「謝りますよ。そりゃもちろん謝りますとも。いや、ご迷惑をおかけして誠に申し訳ありません。携帯電話を壊して連絡を取れなくしたのは私の責任ですし、お客様と私の間に、ちょっとした行き違いがあったのも認めます。そしてね、それによってお宅様のホテルに苦情が寄せられたこと。これもお詫《わ》びします」

もちろん宿泊代もお支払いしますよ。だって本当に戻るつもりだったんですから！　そう言って鈴木は首から下げた袋に手を入れ、お金を取り出す。

「ちょっと、多いけど」

押しつけられた紙幣を一枚返そうとすると、横から手が伸びてきた。

「もらっとこう。迷惑料だから」

「ええっ？」

あり得ない。私は確かに怒ってるけど、決まった金額以上の宿泊代をせしめるなんて、ホテルで働く人間としてやってはいけないことだ。これじゃあ私たちまで、鈴木と同じ位置に落ちてしまう。夜のオーナー代理はそれなりに真面目な人だと思っていたのに、がっかりだ。

「さすが責任者の方はおわかりになってますね」

へこへこと頭を下げて、鈴木はさらに小額の紙幣をオーナー代理の手に押しこむ。信じられない。この展開は何なんだろう。

「まあね。でも二度とうちではやらないでくれるかな。こういう一本気な子がいるからさ」

「ええ、もちろんですとも。いや、しかし誤解が解けて良かった」

ていうか何にも解決してないし！　呆気にとられた私が手を離した隙に、鈴木は何食わぬ顔で再び座り込んだ。

「普通、この展開だったら逃げるもんじゃないの？」

動揺のあまり、考えたことがそのまま声に出てしまう。すると鈴木はにっこりと笑った。

「だって私、嘘はついてないんですよ？　だからお客様を騙してなんかいませんし、今は行き違いになった宿泊代をお支払いしただけ。逃げる必要がどこにあるんですか？」

「はあ？」

蛙の面になんとか、ということわざが頭をよぎる。

「やはりこういう日本のものに興味を持たれるのは、外国の方が多いですからねえ。言葉の壁が邪魔をして、悲しい行き違いが起きることもありますよ」

いや。確信犯的に百パー行き違ってると思う。

「日本の遺跡にあった物に似ている、もしかしたら価値があるかもしれない。そういったニュアンスを勘違いなさる方もいてねえ」

困っちゃう、みたいなポーズで小首を傾げる鈴木。ハゲかけたおっさんにそうされても、心は絶対零度からぴくりとも動かない。

「あくどいような間違いは、ないんだろうね」

オーナー代理の言葉に、鈴木はもちろんですとも、とうなずく。

「昨日もね、アメリカにいるおばあちゃんに送ってあげたいっていう若者が来たんですよ。だから私、ほとんど儲《もう》けなしの値段で鮭をくわえた木彫りの熊を売ってあげました」

それは、明らかに北海道土産だよね？　日本っていうすっごく大きな括《くく》りでは間違ってないけど。

（そうか。鈴木の詐欺は微妙な「かもしれない」の積み重ねなんだ）

本物かもしれない、戻ってくるかもしれない、間違っていたかもしれない。そう言っていれば、相手が勝手に誤解してくれる。しかし、それにしてもせこいというかなんというか。目の前で力一杯スマイルを浮かべ続ける鈴木の鼻の頭は、汗と脂が露店のライトに反射してきらきらと輝いている。

辺りを見渡せば、いつの間にかマーケットはさらに賑わいを増して私たちの周りには数人の見物客すら発生していた。日本人にアメリカ人、それに中国系の人々。興味津々の顔は国籍を問わず、好奇心だけで繋がっている。わくわくした顔、どきどきした顔、とりあえず見ておこうかなという顔。人間って、案外単純なのかもしれない。

しかもよく見ると、最前列の白人男性は片手にさんぴん茶のペットボトルを持ち、口にちんびんを運んでいた。

（おばあがコーラでポテトなのに、本家が何やってんだか）

国がどうとかそういうことじゃなくて、そばにいたら嫌でも混じり合っていく。タコスにご飯を使ったり、おにぎりにポークを入れたりして。でも、なし崩しでいい加減なわりにおいしいのがずるい。だって、おいしいと許せてしまうから。

ちなみにその隣にいるのは、額に印をつけたインド系の女性。彼女は沖縄産のオリオンビールを飲みながら、ホットドッグを頬張っている。ああもう、なんだかごちゃ混ぜだ。

「……おっかしい」

驚いたことに、私はくすりと笑っていた。

「はい。おかしいでしょう？　行き違いが多くって」

臆面もなくそう言ってのける鈴木が妙にツボにはまってしまい、再び私は笑い声を上げる。そんな私と鈴木に、オーナー代理がビニール袋に入ったパイのような物を差し出した。

「これは？」

「南米のスナック、エンパナーダ。もうそろそろ、口は食べ物で閉じたらどうかな」

「これはこれはごちそうさまです」

満面の笑みでそれを受け取る鈴木。私も機械的に受け取ったそれを、やはり深く考えもせずに口へと運んだ。塩味のパイの中身はチーズとほうれん草で、くせがなくおいしい。しばし無言でエンパナーダを食べ、油っぽい指を舐《な》めているとオーナー代理が背中をとんと叩いた。

「さて、そろそろ行こうか」

「ああ、はい」

後で冷静になって考えてみれば、私は鈴木を警察に引き渡すべきだったのかもしれない。あるいは苦情を寄せてきた人たちに連絡をして、返金を迫るとか。けれど何故かこのときは、ごく自然にうなずいてしまったのだ。言いたいことを思いきり言ってしまったから、熱が冷めていたのかもしれない。

潮が引くように見物客はいなくなり、私たちは再び群衆の中に紛れた。ぬいぐるみを売る人、アイスを食べる人、ダンスを踊る人。人は皆、それぞれに好きなことを好きなようにしている。なのにどこか落ち着くのは、私もまたお祭りという同じ渦の中にいるからだろうか。

＊

それにしてもハンビーは、まさに不眠症のオーナー代理のためにあるようなマーケットだ。その証拠に、夜の七時はまだ序の口なのだとドリンク屋台のお兄さんも言っている。

「そう。一番盛り上がるのは、夜の九時ぐらいかなあ。十一時くらいまでやってるんだけどね」

ただの健全なフリーマーケットなのに、何故そんなことに。私が首を傾げていると、目の前を小さな子供が通り過ぎた。こっちの子供に夜遊びはいけません、なんて言っても通じないんだろうな。

「夜型社会、なんですかね」

ドクターペッパー片手のオーナー代理が軽くうなずく。

「こっち、暑いからさ。朝からお店やさんごっこやってたら、倒れちゃうでしょ」

言われてみれば確かに。強烈な日射しを避けるには、陽が落ちてからの方がいいのかもしれない。

「それに暑いと食べ物はすぐ腐る。だから揚げ物が多いんだよ。ファストフードも、それで馴染《なじ》みやすかったのかもね。ポーク玉子に使われてるスパムは、缶詰だから長持ちするってことで愛されてると思うし」

「そういうことだったんですか」

気候で読み解けば、沖縄のアメリカナイズされた嗜好《しこう》も簡単に理解することができた。食の観点から見た沖縄、なんて論文もいいかもしれないとふと思う。

（この貧乏性、きっと一生直らないな）

でもそれだっていいや。投げやりと解放の中間みたいな気分で、私はのびをする。夜風に吹かれて歩きながら、私はオーナー代理につきあって買ったドクターペッパーをごくりと飲み干した。やっぱり、変な味。

しかし鈴木の事件にはもう一つの側面があることを、私は帰りの車中で知らされた。

「お客さん予備軍は、アメリカ人……？」

「そうさ。だってハンビーで日本人の次に多いのはアメリカ系の白人だったろう？」

確かに。それに最初に怒鳴り込んできた人も優しかったあの人も、皆白人だ。ということは、鈴木は客を選んで詐欺を働いているのか。

「でもなんで白人なんですか？　アメリカ人の中には、他の人種だってたくさんいるのに」

レゲエミュージックのＣＤを売る屋台で踊っていた黒人のお姉さんを思い出して、私はたずねた。オーナー代理は窓から入ってくる潮風に髪をなびかせながら、目を細める。

「まあ、これはイメージだけどさ。アメリカの人ってエキゾチックな物が好きだよね」

「ああ、伝統とか歴史とか、好きそうな感じはします」

「で、これははなはだ失礼な話なんだけどさ、昔は差別のせいもあって米軍の偉い人は大抵白人だった。わかる？」

わかりたくないけど、イメージとしては理解できた。

「そういう景気良く日本土産を買ってくれそうなお偉いさん相手に、仏像なんかを高く売りつける。つまり鈴木の商売は、古い言葉でいうならGHQ相手の将校詐欺ってこと」

しょうこう、という響きが頭の中で商工、と変換されそうになった。でも違う、将校だ。

「なんだか、バレたら物騒なことになりそうですよね」

しかしオーナー代理は軽く首を振る。

「違うよ。逆に国旗を背負って立つ人間だから、面倒を嫌って追いかけてこないんだ」

「あ、国際問題ってことですか」

「そう。訴えて裁判を起こせば、それは自動的にマスコミから注目される。日頃から住民の反発が強い米軍が、たかが数万円の詐欺で訴えを起こしたら、反米マスコミがこぞって書き立てるだろうね」

「なるほど。うまいこと考えるもんですね」

少しばかり感心してしまい、私は自分に突っ込みを入れた。駄目駄目、詐欺なんだから。

「しかもアジアの土産物程度でころっと騙されてたなんて、面目丸つぶれだよね。『ニホンと中国の区別つきまセーン』なんて表立って口にするのも恥ずかしいだろうし」

うむ、それはちょっと可哀相かもしれない。でもなんか笑ってしまう。おかしい。私、こんなに犯罪に寛大だったかな。

「でもあんまりやってると、仕返しとかされそうじゃないですか」

那覇を示す標識が現れたので、私はハンドルを切った。ここで、海岸線とはお別れになる。

「大丈夫だろう。さっき見たラインナップからして、今はそんなに大口の物は扱ってないようだから、相手は追う気も起こさないよ。例のホテルの周りに現れた人たちだって、鈴木の車が戻ってたら、くらいの気持ちで見張ってたんだろうし」

そうか。あの人たちが声をかけてこなかったのは、車をチェックしていたからなのか。

「ま、中には日本語が話せなくて躊躇《ちゅうちょ》した奴もいたかもしれないけど、それで諦《あきら》めるんだからやっぱりたいした金額じゃなかったんだろう。まあいいか、そう納得できるくらいのさ」

値段も安かったし、まあ納得できる。あの人も確かそう言っていた。しかし、そこまで考えていたとすると鈴木もなかなかの詐欺師だ。

(だ・か・ら！　認めてる場合じゃなくて！)

思わずアクセルを踏み込んだ私に、オーナー代理がびっくりした顔をする。

「柿生さん、運転久しぶりなの？」

「そうですね。免許とりたての頃は結構乗ってたんですけど、ここ半年ほどは運転してないです」

「じゃあ緊張した？」

「はい。この車種も初めてですから、行きはそれなりに緊張しましたよ」

狭い路地に入ってしまわないよう気をつけながら、私はホテルを目指した。すれ違う自信がないから、二車線はないと困る。

「緊張してたなら良かった」

「はい？」

意味がわからず、私はちらりとオーナー代理の方を見る。

「よく言うでしょ。運転は、慣れた頃が一番危ないって。だから慣れてないなら安全かとはて。それは、そうかな。その理論でいくと、ペーパードライバーも安全になっちゃうんですけど。また笑い出しそうになった私は、ふとあることに思い至った。

（そうか。今回の事件は、私がホテルに慣れたからこそ起こったんだ）

鈴木が留守をすると告げたとき、仕事に不慣れで不安だったら、私は絶対に誰か他の人の指示を仰いでいただろう。しかし自分一人の考えで勝手に動いてしまったため、こんな事件を招いてしまったのだ。

「毎日がスタートラインだと思わないといけませんね」

自戒を込めて私がつぶやくと、オーナー代理は顔を曇らせる。

「スタートラインって、レースのこと？　さっきみたいに急にアクセルふかすのは、なしにしてほしいなあ」

「それじゃ毎日が急発進、じゃないですか。違いますよ！」

いきおいよく飛び出すレーシングカーを思い描くと、今度こそ笑いがこみ上げてきた。急発進でいきなりトップスピード。直線には強いけど、カーブで減速できずにクラッシュ。それって、まるで私みたいだ。いつか上手に曲がれる日が来るまで、きっと私は激突し続けるだろう。

でも曲がれなくても、私は進む。進むしか能がないのだ。

＊

翌日、私は鈴木の残した段ボール箱を片づけているときに不審な包みを発見した。新聞紙で幾重にもくるまれたそれは、洗面所の鏡の前に置かれている。フロントに戻って恐る恐る開けてみると、中から出てきたのは陶器で出来た水色の小鳥だった。

「可愛いねえ」

休憩中の比嘉さんが、手元をのぞき込む。この絵筆が滑ったようなぽかんとした顔つき。そう、これはあのとき私が鈴木に可愛いと言った品だ。

「わざと置いていったのかな」

お礼？　それともお詫び？　鈴木の真意はわからないけど、きっとこれは私へのメッセージだ。とりあえずこれは、ありがたくいただいておくことにしよう。

（って待った！　いただく、じゃなくて預かる、でしょ！）

鈴木と会って以来、どうにも自分の倫理観がもろくなっているような気がして私は首を振った。そんな私に、比嘉さんは小鳥を指さして言う。

「青い鳥だから、きっと縁起がいいよ」

「幸せの青い鳥、ですか」

「そうよう。大事にしないと」

本当の青い鳥は、実はあなたの一番そばにいたのでした。そんなお話を思い出して、私はサキにメールを打った。

『サキには王子様が現れたみたいだけど、私は青い鳥を見つけました。とはいっても、間が抜けた顔をしてるんだけどね』

詐欺師からの置きみやげで、もしかしたら盗品の青い鳥。幸せを呼ぶにはあまりにも難しそうな来歴に、また笑いがこみ上げてくる。

なんでかな？

ちなみにお値段はゼロ円で、でも私はその価格に納得しているのだ。

嵐の中の旅人たち

ほんの気まぐれ。興味本位から出た小さな行動だった。それが後であんなに悔やまれるなんて、そのときの私には思いもよらなかった。

「お、出た出た」

私はパソコンの画面を覗《のぞ》き込んで、にやりと笑う。ここは那覇の国際通りにあるネットカフェ。私こと柿生浩美は、依然として沖縄の安宿『ホテルジューシー』で働いているのです。そう。観光客がぱたりと途絶えるこのシーズンまでも。

「沖縄は明日から暴風域、かあ」

週間の天気予報や航空会社の運航状況を一通り眺め、友達にメールを出し終えたところで私はアイスティーをすすった。ネットの利用時間はあとちょっとあるけど、さて何をしたものか。

「あ、そうだ」

私はふと思いついて、検索のバーに『ホテルジューシー』と打ち込んでみた。すると出るわ出るわ、あっという間にヒット数は数百件を超えた。最近では個人のブログが増えたため、「沖縄旅行記」などと銘打ったコンテンツがやたらに出てくるのだ。

「へえ、けっこう有名なんだ」

そこで私は、よせばいいのに他人のブログを読みはじめた。「私の常宿です」とか「朝ご飯がおいしかった」などという感想を読むと嬉《うれ》しくて、やめられなくなったのだ。そして何件か読み進めていくうち、私はついにそれに出合ってしまった。

そのページは掲示板になっていて、タイトルは『行かなきゃよかった、こんな宿あんな宿』というものだった。要するに泊まってがっかりした宿の情報ばかりを書きこむ形式の場所で、当然のことながらホテルジューシーも「行かなきゃよかった」宿として書かれていた。

いわく「朝食はついてたけど、卵焼きにポークって手抜き過ぎ」だったり、「高齢者にルームクリーニングをさせていて、見ていられない」のだそうだ。

(卵焼きにポークはポーク玉子ってれっきとした沖縄料理だから出してるのに！　ついでにクメばあとセンばあは、まだちゃんと働けるからやってるだけだし！　ていうかあれ、ほとんど趣味だし！)

ネットカフェのテーブルで拳《こぶし》を握りしめながら、私は怒りにうち震えた。思わず反論のレスをしようとしたところで、フロント直通の電話がかかってきたので書きこまずに済んだのだけど、嫌な気分はざらついた味のようにいつまでも胸の中に残った。

(まあね、個人の感想なんて百人いれば百通りだから気にしてもしようがないよね)

パソコンの前を離れてみると少し冷静な気持ちで考えることが出来たけど、それでもやっぱり納得はいかない。だったらせめて私がいる間は、楽しい感想を持ってもらえるようにしよう。私は気持ちも新たに、接客への決意を固める。

＊

翌日は強い風の音で目が覚めた。

枕元の携帯電話を開いてみると、時刻は六時。いつもなら眩《まぶ》しいほどの太陽が顔を出す頃なのに、窓からはこれっぽっちの光も射し込んでいない。薄いカーテンの隙間から外を覗いてみると、こちらに向かって叩《たた》きつけてくるような雨粒が見えた。

「ついに、本番が来たかな」

私は両手で頬をぱちんと叩いて、背筋を伸ばす。夏の終わり、沖縄は台風銀座とも呼ばれる。一年で最も激しく、最もやっかいな季節だ。来るぞ来るぞと天気予報におどかされていたから、いっそ始まってくれてほっとする。私は、待機するよりもゴングを打ち鳴らされた方が安心して戦えるタイプなのだ。

いつものように食堂で朝食のセッティングをしていると、大きな音とともに比嘉さんが裏口から入ってきた。

「ああ、もうやんなっちゃうねー。朝から風呂《ふろ》上がりみたいで」

持ってきたタオルで頭を拭《ふ》きながら、ぶつぶつと文句を言う。

「傘なんかさしたってお猪口《ちょこ》になるだけだし、かといって合羽なんか着た日にゃ、蒸れてしょうがない」

「いっそ水着で歩いた方がいいくらい、ですか？」

「なあに言ってんのさー。こんなお腹さらして歩けるわけないでしょうよー」

ぽこりと膨らんだお腹を指さして、比嘉さんは豪快な笑い声を上げた。

「ま、一番いいのは外に出ないこと。それに尽きるね」

風のうねる音に肩をすくめながら、比嘉さんはフライパンに卵を落とす。いつもと変わらぬその迷いのない動作。私はそれを見ながら、なんとも言えない安心感を覚える。

午前中は、風も雨も一定の強さを保ち、それなりに落ち着いていたように思えた。しかし昼過ぎになると、風が変わった。一瞬。ほんの一瞬だけ凪《なぎ》のような時間が訪れたかと思うと、次の瞬間にはすべてをなぎ払うかのような勢いで風が通りすぎていく。

「ああ、これはちょっと、きたねえ」

「そうねえ」

帰り支度をしていたクメばあとセンばあは、その音に耳を澄ませてうなずきあっている。

「ひぃろちゃん」

「はい？」

「きっと明日、あたしらはここへこれないと思うんだよう」

「あ、そうですよね。ひどい天気だし」

そもそも今日の帰り道からして、お年寄りにはきつい。足元に気をつけて帰って下さいね、と言うと二人はひやひやと笑った。

「ヒロちゃんよりは、なれてるからさあ」

ほれ、滑り止めもついてるし。サンダルの底を見せてクメばあが笑う。

「それよりも、ひぃろちゃんの方が心配だよう」

「え？　あたしですか？」

「そうそう。この天気はきっと、何日か続くからさあ。なにか心配になったら、すぐオーナー代理を呼ぶんだよう」

「オーナー代理を？」

比嘉さんならともかく、何故彼の名前が挙がるのか。私が首をかしげていると、センばあが派手な水玉模様の合羽を広げながら言った。

「この季節だけなのよう。あのひとが頼りになるのは」

そうよう、とクメばあも隣でうなずく。お揃いの合羽を着込んだ二人は、まるで等身大のてるてる坊主のように見えた。

「でも、この季節だけって……」

どういうことですか。そうたずねようとしたとき、フロントの電話が鳴り響いた。受話器を取る私に向かって、クメばあとセンばあは軽く手を振ってホテルを出ていく。私は二人の小さな後ろ姿を見ながら、小さく手を振り返した。

「はい、わかりました。いえいえ、お気になさらずに。天気ばかりはどうしようもありませんから」

電話の内容は、やはりキャンセルの連絡だった。朝のニュースでもやっていたけど、飛行機は早朝の便を除いてほぼ全てが欠航。なので今日到着予定のお客さんも宮古島《みやこじま》で足止めをくらっているという話だった。予報では、数日この天気が続くという。

カウンターにある宿泊予定表をめくり、とりあえず滞在しているお客さんを確認する。二十代の男性が二人と、三十代の女性が一人。女性のお客さんは、今日が出発予定日だったはずだから自動的に延泊になるだろう。それを伝えようと思った矢先、当の本人がフロントに姿を現した。

「今、航空会社に確認したんだけどやっぱり今日は飛ばないんですって」

「そうですね。延泊になさいますか」

「お願いするわ。それにしても、暇になっちゃったものね」

旅慣れた様子のお客さんは、フロントに置いてある時代小説の文庫を手に取ると再び自分の部屋へと帰っていった。残りの二人に電話で確認を取ると、やはり延泊を希望したのでとりあえず人数に変動はなし。暇になったので軽い拭き掃除をしていると、比嘉さんからお昼ご飯の声がかかった。

食卓に座ると、目の前にはソーミンチャンプルーが湯気を立てている。これは茹《ゆ》でたそうめんを野菜や肉と共に油で炒《いた》めた料理で、ゴーヤーチャンプルーやソーキそばと並ぶ沖縄料理の代表選手だ。しかし。

「何故……ここにもポークが？」

私は低い声でつぶやく。いや、味に文句があるわけじゃない。むしろ淡泊なそうめんを食べ応《ごた》えのあるものにしていて、いいと思う。けど、これは別に普通の豚肉でも良かったのではないだろうか。

（ていうか、ポーク頻度高すぎ！）

箸《はし》でポークをつまんでしげしげと見ていた私の前に、比嘉さんはことりと何かを置いた。

ツナ缶だ。

「ま、これはこっちでもいいんだけどねー」

「具は応用可、なんですか」

「そうね。もともとあたしらなんかはこれを非常食だって教えられて育ったからさー」

「非常食？」

えーとそれは、地震とか災害時に食べるあれだろうか。でも、それにしては火を使うし、豪華な気がするんですけど。

「そうそう。今みたいな台風のときね、家に何日も閉じこめられて買い物に行けないとき、主婦はこれを作るわけ。だから具は缶詰で、野菜はそのとき家にあったものでいいわけよ」

「ああ、そういうことですか」

乾麺《かんめん》と缶詰。保存のきく食材を使って編み出された、非常時のメニュー。それがソーミンチャンプルーの正体だったのか。

「どうせ食べるなら、やっぱり今日みたいな天気の日に食べた方が気分が出るよねー」

からからと笑いながら比嘉さんは缶詰を戸棚にしまった。私はごうっと鳴り響く風の音を聞いては、ソーミンチャンプルーを口に運ぶ。うん。これはものすごい臨場感かも。

＊

午後遅くなる前に比嘉さんも帰り、お客さんの出入りもなくなると私は途端に暇になってしまった。部屋の掃除はクメばあとセンばあが先を見越してやってくれていたので、後はフロントのお茶パックを補充することぐらいしかやることがなかったのだ。

（ああ、暇は嫌だな）

じっとしていると余計なことを考えてしまいそうで、なんだか怖い。将来とか、就職とか、ここに来てからは忘れていた未来への不安。そしてできればずっと考えずにいたかった、夏休みの終わり。

私はソファーに浅く腰かけて、ふとガラス戸の外を眺める。普段から人気のない裏通りが、激しい雨にけぶって水墨画のような景色になっている。風の向きによっては、雨がシャワーのように窓に吹きつけられる。それはまるでこの建物全体が、車の自動洗浄機に入ってしまったかのような錯覚を起こさせた。

(洗われるといいな。建物ごと、私も)

自分の力の及ばない何か大きなもの。そんな存在に一回くちゃくちゃっともみ洗いされたら、少しはすっきりしないだろうか。そんなことを考えていたら、なんだか眠たくなってきた。

(普段考えつけないことを考えるから……)

ソファーに腰かけたまま、私はいつの間にか忘我の境地をさまよっている。そんなとき、いきなり天から声が降ってきた。

「柿生さん、柿生さんってば」

「あ、はい?」

慌てて顔を上げると、そこにはオーナー代理が立っている。

「あのさ、今日はこんな天気じゃない。だからこれ、持ってきたんだけど」

そう言ってオーナー代理は、一枚の紙を見せた。それは隣にある喫茶店兼バーのメニューだった。

「これって……」

「外食に出にくいだろうからさ、夕食は注文を取って隣から出前すればいいかなって」

私は、自分の耳を疑った。このしっかりとした口調に、しごく真っ当な提案。これは昼間の彼の姿じゃない。ということは。

（ちょっと待って、今ってもう夜なの？　私、そんなに長い時間寝てた？）

しかし壁の時計は午後三時を指している。私の腕時計も同じ時刻だから、狂っているわけでもなさそうだ。そこで私は、クメばあとセンばあの言葉を思い出す。

（この季節だけ頼りになるって、つまり昼間からちゃんとしてるってことなのかな）

私は常になく引き締まった彼の表情を見て、不思議な気分になる。台風があると、オーナー代理の体内時計も狂ったりするんだろうか。


お客さんの部屋をノックして夕食の提案をすると、皆とても喜んでくれた。私はその場でオーダーを取り、フロントでお茶を飲んでいるオーナー代理の元へ持っていく。

「タコライスが一つに、ＢＬＴサンドが一つ、それにナポリタンが一つ。飲み物はグアバジュースが一つに、アイスコーヒーが二つ。以上です」

「はい了解。じゃあ七時には作っておくから、適当に取りに来て。食べる場所は朝食と同じ食堂の方がわかりやすいだろうし」

「そうですね」

なんだろう、このスムーズな伝達は。まるで普通のアルバイトみたいだ。私は感動しながら深くうなずく。

「あ、そうだ。忘れてた」

「はい？」

「柿生さんは、何がいいの」

だって外に出るの億劫《おっくう》でしょう、とオーナー代理は言った。信じられない。昼間なのにこんなに気をつかってもらえるなんて。

「あ、じゃあブリトーとアイスコーヒーをお願いします」

以前屋上でごちそうになったものがとてもおいしかったので、と言うとオーナー代理は嬉しそうに笑った。

「じゃあ、また後で。ブリトーにはゴージャスな具を入れてあげるから、楽しみにしてるといいよ」

背を向けて去ってゆくオーナー代理を見つめながら、私は幽霊に会ったかのような気分に襲われている。あり得ないものを見た、という感じだろうか。

しかし気持ちの一番すみっこのあたりから、こんな声もこっそりと聞こえてくる。

「でも、面白くはないよね」

うわー、ばかばか！　面白いとか面白くないとかの話じゃないんだってば！

＊

七時前に隣の店に行くと、きちんとラップのかけられたお皿と飲み物がトレーの上にセットされていた。

「氷はそっちの食堂で入れて。でないと薄まっちゃうからさ」

オーナー代理はまたもや常識人のような発言をして、私にトレーを渡す。

「ありがとう、ございます……」

なんだか釈然としない気分で私は軽く頭を下げ、店を後にした。ここに来てからというもの、おかしな状態に翻弄《ほんろう》され続けていたので普通であることが逆に不自然に感じるのだ。

(でも、これが本来あるべき姿なんだよね)

私は食堂にお皿を並べながら、無理やり自分を納得させた。そうでもしないと、私の感覚まで狂ってしまいそうだ。

「お、もう用意できてるんですか」

一番最初に食堂に現れたのは、馬場《ばば》さんという若い男性だった。年は確か二十四歳。職業欄に無職と書くだけあって、個性的な格好をしている。頭はじゃらじゃらとしたドレッドスタイルでまとめられ、Tシャツにはラスタカラーの模様が入っていた。

以前の私だったら、できればお近づきになりたくないと感じたであろうファッション。けど、オーナー代理のだらしない服装を見慣れた目には、とりあえずコーディネートされているだけでも盛装に思える。

「もう召し上がりますか」

「いや。なんか一人で食うのも寂しいから、他の人たちも揃ってからにしますよ」

そう言って馬場さんはアイスコーヒーのグラスを片手に席についた。そこへ、もう一つの足音が響く。

「夕食ってここでいいのかしら」

「あ、はい。どうぞ」

次に入って来たのは先刻フロントに来た女性。小野寺《おのでら》さんは三十二歳の会社員で、一人旅にも慣れっこといった感じの落ち着いた雰囲気を持っている。服装もシックな色のキャミソールにくしゃっとした木綿のロングスカートと大人っぽい。

「こんばんは」

「あ、どうもです」

馬場さんに声をかけてから、小野寺さんは斜め前の席に座った。

「えーと、後は……」

私が最後の一人の名前を思い出そうとしたとき、ばたばたと慌ただしく駆け込んで来る人がいた。

「すいません、矢田《やだ》です。夕食の時間に遅れてすいません！」

そうそう。矢田さんって言ったっけ。この人は二十一歳の大学生。ごく普通の髪型に、Tシャツと短パンというありふれたスタイル。でも先に来た二人に比べて、旅慣れていない感じがありありと見てとれるのはシーサー柄に『おーりとーり』なんて書いたTシャツを着てるからだろう。ていうかあれを買うっていうのも、ある種の度胸がいるような気がするけど。

「まだ七時五分ですから、遅れてなんていませんよ。どうぞおかけ下さい」

私が椅子を勧めると、矢田さんは食卓の側をうろうろと歩き回った。

「えっと、どこに座ればいいのかな」

「お好きなところにどうぞ」

「あ、はい。えーと……」

女性側か男性側か悩む彼に、馬場さんが手招きをする。

「こっち座れば」

「あ、ありがとうございます」

ようやく席が決まり、それぞれが名を名乗ったところで私は三人の前にそれぞれの皿を置いた。

「なんか今日、すごい天気ですね」

緊張している様子の矢田さんに、小野寺さんが自然に声をかける。

「あ、はい。すごいですね。僕も噂には聞いてたけど、沖縄の台風ってやっぱり非日常って感じですよね」

「俺は結構こっち来てるんですけど、那覇でここまで派手なのは久しぶりだな」

馬場さんの言葉に小野寺さんがうなずいた。

「そういえばそうね。どんな台風でも国際通りの観光くらいには出られるのに」

「二人とも、詳しいんですね。いわゆる沖縄病ってやつですか?」

矢田さんは嬉しそうにグアバジュースをストローで吸い上げる。

「うーん、別にそういう感じじゃないけど……」

食事の用意ができたところで、ふと馬場さんが私の方を見た。

「あの、柿生さんでしたっけ。よかったら一緒に食べませんか。どうせ今日はこの面子《メンツ》しかいないんだし」

「え……」

でも、それは従業員としてありなのだろうか。

「そうしたらいいわよ。どうせ皆ワンディッシュメニューだから、あまりやることもないし」

小野寺さんにそう言われると、ちょっと心が揺らいだ。そういえばここのところ、夕食はいつも一人だ。ここに来るまでは毎日、戦場のような食卓で家族に囲まれていたのに。

「じゃあ、今夜だけ特別にお邪魔させていただきます」

私は自分の皿とグラスを持って、小野寺さんの隣に腰かける。

*

食事が始まるやいなや、矢田さんが全員の皿を眺めて声をあげた。

「あーあ、もう」

「どうしたんですか？」

オーダーが間違ってましたか。私がたずねると、矢田さんは首を振る。

「そういうんじゃないです。ただ、僕だけださいなあって」

「は？」

意味がわからずに馬場さんと小野寺さんの顔を見ると、二人とも不思議そうな表情をしている。

「どういうことなんでしょう」

私が再度たずねると、矢田さんはそれぞれの料理を指さした。

「だってほら、馬場さんはナポリタンにアイスコーヒー、それに小野寺さんはBLTサンドにアイスコーヒーでしょ」

「それがなにか……？」

小野寺さんはサンドイッチに添えられたピクルスを齧《かじ》りながら、矢田さんの料理を見た。そこにあるのは、タコライスにグアバジュース。

「だからね、僕だけ沖縄観光メニューを頼んでたってことですよ。二人は純粋に食べたいものを頼んだのかもしれないけど、僕はせっかく沖縄に来たんだから、ってこのメニューにしちゃったんです。もうホント、ださいなあ」

「……はあ」

人に影響されずに、食べたいものを食べればいいじゃない。とはお客さん相手だしさすがに言えなかった。

「でも俺がナポリタンにしたのは、もうこっちに来て一週間だからそろそろ洋食が食べたいってだけの理由だよ」

懐かしい色合いに染まったスパゲティを巻き取りながら、馬場さんは笑う。それを受けた小野寺さんも軽くうなずいてからため息をもらした。

「私だって昨日までさんざん沖縄料理を食べてたから頼んだだけよ。だって予定では今頃、東京のカフェで久しぶりのベーグルを食べてたはずなんだから」

「なのにこの天気のせいで」

「そ。台無し。帰ってからそれをおいしく食べるために、わざと旅行中はパンとコーヒーを断ってたっていうのにね」

確かにこっちって東京ほどパン屋さんは多くないかも。町には洋風のメニューが多いのに、なんでなんだろう。私はブリトーにかぶりつきつつ、首をかしげた。うん、皮が香ばしくて中身はぴりっとしてておいしい。これはチキンだろうか。

食卓ではそのままなごやかに天気の話題が続き、私も安心して一本目のブリトーを食べ終えた。しかし次の瞬間、馬場さんが言った台詞《せりふ》に私はアイスコーヒーを噴き出しそうになる。

「ところでさっきから気になってたんだけど、そのTシャツどうしたの？」

聞くか、それ。突っ込むのか、そこ。

「え？　ああ、これですか」

小野寺さんも私も気になってはいたけど、あえて触れなかったのに。しかも矢田さんは旅慣れていない自分を恥ずかしがるようなタイプだから、余計追及してはいけない部分だと思っていたのに。

しかし予想に反して矢田さんは、にっこりと笑って得意そうにシーサーを指さした。

「ザ・観光客って感じの柄ですよね。でもこれ、こっちの友人にもらったものなんですよ」

「へえ、そうなんだ」

意外そうに馬場さんが肩をすくめる。

「昨日僕、雨に降られてアーケードに逃げ込んで、小さな店に入ったんです。あ、店っていっても屋台なんですけどね。そこでシークワーサージュースとか飲んでたら、隣に座ってた人とすっかり意気投合しちゃって、最後には店の人まで一緒になって飲みに行ったんですよ。そしたらその帰り、濡《ぬ》れたシャツがどうせ明日には乾かないだろうからってこれをくれたんです」

「確かにこっちの人って話好きが多いわよね」

小野寺さんの言葉に、矢田さんは得意げにうなずいた。

「そうなんですよぉ。しかもこれ、二枚もくれちゃって。あんまり売れないから、台風の間の服にでもすればいいって」

なるほど。それは確かにこっちの人がやりそうな感じだ。たとえて言うなら、クメばあとセンばあが「濡れるといけないから」ってあの派手な合羽を着せてくれるような。

「その気持ちが嬉しいから、着ないわけにはいかないじゃないですか。だから僕、このすごいデザインをあえて着ようと思ったんですよ」

「そうか。『あえて』なんだ」

「そうそう。『あえて』のこれなんです」

「なあんだ、気にしてて損したわ」

「そうですよね」

地雷と思われたTシャツの謎が解けたところで、初めて一同に笑いの輪が広がった。それで矢田さんも緊張がとけたのか、楽しそうに今回の旅の目的を語りはじめた。

＊

「いやあ、実は僕、ちょっとブログとか書いてるんですけど」

「ああ、じゃあ自分のホームページを持ってるんですね」

「そうなんです。で、その中に旅行記のコーナーもあるんですけど、これが意外と人気でヒット数のほとんどはそこなんですよね」

ブログ。その言葉を聞いて私はちょっとだけ身を硬くした。ネットカフェで見た掲示板の、嫌な記憶が甦《よみがえ》る。

「きっと僕の失敗談とか、そういうのがウケたんでしょうけど」

矢田さんの言葉を聞いて、私はさらに警戒心を強めた。

失敗談というのは確かに後になってみれば面白く、またこれから旅に出る人にとっては役立つ情報となるだろう。しかし、そこにホテル名を躊躇《ちゅうちょ》なく書かれる立場の人間からするとそれは脅威に他ならないのだ。

「旅行記でヒットするのは失敗談もそうだけど、自分の行きたいところの情報を探しててもたどりつくよね」

馬場さんは自分が旅に出る前、その場所の名前で検索をかけてみたりもするらしい。

「国内よりも海外のときの方が、よくやるけどね」

だってガイドブックに載っていない街とかだと困るし。そう言って馬場さんは南米や北米の都市名をすらすらと挙げた。

「旅行、お好きなんですね」

「そうですね。俺の人生、もう半分は旅に費やしてますよ。金が貯まるまでバイトして、そしたら辞めて旅に出るっていうパターンで暮らしてますから」

だから宿帳に無職と書いてあったのか。ある意味潔い旅の仕方だな、と私は感心した。その前に将来とか考えようよ、と思わなくなったのはやはりこの土地の影響だろうか。

「人生の半分が旅かあ。非日常が日常って感じでカッコいいですねえ」

ため息をつかんばかりに、矢田さんが馬場さんを憧《あこが》れのこもった目で見つめた。そんな視線が少しばかり鬱陶《うっとう》しかったのか、馬場さんはふっと話題の矛先をそらす。

「見たところ、小野寺さんも旅好きですよね。こちらにはよく来られるんですか？」

「え？　ええ、まあ。でも私はそんなすごい旅好きってわけでもないですよ。ただのOLで、ただの海外旅行好きだったのが一人旅に目覚めただけですから」

「そうなんですか」

「なんていうのかしら、団体行動が嫌になっちゃったのよね。だって大勢で行くと、自分の行きたいところばかり行くわけにもいかないし」

二本目のブリトーにかぶりつきながら、私は思わずうなずいた。小野寺さんの言いたいことは、よくわかる。

(別行動ができるならいいけど、ツアーだったりしたらそれも無理だしね)

もぐもぐと食べ進めていくうちに、今度はチキンとはまた違った歯触りの具が口の中に入ってきた。ちょっと焦げた感じの香ばしさと、柔らかい歯ごたえ。そしてこのしょっぱい味は。

(また、ポーク！)

オーナー代理の言っていた「ゴージャスな具」がポークであることを知って、私はがっくりと肩を落とした。いや、おいしい。ちゃんとブリトーに合うよう、周りをよく焼いて風味を出してあるし。けど、でも。

(だから遭遇率が高すぎなんだってば！)

私の頭の中には「ポーク責め」という言葉が浮かんでいた。そんな私を尻目《しりめ》に、矢田さんは小野寺さんのこともまた尊敬の眼差《まなざ》しで見つめている。

「女の人で一人旅が好きなんて、通っぽいですよ！　いやあ、皆さんみたいな旅の先輩に会えて僕は嬉しいです。今夜のこと、絶対ブログにアップしますよ」

しかしそんな矢田さんの発言を、小野寺さんが遮った。

「ごめんなさい。でも私のことは書かないでほしいの」

「え、なんでですか？　もちろん実名なんて出しませんよ」

「そうじゃなくて、以前インターネットで嫌な思いをしたことがあるから」

だからごめんなさい。そう言って小野寺さんは席を立つ。

「ごちそうさま。私は先に失礼するわ」

彼女は自分の分の食器をトレーの上に戻すと、あっという間に姿を消した。矢田さんはそんな彼女を呆然《ぼうぜん》とした表情で見送ると、馬場さんと私に向かってたずねる。

「あの、僕何か悪いこと言いましたか？」

「いえ。特に悪いとは思いませんけど」

けど、の後の台詞は馬場さんが上手にフォローしてくれた。

「ただ、いきなりブログにアップされるって言われたら、女性はひくかも」

「あー、そんなもんですかね？」

心底意外そうに、矢田さんが首をひねる。もしかしてこの人、あんまり想像力の働かないタイプなんだろうか。でも、それにしたってちょっと相手のことを考えればわかるはず。なので私はつい、諭すような口ぶりになってしまった。

「今って、個人情報について敏感になっている人も多いんですよ。宿帳だって書きたがらないほどで。それが女性ならなおさらです。だって、何がきっかけで狙われるかわかりませんから」

「……ふうん」

釈然としない様子で、矢田さんが私をちろりと見る。そこで初めて私は、自分のしでかした間違いに気づいた。

（……私、絶対に「説教臭い従業員」とか書かれるんだ！）

私が再び絶望的な気分に囚《とら》われていると、誰かの携帯が鳴り響いた。

「あ、すいません」

そう言って電話に出たのは馬場さん。横を向いたまま「よお」とか「いいよ」なんて話し方をしているところを見ると、友人からの電話だろうか。

「なんか、こっちの友達が明日暇だから麻雀《マージャン》大会やろうって話で」

彼は私たちに向き直って、苦笑する。

「どうせ台風で商売上がったりだから、一日遊ぼうなんて、やっぱこっちの人は呑気《のんき》というか、気が大きいというか」

「ほんとですね」

私が笑い返すと、矢田さんがむっとした表情でつぶやいた。

「こういうときこそ、ビジネスチャンスなのに」

「え？」

「だから、皆が休むときにサービスを提供してこそ儲《もう》かるって話ですよ」

僕、経営学科なんでそういうところ気になるんです。矢田さんは拗《す》ねた口ぶりで続けた。

「でも、台風のときになにをしてもしょうがないんじゃ……」

私の意見を彼は強い口調で制する。

「今日知り合った友達にも、僕はそう言ってやったんですよ。そうしたらすごく感激してくれて、明日特別な遺跡に案内してくれるって話になったんです」

「……はあ」

「普段はすごく混んでて行列しないと入れないらしいんだけど、この天気ならきっとがらがらだろうって言うんですよ」

またもや矢田さんの言いたいことが理解できずに、私は馬場さんの方を見た。すると馬場さんはにっこりと笑って肩をすくめる。

「いやあ、そんな遺跡に連れてってもらえるなんて、矢田さんはすごいですね。羨《うらや》ましいなあ」

この馬場さんの台詞は何かのツボを押したらしく、途端に矢田さんの表情が優しくなった。

「いやいや、馬場さんにくらべれば僕なんてまだまだですよ。でも、今回のことは結構いいネタになると思うんですよねえ」

「そうですよ。俺だってそんな経験、滅多にありませんからね」

「ですよねえ。あ、じゃあ僕ちょっと下書きするんでこれで」

そうして訳がわからないうちに、矢田さんは上機嫌で席を立ってしまう。後に取り残されたままぽかんとしている私の横で、馬場さんは食器を片づけはじめる。

「あの、今のってどういうお話だったんでしょうか」

テーブルを拭《ふ》きながら質問すると、馬場さんはうなずいた。

「長く旅してるとね、よく会うんだ、ああいうの」

「矢田さんみたいなタイプの人は、よくいるんですか？」

「うん。彼みたいな人はね、いつでも何かを自慢したくてたまらないんだよ。だから誰よりも先にその場にいる人の経験を把握して、自分より経験値が上か下か測りたがる」

経験が少ない人に先輩風を吹かせたいのはわかる。けど、自分より経験が豊かな人だとわかったらどうしようもないと思うんですけど。私が疑問を口にすると、馬場さんはドレッドヘアを揺らして笑った。

「柿生さんてなんていうかその、汚れてないんですね」

それは世間知らず、というのと同義語なのだろうか。

「え？　いや、その……何でですか？」

「要するに、矢田さんはやきもちを焼いたんですよ」

「やきもち？」

「そう。自分がせっかく一日で友達を作った自慢話をしたのに、その直後に俺がこっちの友達と電話をしたから。それでむっとしたんでしょう。だから俺が『君の友達の方がすごいね』って持ち上げたら、すぐ機嫌が直ったんですよ」

自尊心が満たされれば、ああいうタイプはご機嫌で帰りますから。彼の説明を聞きながら、私はものすごい疲労感に襲われていた。

（やきもち、って！　小学生かっての！）

とにかく穏便に場を収めてくれた馬場さんにお礼を言うと、彼は笑って手を振った。

「こっちこそ、出過ぎた真似だったかもしれません。でも彼にはちょっと注意しておいた方がいいですよ」

そう言って馬場さんが姿を消すと、私はまた一階に一人きりになる。すると、今まで聞こえなかった風の音がまたもや耳につきはじめた。

うか。

＊

(でも、旅の経験って張り合うようなものなのかな)

流しで食器を洗いながら、私は首をひねる。あまり旅をしたことがないからわからないけど、普通旅っていうのは行きたい場所があって、そこへ行くのが目的なんじゃないだろうか。

(だとしたら、誰かと比べるなんてできないはずなんだけど)

タコライスのチーズがこびりついた皿を水につけて、他の食器をすすぎはじめる。

(それに一日で出来た友達、っていうのもなんだかなあ)

それってせめて知りあいと表現すべきじゃないんですか、とはさすがに言えなかったけど。洗い終わった食器を拭いてから再びトレーに載せて、私は隣の店へと向かう。ほんの数メートル移動しただけなのに、あっという間にシャツが湿っていく。

「ああ、お疲れさま。お客さんはどうだった？」

またもや雇い主的な発言をするオーナー代理に、私はとりあえず矢田さんの件だけ報告した。すると彼はふっと考え込んでつぶやく。

「特別な遺跡、ねえ」

「はい。なんでも明日は友達がそこへ案内してくれるそうです」

私がうなずくと、オーナー代理は長い髪をかき上げて眉間《みけん》に皺《しわ》を寄せた。

「じゃあ明日、その矢田って奴が帰ってきたら連絡して」

「わかりました」

隣から帰り、ようやく自室に戻った私は寝る前にTシャツを部屋に干す。乾いたシャツの在庫はあと一枚。これじゃあ確かに何枚あっても足りないかも。矢田さんの強烈なTシャツを思い出すと、笑いがこみ上げてきた。

(ま、好きになれなくても嫌わないようにしよう。なにしろお客さんなんだし)

せめて明日、彼の行く遺跡が空《す》いているといいな。そんなことを考えつつ、私は風の音に包まれて目を閉じた。

＊

翌朝、携帯電話の音で目が覚めた。

「はいっ、ホテルジューシーです!」

寝ぼけた声に聞こえないよう、精一杯元気よく返事をした。すると電話の向こうから、豪快な笑い声が聞こえてくる。

「おはよう。それだけ元気があれば、大丈夫そうだねー」

電話の主は比嘉さんで、今日はお休みをするという連絡だった。なんでも、家の離れの屋根が風で剝《は》がれかけているらしい。

「それで悪いんだけど、朝食の作り方はフロントのファックスに送っておいたから、柿生さん作ってくれる？」

「もちろんです。あたし、これでも大家族の長女ですから」

三人分くらい、数のうちに入りませんよ。そう言って私は電話を切った。時間はいつもより早いけど、今朝は朝食作りという仕事がある。新しいTシャツを身につけ、膝丈《ひざたけ》のパンツに足を通すと私は勢いよく起きあがった。やるべきことがあるって、なんて素晴らしいんだろう！

届いていたファックスに目を通すと、そこにはまた変わった名前が書いてあった。

「ヒラヤーチー？」

説明によるとこれは、以前食べたちんびんのしょっぱい版らしい。台所に行って材料を順に並べると、小麦粉、ツナ缶、ネギかニラ、そして人参といったところ。調理手順は簡単で、小さく切った野菜とツナを水とだしの素で溶いた小麦粉の中に入れ油で焼くだけ。

「食べるときにお好みで醬油《しょうゆ》かソース、と」

フライパンを熱しながら私は片手で鍋《なべ》にお湯を沸かした。さすがにお焼きだけというのも味気ないので、味噌汁《みそしる》でもつけようと思ったのだ。幸い、乾燥させたアーサは戸棚に常備してある。

香ばしい匂いがあたりに充満する頃、小野寺さんが下りてきた。今日の彼女は、違う色のキャミソールに昨日と同じロングスカートだ。

「おはようございます」

「ちょっと早かったかしら」

「いいえ。できてますからお席にどうぞ」

「ありがとう。なんかね、ちょっと昨日の彼とは時間をずらしたくて」

ばつの悪そうな笑みを浮かべて、小野寺さんは席についた。

「あれこれ聞かれたくないですもんね」

私が味噌汁の椀《わん》を置くと、彼女は初めてにっこりと笑う。

「矢田くんが旅人になりたいのはわかるけど、青春につきあってるほど社会人には余裕がないのよね」

言いながらヒラヤーチーを箸でちぎり、口に運んだ。

「あら、おいしい」

「そうですか？」

「ええ。見かけよりずっとおいしいわ。柿生さんてお料理上手なのね」

「いやあ、教えてくれた人のレシピが良かったんだと思います」

小野寺さんが食べ終わる頃、入れ替わりに馬場さんが食堂に現れた。昨日より気持ち早めなのは、やはり彼も矢田さんを避けているのだろうか。

「うん、うまいっすね」

元気良く朝食を平らげた馬場さんは、最後にお茶をぐっと飲んで立ち上がった。

「麻雀に勝ったら、おみやげにアイスでも買ってきますよ」

そう言って激しい雨の中をビーチサンダルで出てゆく。なんでも、友達のアパートは徒歩圏内にあるらしい。

「あれえ？　皆さんはどうしたんですか？」

最後に現れた矢田さんは、食卓の前で一人呑気な声をあげた。

「小野寺さんは早く目が覚めてしまったし、馬場さんはお友達の所へ行くのに急いで食べなきゃいけなかったみたいですよ」

私は当たり障りのない答えを返す。ちなみに今日の矢田さんのTシャツは、ゴーヤーに手足の生えたキャラクターが大きくプリントされたものだ。

「ふうん。ま、いっか。どうせ僕も今日は皆さんの相手してられないし」

アーサの味噌汁をほとんど口もつけずに残して、彼は席を立つ。

「遺跡まではどうやって行かれるんですか」

「ああ、タクシーですよ。友達の家が遺跡に近いから、そこの駐車場で待ち合わせてるんです」

タクシー移動なら、あまり危険もないだろう。しかし私はつい余計な一言を口にしてしまう。

「あの、気をつけて下さいね。なんでも高い城壁の上とかは突風が吹くこともあるそうですから」

そんな私の言葉を、矢田さんは軽く笑い飛ばした。

「大丈夫ですよ！　それにちょっとしたスリルくらいないと、つまらないでしょう？　旅のリスクってのは、チャンスの裏返しだし」

そういう性格だから心配してるんです。とはまたしても言えなかった。ああ、この人が家族だったら軽くひっぱたいて説教するのに。

じゃ、国際通りでタクシー拾いますんで。矢田さんが出ていくとき、私はなんとも言えず不安な気持ちで彼の背中を見送った。

（ネタになる、とかいって高いところから平気で身を乗り出しそうなんだよね）

玄関に吹き込んできた雨をモップで拭《ぬぐ》いながら、私は小さくため息をついた。

＊

退屈。というか暇。台風というベールにすっぽりと覆われてしまった一日は、昨日よりさらにやることもなく私は時間をもてあましていた。ホテルの中はどこもかしこも掃除してしまったし、もとよりお客さんの出入りはない。唯一残った夕食の支度も、さっき小野寺さんには断られてしまった。

「気合い入れてコンビニまで行ったから、今夜はお弁当にしてみるわ」

ずぶ濡れで帰ってきた彼女は、私に『ゴーヤーチャンプルー弁当』を取り出してみせる。

「地元のコンビニって面白いのね。ちゃんと郷土料理もあるなんて」

「そうなんですよね。あたしもこの間初めて『おにポー』っていうのを食べましたよ」

しばしコンビニの話で盛り上がった後、小野寺さんは文庫の下巻を手に部屋へと戻っていった。どうやら、時代小説にはまってしまったらしい。

そして夕方、馬場さんからフロントに電話が入った。

「ごめんなさい。今夜は徹夜になりそうなんで、夕食と明日の朝食はいりません。あ、もちろん宿代は普通に上乗せして下さいね」

「わかりました。お気をつけて」

とはいえ朝食代くらいは差し引いてあげられるよう、オーナー代理に相談しよう。私がそんなことを考えていると、扉が開いて雨風がびゅうっと吹き込んできた。

「ああ、矢田さん。お帰りなさい」

「あ、た、ただいま」

全身から水をしたたらせながら、矢田さんは呆然と立ち尽くしている。しかもよく見ると、腕や顔のあちこちに擦り傷や打ち身と思しき痕《あと》が見えた。

(遺跡で無理して転んだな)

だからいわんこっちゃない。私はフロントに常備してある薬箱から消毒薬と絆創膏《ばんそうこう》を取り出して、彼に渡した。

「洗ってから消毒しておいた方がいいですよ」

「あ、ありがとう……」

矢田さんは青い顔をしてふらふらと部屋へ戻っていく。もしかして、出先でもっと怖い目にあったんだろうか。横風で車が横転しかけたとか、落石があったとか。

（なんにしろ、無事帰ってきてよかった）

私はそこで、はたと考え込んだ。ということは、今夜ここで夕食をとるのは矢田さん一人か。でも一対一で食べるっていうのも、なんだか気まずい。かといって矢田さん一人で食べさせるのもなんだし。

考えた末、私はようやくもう一人の人物に思い至った。

＊

「一緒にごはん？　別にいいけど」

相変わらずしゃっきりとしたオーナー代理は、矢田さんと三人での食事を承諾してくれた。いつもだったら「やだよお。お客と一緒なんて、食べた気がしないもん」なんて断りそうなのに。

「どうせその人、気になってたし」

そういえば矢田さんが帰ったら連絡してと言われてたっけ。今さらながら私は、そのことを思い出す。

矢田さんの注文は、何故か今夜もタコライスだった。昨日は観光客メニューといって恥じていたのに、これはどういうことだろう。ここのタコライスは、それほどおいしいのだろうか。気になった私は、つい同じ物を注文してしまった。

「やあ、こんばんは。オーナー代理の安城です」

髪をきちんと後ろで束ねて、枯れたブルーのシャツを着たオーナー代理は矢田さんに向かって手を差し出した。

「あ、どうも……」

「なんでも今夜は人が少ないとかで、ぼくもお邪魔させてもらうことになったんですけどね。いやあ、ひどい天気だ」

ごうごうと鳴り続ける風の音は、まだ弱まる気配をみせない。

「でも明日になれば、少し良くなるみたいですよ」

オーナー代理の前にもタコライスの皿を置きながら、私は言った。最新の天気予報では、明日の午後には雨は止まないまでも飛行機は飛べるようになるらしい。そんな雑談をしながら、ふと思いついたようにオーナー代理は矢田さんを見た。

「そういえば矢田さんは今日、遺跡に行かれたとか」

その瞬間、スプーンが皿に当たってかちりと音を立てる。

「え？　あ……はい」

少し慌てたようにうなずく矢田さんに、オーナー代理はにっこりと笑いかけた。

「楽しかったですか？　なんでも、普段は混んでいて入りにくい場所だと聞きましたよ」

「え、ええ。楽しかったです」

「それはどの遺跡ですかね？　ぼくは雇われてまだ間もないんで、穴場を教えていただけると嬉しいなあ」

嘘だ。私はちらりとオーナー代理を見る。しかしそんな小さな嘘をついて、彼は矢田さんから何を引き出そうというのだろう。

「どの遺跡って言われても、たくさん回ったから……」

「それはいわゆる有名どころがメインですか？　御嶽《うたき》とか城址《ぐすくあと》とかの」

「いや、だからいちいち名前なんて覚えてないほど回ったんですよ」

何故か頑《かたく》なに遺跡の名称を口にしようとはしない矢田さん。そんな彼を、オーナー代理はじっと見つめている。

「ところでそのTシャツ、面白い柄ですね」

私はタコライスを口に運びながら、彼の三枚目のTシャツを観察した。今度はシーサーが沖縄そばを食べている絵に、『おいシーサー！』という文字が躍っている。

「ああこれ……。押しつけられたんですよ。こっちの人に」

ん？　昨日はあんなに得意げに友達って言ってたくせに。しかしオーナー代理は、その上に不思議な質問を重ねる。

「今日も着てこいって言われましたか？」

「え……！」

スプーンを持つ矢田さんの手が、ぴたりと止まった。そしてみるみるうちに、顔色が変わってゆく。

「なんでそんなこと知ってんだよ！」

真っ赤な顔をして、矢田さんはいきなり食卓を叩いた。その拍子に、彼の前にあったアイスコーヒーのグラスが倒れる。しかしそれを気にすることもなく、矢田さんは声を張り上げた。

「わかったぞ。あんたも、あんたたちもぐるだったんだな！　畜生、最低だよ！」

オーナー代理はそんな彼の発言を無視して、さらに質問を重ねる。

「その擦り傷、爪のひっかき傷にも見えますね。相手は女性でしたか。それとも、年輩の男性？」

相手？　それって「友達」のことを指してるんだろうか。

「うるさいうるさいうるさい！　あんたみたいな悪党になんでそんなこと言われなきゃなんないんだよ！」

立ち上がって怒鳴り散らす矢田さんを前に、私は驚いて動けずにいた。しかしオーナー代理は落ち着いた口調で喋《しゃべ》り続ける。

「矢田さん、ぼくはあなたのお友達とぐるなんかじゃありませんよ。ただ、そういった手口を以前新聞で目にしたことがあるだけです」

手口という表現。それはもしかして、彼が何かの犯罪に巻きこまれたことを意味しているのだろうか。

「だから一言忠告しておきたかっただけです。ぼくはあなたを突き出そうなんて思ってはいません。ただ、あなたが一人で不安なら付き添ってもいいとは思っています」

真っ青な顔で立ち尽くす矢田さんに向かって、オーナー代理は語りかける。

「引き返すなら、今です。旅先でのトラブルは早めに対処することが一番の薬ですよ」

矢田さんはその言葉を聞くと、がくりと肩を落とした。

「ちょっと……考えさせて下さい」

そして彼は再び席につくことなく、自分の部屋へと戻っていく。

まるで台風みたいだった。こぼれたコーヒーを拭き、半分ほど残ったタコライスを処分しながら私はつぶやく。

「あの……やっぱり彼は何かの犯罪に巻きこまれたんですよね」

オーナー代理はアイスコーヒーを飲み干してうなずいた。

「うん。多分あれはね、タクシー強盗だよ」

「タクシー強盗？」

一体どこをどうしたらそんな結論が出てくるのか。私が説明を求めると、オーナー代理はその犯罪の手口を教えてくれた。

「まず気になったのは、この天気に遺跡へ誘うということ。そりゃあ沖縄の遺跡は世界遺産に登録されているものもあるし、人気も高い。けどね、混んでて入れないような場所はほとんどないよ。だからわざわざこの天気に誘いだすなんておかしいんだ」

「でも、空いてるのは確かですよね」

「百歩譲って空いてるってだけの理由だったとしよう。じゃあ何故矢田さんは遺跡の名前を言えなかった？」

たくさんの場所をいっぺんに回ったから。というのは確かに理由として弱い気がした。

「つまりそれは、犯罪の現場だからだよ」

「でも、彼はお金に困ってたわけじゃないと思いますけど」

そう、矢田さんは大学生だけどお金はきちんと持ってきていた。だからせっぱ詰まって他人のお金を奪うなんて、理屈に合わないのだ。するとオーナー代理は私の意見にこくりとうなずいた。

「そうだね。お金に困ってたのは彼じゃない。彼の友達だよ」

「え……てことは」

「彼は共犯者として利用されたのさ」

「相手方の第一歩は、まず一人旅中の人間を捕まえることだ。それもできれば旅慣れていない、でも旅慣れた風を装いたい自意識過剰な若者を」

しかも旅ブログなんかつけてて、ネタのために危険も顧みなさそうだったら、なおさらだ。

「自分の仲間がやっている屋台で意気投合したふりをして、例のださいTシャツを押しつける。今回は天気のおかげですんなり着てもらえたようだけど、そうじゃなかったらまた違う手があるんだろうな」

「そのTシャツは、タクシー強盗とどんな関係があるんですか?」

「油断を誘うんだよ。頻発する事件のせいで、タクシーの運転手たちだって不審者に用心してるからね。人気のない場所を指定する一人旅の客なんて、疑われても仕方ない。けど、あんなTシャツを着て得意げな顔の矢田さんみたいな客だったとしたら、どうだろう」

「あんまり……警戒しないかもです」

「そういうこと。矢田さんは指定された遺跡の駐車場までタクシーで行く。するとそこには友達の車が待っていて、いきなり複数で運転手に襲いかかるって寸法だ。矢田さんはその友達に、家から遺跡が近いから、そこで落ち合おうとでも言われたんだろうね」

台風の日。人気のない遺跡の駐車場。そこに横付けされた二台の車。彼の擦り傷や打ち身は、その乱闘でできたものだったのだ。

「でも、それじゃ矢田さんは悪くないじゃないですか」

「そう、彼は騙《だま》されただけだ。だけどこの手口を使うのは、ここに傷のある人たちだからね。おそらくひどく脅されたと思うよ」

そう言ってオーナー代理は、自分の頬に人差し指を滑らせる。

「このまま逃げても、きっと矢田さんは捕まる。けど友達の所に逃げ込んでしまえば、捕まらないかもしれない」

でもその友達は友達じゃないし、ましてや堅気の人間でもない。

「友達の所に逃げ込んだが最後、もっと重い犯罪に荷担させられることぐらい、彼にもわかってると思うけど」

だから先刻、オーナー代理は彼に自首を勧めたのだ。その方が少しでも罪が軽くなるから。私は大きく息を吸うと、背筋を伸ばした。大丈夫。これはまだ最悪な事態じゃない。だって、彼にはまだ道が残されている。

「明日の朝、彼が嫌がっても絶対警察に連れて行きます。そのときはオーナー代理、よろしくお願いします」

旅に出て道に迷うことなんて当たり前だ。問題は、そこからどうやって帰ってくるか。まだ戻れる場所にいるんだから、私が力ずくでも引き戻してやる。

そんな私に、オーナー代理は食べかけの皿を示した。

「柿生さん。タコライス、まだ半分以上残ってるよ」

「あ、はい」

冷えてチーズが固まりつつあったけど、それでもタコライスはおいしい。私はしゃきしゃきとレタスを嚙《か》みながら、決戦に向かう勇士のように顔を上げた。

＊

しかしその晩遅く、私はフロントからの電話で起こされた。電話はオーナー代理からで、すぐに来てほしいと言う。

嫌な予感が、私を襲った。

「オーナー代理！」

ビーチサンダルの音を響かせてフロントに駆け込むと、そこには開けっ放しの扉の前に佇《たたず》むオーナー代理の後ろ姿があった。激しい風にTシャツがはためき、髪はしとどに濡れている。

「間に合わなかったよ」

その一言で、私にはすべてがわかってしまった。

「うちの前に車が停まる音が聞こえたから、急いで表に出たんだけど」

「……矢田さんは、行ってしまったんですね」

私は扉の外の暗闇を見つめて、唇を嚙みしめる。なんで。なんで朝まで我慢できなかったの。明るい世界を待てなかったの。

「車のナンバープレートは、わざと汚して見えなくしてあったよ。多分、近日中に警察が来るんじゃないかな」

旅先で芽生えた、ほんの小さな好奇心。それがこんな結果を呼び込むなんて、誰が予測できただろう。私が気まぐれにマウスをクリックしたように、矢田さんは声をかけてくれた人たちと遊びに行った。ただ、それだけのことだったのに。

「悪かったね、力が及ばなくて」

ふり向いたオーナー代理の瞳《ひとみ》を、私はじっと見つめた。いつものように、吸い込まれそうな色をした不思議な瞳。けれど今の私には、そのおだやかさが逆につらかった。

「……矢田さんは、非日常のスリルに憧れてたんです」

「そもそも旅っていうのは、いつもとは違う日常を求める行為だけどね。彼はそれじゃ満足できなかったんだろうね」

満足？　そうじゃない。矢田さんはちょっと人より変わった体験がしたくて、ちょっと冒険してみたかっただけだ。それは多分、私が市場へ行くいつもの道をちょこっと手前で曲がったりするくらいの小さな冒険心。

（きっと、似たようなことは誰にだって起こり得る。そう、私にだって……）

私はオーナー代理に近づき、同じように暗闇に顔を向ける。

「オーナー代理」

「うん？」

「あたしまだ、あの人に説教してません」

「そうだね」

「まだひっぱたいても、いません」

「そうだね」

「まだきちんと向き合ってすら、いません」

風に運ばれた雨粒が、びしびしと顔の上ではじける。しかし私は暗闇に向かって叫んだ。

「まだ間に合うって、言ってあげてなかったのに！　まだ何にも伝わってなかったのに！　まだ引き返せたはずなのに！　なのに、なんで！」

なんで手の届かないところへ行ってしまったの。声にならない最後の言葉は、風の中にさらわれていった。

頬を伝うのは涙なのか雨なのか。激しい風に足元をすくわれそうになりながらも、私は暗闇に向かって顔を上げ続けた。

負けたくない。負けたくない。でも、何に？

＊

私の頭が冷えるまで、オーナー代理は隣に立っていてくれた。そして震えのとまらない背中を、一定のリズムでゆっくりと叩く。私はそのリズムに従って静かに呼吸をくり返し、ようやく落ち着くことが出来た。

「……すいません。ちょっと取り乱しちゃって」

Tシャツの袖《そで》で顔を拭い、ぺこりと頭を下げる。

「嵐だからね。乱れて当たり前さ」

オーナー代理は同じように顔を拭きながら、軽くうなずいた。その引き締まった横顔を見上げて、私はくすりと笑う。そういえば、オーナー代理の調子も狂いっぱなしだっけ。

その後私たちは、矢田さんの荷物などを調べるため彼の部屋に入った。しかし案の定そこには何も残されておらず、これが覚悟の出発だと思い知らされた。そしてさらに悲しいことに、彼が机の上に残していった宿代を私は発見した。

「お金、あったのに」

やりきれない思いでつぶやくと、テレビの付近を眺めていたオーナー代理が声をあげる。

「柿生さん、これ」

「なんですか？」

彼の手の示す場所をのぞき込んで、私は言葉を失った。そこには消毒薬のボトルと絆創膏の箱、それに一枚のメモが置いてある。そのメモには汚い字で「ありがとう」という言葉と、ホームページのアドレスが書いてあったのだ。

「ちょっとだけ、伝わってたみたいだね」

そのオーナー代理の言葉に、私は再び唇を嚙みしめる。

ねえ、わかってたじゃない。人のこと思いやれる人だったんじゃない。ねえ、最後の最後に、これはないんじゃない？

＊

翌日の空は、何かの冗談みたいにからりと晴れていた。

「風はまだあるみたいだけど、午後便から飛ぶって確定したみたい」

そう言って小野寺さんがチェックアウトに訪れた。

「あーあ、また退屈な仕事の日々に戻るのね」

「憂鬱《ゆううつ》ですか？」

「まあね。でも、退屈な日々があってこそ旅は輝くものだし」

小野寺さんの言葉に、私はぐっと胸を突かれる。この言葉、矢田さんに聞かせてあげたかったな。

せめて午前中は最後の買い物に精を出すわ。小野寺さんは大きくのびをしたあと、片手を腰、そしてもう片方の手を帽子のひさしにかける。

「それでは、御免。なんちゃって」

明るく時代劇のポーズを決めて、彼女は去っていった。

朝帰りの馬場さんは、やはり午後便で帰ることに決めたらしく昼前にチェックアウトするという。そこで私が朝食分の割り引きを申し出ると、嬉しそうに笑った。

「安くしてもらったから言うわけじゃないけど、ここはいい宿でしたよ。矢田さんにもそれがわかる日がくるといいけど」

きっともう、わかってくれているはずなんです。とはやはり口に出せるはずもなかった。

後日、私はネットカフェで矢田さんの残したアドレスを打ち込んでみた。すると案の定そこには、矢田さんと思しき人物の旅ブログが表示された。しかしながらその日記は、彼が遺跡へ行った日で途切れたまま、いまだに更新されていない。

＊

強烈な日射しでじりじりと乾いてゆくアスファルト。私は久しぶりの外出を楽しみながら、東京にいるサキにメールを打った。

『サキ、元気ですか。こっちは昨日まで台風でてんやわんやでした。宿の人間としては、お客さんの道中の安全を祈るばかりです。

だって、家に帰るまでが遠足です、って言うじゃない？』

たとえ長い時間がかかっても、矢田さんが無事に家に帰れますように。私はそんな願いをこめて、メールを送信した。ちっぽけな私の放つ、ちっぽけな電波。それでもいつかは届くだろうか。

三日ぶりの市場に顔を出すと、馴染《なじ》みのおばさんが私を見て大きな声をあげた。

「あいやあ、今日はまたどうしたのう？」

「いえその……台風で着替えがなくなっちゃって……」

そう。実は昨夜の大騒ぎで、私は手持ちの服を使い果たしてしまっていたのだ。今洗濯中の服は明日には乾くけど、それまで着るものがない。私はここ数日まともだったオーナー代理をあてにして、今朝早くに隣の店のドアを叩いた。

「ああ？　なに？　眠いんだけど」

しかしそこに立っていたのは、ぐしゃぐしゃの髪と寝ぼけ眼《まなこ》のいつものオーナー代理だった。

（やっぱり、晴れたら戻っちゃうんだ）

落胆しつつも私は、一縷《いちる》の望みをかけて聞いてみる。もしかしたら、ホテルのどこかにださいTシャツの一枚くらい眠っているかもしれないし。するとオーナー代理は不機嫌な表情のまま店の奥に引っ込むと、どこからか一着の服を引っ張り出してきた。

「これ。未使用だから使えば」

「ありがとうございます」

どうやらこれは彼の大好きなぺらぺらのアロハらしい。多少派手な柄でも、今回は感謝しなくちゃね。私は何気なくその生地を見て、顔をこわばらせた。しかしそんな私には目もくれず、オーナー代理は右手を突き出す。

「三百円」

「え?」

「ハンビーで三百円で買ったから、同じ値段でいいよ。サービス」

これでお金を取るんですか。この、他の誰も着ないような強烈な柄で。あまりの衝撃に見舞われたせいか、私はついふらふらと財布を出してしまった。

そして今、私は市場のおばさんの前で苦笑いを浮かべたまま立ち尽くしている。大海原で大ダコと大イカが格闘する、強烈な柄のアロハを身にまとって。

ぴかぴかの太陽が照りつける、那覇のど真ん中で。

トモダチ・プライス

「ちょっとそこのネーネー」

道端で声をかけられて、ふとふり返る。「ネーネー」というのはこっちの言葉で「お姉さん」。ちなみに「ニィニィ」は「お兄さん」だ。

「そう、あなたよ」

声のする方へ目を向けると、コンクリの壁を背にして小さな屋台に座った女性が手招きをしている。このあたりは国際通りから少し離れた閑静な住宅街だから、露店を出している人は珍しい。

ぱっと見たところ女性の年齢は二十歳代。Tシャツにアジアンテイストの巻きスカートを身につけ、髪をきゅっと縛っておでこを出している。

「よかったらこれ、持ってかない？」

彼女は台の上にぽつんと残った箱を指さして笑う。草木染めのような布に『やすえ弁《べん》當《とう》』と書かれているところを見ると、どうやらお弁当を売っているらしい。

「お弁当、ですか」

「そう。ぜーんぶあたしの手作りで、ご飯は雑穀入り。ちなみに今日のおかずはがんもどきや昆布の煮付けとグルクンのフライ。本当は八百円なんだけど、最後の一個だから五百円に負けとくわ。どう？」

「うーん、どうしようかな」

私は自分のお財布と相談してみる。五百円は、ちょっと痛いな。だってこれから行こうとしていた食堂では、四百円でボリュームたっぷりの定食を食べることができる。彼女はそんな私の逡巡《しゅんじゅん》を読みとったのか、一気に値を下げてきた。

「わかった。四百円……いやもう三百円にしちゃう！」

三百円なら、帰りにコーヒースタンドにも寄ることができる。私は納得してうなずいた。

「じゃあそれ、いただきます」

那覇の安宿で住み込みのアルバイトをはじめてから早一ヶ月。金銭感覚まで沖縄仕様になってきたのはどうかと思う今日この頃。

＊

軽く用事をすませたあと、近くの公園でお弁当を開いてみた。手書きっぽい文字が印刷された紙でくるりと巻いてあるのは、なかなかお洒落《しゃれ》。そして煮付けは色も味もこってりめで、私好みだった。グルクンというのは沖縄の県魚でもある白身の魚だけど、サイズが小ぶりなせいか丸ごとフライになっていることが多い。だから毎回小骨との闘いになるのだけれど、ここのは大まかに骨が抜いてあった。

(この手間が値段ってことかも)

木陰で雑穀飯をもぐもぐと嚙《か》んでいると、風が頬を撫《な》でてゆく。海は見えないけれど、それでもほんのり潮の香りが混じった空気。汗ばんだ肌を冷やしながら、私はふと空を見上げる。先週の台風が嘘だったかのようなぴかぴかの晴れ。九月に入っても、こちらは相変わらず殺人的な日射しが降りそそいでいる。

(東京はもう涼しいんだろうな)

当初は、八月最後の日に帰る予定だった。けれど仕事や人に慣れるにつけどんどん居心地が良くなってきた沖縄で、私は帰る日を先送りにしている。幸い単位は足りているから、ぎりぎりまで延ばせばあと二週間くらいは働くことができるだろう。

観光客もほとんど来ない静かな公園では、地元のお年寄りが目につく。半袖《はんそで》の開襟シャツでゆっくりと日陰を歩くその姿は、古い日本映画の登場人物を思わせた。

(帰るけど、でも)

夏のまま時が止まってしまったかのようなこの場所が、いつしか私の気持ちまで縫い止めようとしている。

クメばあやセンばあと笑いあい、比嘉さんの作るご飯を食べる。オーナー代理を叱りとばしながら、客室のシーツをかき集める。腹の立つお客がいても、送り出すときは笑顔で。そんな日々が無性に愛《いと》おしくなってきたのは、一体いつからなんだろう。

小さい頃、プリンを食べていて思ったことがある。最初は普通に食べはじめたはずなのに、残り少なくなると急にもったいない気持ちになるのだ。「こんなにある」が「もうこれしかない」に変わると、同じプリンなのにやけにおいしく感じるのが不思議だった。でも、終わりを考えた瞬間にそれがもったいなく感じるというのはちょっといじましい気もする。なぜなら最初の一口も最後の一口も、プリンがプリンであることに変わりはないからだ。

(本当は最初からずっと、かけがえのない時間だったはず)

残りの日々を惜しむのは、心が意地汚いからかもしれない。私はそんなことを考えながら、最後のおかずをぽいと口に放り込んだ。

＊

悩んでも時は過ぎる。だったらせめて後悔しないようにベストを尽くそう。けれどそう考える私の目の前で、呑気《のんき》にいびきをかいている人がいる。

「オーナー代理」

「ん？」

「オーナー代理っ！」

「えっ？……いてっ！」

お客さん用のソファーにだらしなく横たわったオーナー代理は、私の声に驚いて派手に床に転げ落ちた。

「もうー、びっくりしたなあ。なんか用？」

てろてろのアロハに、膝《ひざ》丈のパンツ。これ以上ないほどに緩みきったファッションは、そりゃあもうお昼寝向きでしょうとも。

「なんか用、じゃなくて起きて下さい」

「非常事態？」

眠そうな目のまま、床に放置されたビーチサンダルに足を突っ込む。昼間のオーナー代理は駄目人間だけど、観光のピークが過ぎ去ってからはそれがさらに悪化している気がする。

「ここで寝ないで下さい。お客さん用なんですから」

「だって今はいないじゃん」

子供か。私は弟が小さい頃言っていた小言を不意に思い出す。

「今じゃなくて、これからを考えて下さい」

お菓子が食べたい。もうすぐご飯だから駄目。でも今はご飯を食べてないからいいじゃん。今じゃなくて、これからどうなるかを考えなさい。

「頭が働かないからなあ」

言い訳をしながら、それでもオーナー代理は隣の店に引き揚げていった。私はカウンターで宿泊予定表を開くと、小さなため息をつく。今日の予約は一人。明日の予約も一人。ついでに言うなら、同一人物の連泊だ。ベストを尽くそうとしても、尽くし甲斐《がい》がないというか。

案の定、仕事はすぐに終わってしまった。

「離島を回ってから来たんですよ」

旅慣れた雰囲気の若い男性は、そう言って地図も持たずに出かけて行く。ちなみに夕飯は初めての山羊《やぎ》料理にチャレンジするのだそうだ。

「いってらっしゃい」

手間のかからないお客さんを送り出してしまうと、一気に暇になる。午後三時。クメばあとセンばあはとうに帰ってしまっているし、比嘉さんも明日の仕込みを終えて帰ったばかりだ。とりあえず宿泊予定表の紙をパソコンで打ち出してみたり、観光チラシの補充をしてみたりするものの、時間はなかなか潰《つぶ》れない。誰かに聞かれたときのためと思って、無料のタウン誌を熟読までした。

午後五時。少しばかり夜の顔になったオーナー代理が起きてくる。

「柿生さん、暇そうだね」

「ええ。暇すぎてあちこちぴかぴかですよ」

磨き上げられた床を見て、オーナー代理はこりゃすごい、とつぶやいた。

「そんなに暇なら、たまには夜遊びでもしてきたら？」

「は？」

「お客、一人でしょ？　今日はもういいから夕飯ついでに出かけてくれば」

ていうか、私の辞書に夜遊びという言葉はないんですけど。ついでにクラブとか合コンというのもなし。

「……興味ないです」

私がつまらなそうな顔をすると、オーナー代理は軽くうなずいた。

「わかった。夜遊びは不良のすること、とか思ってるんだ」

「ち、違いますよ！」

図星だった。どうせ古典的解釈ですってば。しかしオーナー代理はにこりと笑う。

「ハンビーのこと思い出してみればいい。沖縄は夜型文化が盛んなんだよ」

鈴木を追いかけて行ったハンビーのナイトマーケット。昼間は暑すぎるという理由で、夜遅くまで遊ぶ子供の姿が目立ってたっけ。

「ああ、そういうことですか」

ファミリー向けの夜遊びもあるからさ、とオーナー代理は携帯電話のホルダーを首にかけた。

＊

軽くシャワーを浴びて休憩してから、外へ出る。さて、何を食べようか。ここのところは節約のため、宿の厨房《ちゅうぼう》でソーミンチャンプルーばかり食べていた。昼は比嘉さんの料理がメインで、彼女が留守のときは件《くだん》の定食屋。つまり、沖縄料理ばかり食べているということだ。

（たまには違うものもいいかな）

イタリアンか中華、はたまた格安のステーキか。華やかな国際通りを歩きながら、私はきょろきょろあたりを見回す。観光客は減ったはずなのに、この通りだけは相変わらず賑《にぎ》やかだ。けれど通りに面した店に入るのはなんとなく気がひける。そこで私は裏道にそれてみた。宿で読んだタウン誌で知ったのだけど、最近このあたりには若者向けの洋服屋やカフェが増えているらしい。

（へえ）

白木のインテリアで統一された店や、ダイナー風のカフェ。間にソーキそばの店がなければ、まるで表参道か代官山といった風情だ。

（でも、お洒落すぎると入りにくいなあ）

自分のくたびれたTシャツを見下ろして、私は店の前を通り過ぎようとする。けれど黒板に書かれたメニューが魅力的で立ち去りがたい。グラタンにドリア。焦げたチーズとホワイトソースは、最近遠ざかっていたものの一つだ。

「うーん……」

しかし悩んだのもつかの間、私の足はくるりと回れ右をしていた。そして歩くこと五分、いつもの食堂の暖簾《のれん》をくぐる。だって、グラタンは帰ってからいくらでも食べられる。

「はい、いらっしゃい」

テーブルと小上がりがある店内には、昼時と違ってお酒を飲む人が溢《あふ》れていた。けれど同じテーブルで小学生くらいの子供がご飯をかき込んでいるのを見て、私は安心した。なるほど、ファミリー向けだ。

「マーミナチャンプルー。ご飯はジューシーでお願いします」

せめてもの冒険として、普段は頼まないチャンプルーを試してみる。すると出てきた皿の上には山盛りの豆もやし。マーミナとは豆もやしのことらしい。案外地味なメニューだと思いながら食べていると、いきなり目の前にグラスが置かれた。

「あんた、飲める？」

「いえ、あの……」

軽く出来上がった感じのおじさんが、泡盛の瓶を片手に立っている。

「今日はさあ、おめでたいことがあったんだよねえ。だからもし嫌じゃなかったら一緒に飲もうねえ」

酒造メーカーのマークが入ったグラスに、透明なお酒をとくとくと注いでおじさんはにっと笑う。これじゃ断る隙もない。

「はいっ、それじゃ仲村《なかむら》さんとこの息子さんが就職できておめでとう！」

私以外にも一人で来ている客はいるし、明らかに観光客だとわかる二人連れなんかもいた。けれどおじさんの音頭に合わせて、何故か店中が「仲村さんとこの息子さん」の就職を祝っている。それがなんともおかしくて、私はストレートの泡盛をちびちび飲みながら一緒に手を叩《たた》いた。うん、こんな夜遊びなら悪くない。

三線《さんしん》の音色と陽気な沖縄民謡に包まれた夕食が終わると、私はまたふらりと街に出た。ちなみに例のタウン誌によると、キャバクラやスナックのような店は特定の地域に固まっているのでそこを避けていれば安心だそうだ。なら、たまには気分のままに歩いてみよう。目的もなく歩くなんて、滅多にしないことだし。

普段飲みつけない泡盛を口にしたせいか、軽く酔っぱらっていた。日焼けではなく火照った頬に手を当てると、わけもわからず楽しい気分になってくる。酔いざましに何か甘い飲み物が欲しくて、私はあたりをふらふらと歩き回った。まだ夜中にはほど遠い時間だし、こんな格好ならナンパに遭う心配もないだろう。なんとなく明るい方へ向かって進んでいたら、皮肉なことに避けていたはずの国際通りに逆戻りしていた。

「なーんだかなあ」

きらきらと輝くファッションビル。安売りの靴屋。アイスクリームショップ。東京だったら閉店していて当たり前の時刻になっても、みんな元気に営業している。そして当然のごとくコーヒーショップも開いているのだけど、今は室内にいるより夜風に吹かれていたかった。そこで私はテイクアウトのできそうな店を探しつつ、ウインドウショッピングを楽しんだ。

(こっちのギャル系ファッションは、なんちゅーかこう、B系なんだなあ)

そういえば安室奈美恵《あむろなみえ》ちゃんもこんな格好してたよね。誰かにそう言いたくなって、私は不意に寂しさを感じた。あれ。こんな風にウインドウを覗《のぞ》いてあれこれ話す相手がいないのって、女子ならではの孤独感かも。

そんなとき、声が聞こえた。

＊

「ちょっと、そこのネーネー」

どこかで聞いたような台詞《せりふ》。ふり返ると、通りを曲がった横道に小さな明かりが灯《とも》っていた。

「んん？」

近づいてみると、そこにはまたもや屋台が立っている。けれど今度の店は飲み物が専門らしく、台の上には様々な瓶が並んでいた。

「よかったら一休みしてかない？　バー屋台だけどソフトドリンクもあるわよ」

小さな丸椅子に腰かけた女性が、私を手招きしている。きゅっとひっつめておでこを出した髪型。あれはもしかすると、昼間会ったお弁当屋の人じゃないだろうか。訝《いぶか》しげな表情を浮かべる私を見返した彼女は、はっとした表情で口に手を当てる。

「あらやだ。同じ人じゃない」

どうやら知らないで声をかけてきたらしい。

「昼間のお弁当屋さんですよね。夜も屋台をやってるんですか？」

「ううん。今はただのお客さん。この屋台の店主はこちら。ヒデくん」

「いらっしゃいませ」

ヒデくんと呼ばれた若い男性がぺこりと頭を下げる。

「ヤスエさんの客引きにひっかかっちゃいましたね」

「ええ、でもこれも何かの縁ですし」

私は成り行きのまま、彼女の隣に腰を下ろす。どうやら彼女の名前はヤスエさんというらしい。

「縁か。正にイチャリバチョーデーね」

彼女は深くうなずきながら、にっこりと笑った。行き交えば兄弟。見知らぬ人の息子さんを祝うような夜には、こんな出会いもいいかもしれない。

「ところで、何を作りましょうか」

ヒデさんから聞かれたので、私は柱にかかっているメニューに目を通す。ちょっと割高な値段だけど、たまの贅沢《ぜいたく》と思ってフローズンカフェモカを注文した。するとヒデさんはクーラーボックスから凍ったコーヒーを取り出し、チョコレートシロップと牛乳を加えてミキサーにかける。そういう作り方もありなんだ。感心して見つめていると、脇腹をつつかれる。

「ねえ。あなたの名前教えてくれない？」

「あ、柿生です。柿生浩美」

「ヒロミちゃんね。あたしはヤスエ。知っての通り、『やすえ弁当』の主人」

なんで最近の人って名字を言わないのかな。ユリとアヤを思い出しながら、私は心の中で首をかしげる。

「こちらの方なんですか」

「ううん。もともとはデザイナー系の仕事をしてたんだけど、沖縄のスローフードに興味があったから来てみたの」

「すごい方向転換ですね」

「そうかな？　あたしの中じゃ自己表現って意味ではデザインも調理も同じに感じるけど」

きっぱりとした言葉。意志の強そうなおでこと瞳《ひとみ》がなんだか私には眩《まぶ》しい。だって私はまだ自分が何をしたいか、何になりたいかが全然イメージできていないから。

（なりたいものとできることって、違うしなあ）

最近、サキからのメールには歯科用語が目立つようになった。バイト先が歯医者さんの彼女は、どうやら将来の選択肢にそっち関係も加えつつあるらしい。でも私は。

「ね、良かったらこれから、家に来ない？」

突然ヤスエさんが私の顔をのぞき込んだ。

「はい？」

「今夜うちで餃子《ギョーザ》パーティーをやるの。友達が集まって山ほど餃子を包んで、片っ端から焼いて食べる。楽しいわよ」

「ええ？」

「この後って予定ある？」

「いえ」

帰って寝るだけです。

「餃子は嫌い？」

「いえ」

大好きです。食べるのも、それを誰かとお喋《しゃべ》りしながら包むのも。

「じゃ決定。あたしの家はここから三分もかからないから」

「でも、会ったばかりだし」

「なに言ってんの。こんなところで二回会ったら運命。もう友達よ」

笑顔に、気圧《けお》されてしまった。沖縄を旅する人はフレンドリーなタイプが多いけど、ここまで自分に近づいてこられたのは初めてだ。

「八時にここで友達と待ち合わせしてるの。彼女が来たら行きましょ」

私はストローを咥《くわ》えたまま、子供のように呆然《ぼうぜん》とうなずく。この振りまわされるような感覚は、クメばあやセンばあですっかり慣らされたはずなんだけど。

＊

なんで私はここで餃子を包んでいるんだろう。そんなことを考える暇もないまま、私の手は素早く動いている。

「うわあ、上手ねえ。もしかして餃子屋でアルバイトとかしたことあるの?」

隣でゆっくりとひだを寄せている女の子が話しかけてきた。

「いえ。ただ、うちが大家族だったので」

餃子は皆の好物。でもそれを作るとなると大仕事だった。

「一回に百個とか作るんですよ。弟は平気で二十個くらい食べちゃうから」

「それで手慣れてるんだ。いやあ、それにしてもお見事」

バー屋台のヒデさんも片手にへらを持って挑戦している。が、いかんせん遅い。そんなんじゃ、ひだを寄せる前に糊《のり》代わりの水が乾いてしまう。

「ね、ヒロミちゃんスカウトして正解だったでしょ」

フライパンを熱するヤスエさんの言葉に、周囲の人々がうなずく。

「どこで拾ってきたの、こんな人材」

次にかけるレコードを引っぱりだしながら、DJ風の男性がふり返る。

「運命よ。うーんーめーい」

「あ、ライバルだあ。だってヤスエさん、私にも運命って言ったでしょ」

ドレッドヘアの女の子が、鼻ピアスをきらめかせながら笑った。

「ねえ、お酒はいいとしてお茶はなんにする？　さんぴん茶の他にハスの実茶とプーアール茶もあるけど」

大きめの薬缶《やかん》を持った女の子が、さらさらの黒髪を揺らして首をかしげる。

「味が変わらないなら、全部作っちゃえば？　ドリンクバーみたいにしようぜ」

酒瓶を並べている男の子は、どこの国の人だかわからないくらいエキゾチックな顔立ちをしていた。

「とりあえず焼くから、適当に乾杯しようよ」

ヤスエさんの号令で、皆が適当にカップやグラスを探した。私はそばにふせてあった焼き物の湯呑《ゆの》みを手に取る。

「あ、それ。俺が焼いたんだ」

頭に手ぬぐいを巻いた男の子が、湯呑みを指さして笑いかけてきた。

「これで飲むと酒がまろやかになるんだよ」

彼にうなずき返そうとしたところで、乾杯の声が響いた。

「餃子ナイトに乾杯！」

「乾杯！」

「オトーリはなしでよろしく！」

「えー、有志でやろうよ」

色々な人がいた。そしてそれぞれが色々なことを言っていた。学校だったら決して同じグループにはならないはずの相手と、けれど皆にこやかに話している。これもまたチャンプルー文化のなせるわざなのだろうか。

しかし人が多すぎて、顔と名前を覚えようにも、ちっとも頭に入らない。

「ね、餃子に羽つけるのってどうやるのかな？」

「うーん、確か小麦粉を溶いて流すんじゃなかったっけ」

ガスレンジの前でまた違う女の子と話をしながら、私はヤスエさんのアパートを見渡した。家具の少ないアジアンテイストのワンルームに、立食パーティー状態で人がひしめいている。

（ヤスエさんって、顔が広いんだな）

いつもの私だったら気後れしてしまい、とにかく早く帰ることを望んだだろう。しかし今夜は皆に「餃子のプロ」と褒められたおかげか、妙に居心地がよかった。そしてそれは、この夏最初に訪れた石垣島のアルバイト先での雰囲気に似ていた。

同じくらいの年の人間が集まって、お喋りしながらも手際よく何かをする。私はそんな空気に飢えていたのかもしれない。

(年上に囲まれて、一人で働いてるからかなあ)

自分の職場に不満があるわけじゃない。ただ、こんな雰囲気が懐かしかっただけだ。三々五々喋り倒すような、騒がしい感じが。

＊

それでも一応は用心していたので、二日酔いにはならなかった。ただ、妙にニラ臭い手と油の臭いがするTシャツが昨夜の名残をとどめている。

二回会ったら友達。以前の私だったら、そんなことを言う人なんてうさんくさいと思っただろう。昨夜何をしたか聞かれて正直に答えると、案の定オーナー代理は面白い生物でも見つけたような顔をした。

「へえ。友達」

「まだ知りあいってレベルですけど」

「でも楽しかったんでしょ」

悪いことをしているわけではないのに、言い訳めいてくるのは何故だろう。

「ふうん。柿生さんも変わったねえ」

「別に変わってませんよ」

「いやいや。若者らしくなったっていうか、いいよねえ」

ぼくなんかもう年だから、羨《うらや》ましいよ。眼鏡のふちをくいっと上げて、オーナー代理は新聞を手に取った。

「年は関係ありません。ていうかそれ、度が入ってないでしょう」

「え？　ばれた？」

「ばれるも何も、そこら中に放り出して昼寝をしてるんだからわかって当然です」

「いやあ、照れるなあ」

いい年こいたおっさんが何を言っているのか。私が冷たい視線を返すと、オーナー代理は眼鏡のつるを指でもじもじといじった。

「だってほら、ぼくってシャイだからさ。眼鏡くらいないと初対面の客となんか話せないんだよね」

こないだ、なんにもかけずに話してましたけど？

「本当はサングラスとかかけたいところなんだけど、室内でそれもおかしいからさ」

なんにもしなくても、あなたの存在そのものがおかしいです。

「まあ……」

「まあ、対人関係においてワンクッション欲しいわけだよ」

　接客業に従事する人間とは思えない台詞を残して、オーナー代理は姿を消した。

　でも、よく考えたら危ないことをしたのかもしれない。比嘉さんの作ってくれたチャーハンを食べながら、私は少し反省した。いくら酔っていたとはいえ、初対面の人の家にのこのこついていくなんて。

（でも女同士だったたし、餃子っていうのもハードルを下げてたよね）

　もしヤスエさんが男で、誘われたのがライブやただのパーティーだったら、私は絶対についていかなかっただろう。そしてここが旅先でなかったとしても、同じことが言える。

　ふと、「友達」という名の誰かに連れ去られた彼のことを思い出す。

（何があってもおかしくなかったんだ）

　もしヤスエさんが悪い人だったら。連れて行かれた部屋が罠《わな》だったら。私が姿を消しても、オーナー代理は街で会っただけの彼女にたどり着くことはないだろう。そう考えると、ぞっとする。

（ワンクッションは、確かに必要なのかもしれない）

　昼間のオーナー代理にしては、珍しくためになることを言ってくれた。私は密《ひそ》かに感謝しつつ、もずくスープを飲み干した。

　だからといって恐がってばかりいるのも、相手に失礼だ。ならばもう一度はじめから、きちんと知り合っておこう。そう考えた私は、午後の買い物のついでに『やすえ弁當』を訪れた。

「こんにちは」

「あら、昨日はどうも」

「こちらこそごちそうになっちゃって」

軽い会釈と共に、市場で買ったサーターアンダギーを差し出す。

「ありがと。よかったらこれ、持ってかない？」

ヤスエさんはお弁当の脇に積まれたおかずのパックを指さした。

「そんな、ごちそうになってばっかりじゃ悪いですよ」

「いいのいいの。今日はなんか売れ行きが今イチだから、もう店じまいしようかと思ってたとこだし」

額の汗を拭いつつ、ヤスエさんは屋台の上を片づけはじめる。

「なあんかね、観光シーズンが終わったせいかな。最近は全然売れないんだ。友達に相談しないといけないかもね」

「ヤスエさんがこっちへ来たのはいつなんですか」

沖縄のビジネスについて何も知らない私は、何の気なしにたずねた。するとヤスエさんからは意外な答えが返ってくる。

「ん？　そうね、今年の五月かな」

かなり長くいるのかと思っていたら、そうでもなかったらしい。しかも五月といえばゴールデンウィーク。沖縄を訪れる人が鰻登《うなぎのぼ》りに増えてゆく時期だ。

（だとしたら、今まで怒濤《どとう》の観光シーズンしか見てなかったってことか）

しかしこれから徐々に客足は減り、大きなリゾート以外は景気が落ち込む時期になるだろう。それくらいは私にだってわかる。

「場所を変えてみたらどうですか」

こんな裏通りではなく、地元の人が多く働く県庁のそばとか。確かあのあたりには他にもランチ屋台が出ていたはず。私がそう提案すると、ヤスエさんは首を振った。

「無理よ。競争相手が多すぎて」

確かにヤスエさんのお弁当は沖縄の基準でいったら高い。私が見かける屋台も、ほとんどが五百円台のワンコインランチだ。けれど人通りの少ない場所に立つよりは、まだ可能性がある気がする。

「でも、やってみる価値はあると思いますけど」

「うーん。でも、無理よ」

木の板をぱたんと閉じると、屋台がただの箱に変わった。そして次の瞬間、彼女は信じられない言葉を口にする。

「だってあたし、書類上のことなんにもしてないから出店許可がもらえないもの」

「え？　ってことは、調理師免許も保健所への申請もなしってことですか？」

「そう。だって料理なんて免許いらないじゃない。こっちじゃおばあが自分の作ったお総菜を家の前で売ってたりするし」

いや、ていうかそれは理屈がおかしい。

「保健所だって別に言わなきゃわからないんだから、その分のお金がもったいないでしょ」

……はあ？

「それにあたし、すごくきれい好きだから食中毒なんて出さない自信があるもの」

きりりとひっつめたおでこを上げて、ヤスエさんはにっこりと笑った。

「でも……それはまずいんじゃないかなあ」

私が口ごもると、彼女は眉《まゆ》をひそめる。

「どうして？　だってあたしの友達はみんなヤスエの料理はおいしいって食べてくれるわよ」

「いえ、そういう問題じゃなくて。お金を取る以上、手続きは大事なんじゃないかと」

「人に料理を作るだけなのに、免許が必要なんてそもそもおかしいのよ」

むっとした表情で、彼女は荷物をしまい続ける。

「でもちゃんと免許を取れば、販路も開けて儲《もう》かると思うんですけど」

実際ヤスエさんの料理はおいしいから、もうちょっと値段を下げればかなり売れるはずなのだ。しかしそんな私の意見は気にくわなかったらしく、不機嫌そうな声が返ってくる。

「儲かるなんて下品なこと、考えてないわ」

「……はい？」

「あたしは料理で人を幸せにすることしか考えてない。それがあたしの夢なんだから」

ちょっとちょっとちょっとーっ！

　理想は大切だ。でもだからといって、お金を必要以上に貶《おとし》めるのもおかしい。長年お財布の紐《ひも》を握りしめてきた立場から言わせてもらうと、それは偽善に他ならないと思うから。

（自給自足で暮らしてるならいざしらず、店を出しておいてその言いぐさはないっちゅーの！）

　怒りにまかせてシーツをのばしていると、背中を軽く叩かれた。

「ひぃろちゃん」

　ふり返ると、センばあが立っている。おばあがこんな屋上まで来るなんて珍しい。

「何ですか？」

「ちょっと手を出してくれないかねえ」

「こうですか」

　言われるがままに手のひらを向けると、人さし指に不思議な感触が。

「ぱく」

「……ぱく？」

「あら大変、ひぃろちゃんが嚙まれちゃったよう」

見ると、指先には民芸品の指ハブがくっついていた。植物で編まれた筒に指を入れて引っぱるとすぼまり、余計に抜けなくなるという例のあれだ。

「毒が回らないうちに取らないと大変さあ」

ひやひやひや。屋上の入り口からもう一つの笑い声が近づいてくる。

「これはクメばあが作ったんさ。たくさんあるから、誰かにあげるといいよう」

そう言ってクメばあは巾着袋《きんちゃくぶくろ》を開け、指ハブの山を見せてくれた。

「器用なんですねえ」

微笑ましい脱力感に襲われつつ、私は指先のハブを軽く振ってみる。ふるふる。

＊

考え方が違いすぎて、きっと友達にはなれない。でも喧嘩《けんか》別れっぽい後味の悪さは気にかかる。一日目はまだ怒ってて、二日目はそれでもまだちょこっと怒ってて、三日目にして私はようやく重い腰を上げた。

(とにかく、会いに行ってみよう)

ポケットにはお守りのようにクメばあの指ハブが入っている。もし無事に仲直りできたら、ヤスエさんにあげるつもりだった。

しかしいつもの場所にヤスエさんの姿はない。時間が遅すぎたのかと思い、翌日早めに行っても同じだった。もしかすると場所を変えたのかもしれない。そう思って近くの道を歩き回っても見つからない。しょうがないので夜を待ってから、私はヤスエさんのアパートを訪ねることにした。

が、しかし。

（道順、忘れたーっ！）

夜中に酔った状態で一度歩いたきりの道だし、忘れていてもおかしくはない。けれどそれを思い出さない限り、ヤスエさんに会うことができないのだ。正にダンジョンまっただ中。私はしばし悩んでから、バー屋台の存在を思い出した。

「ヤスエさんの家？　わかるよ」

同じ場所で営業中だったヒデさんにたずねると、目当ての場所は呆気《あっけ》なく判明した。コースターの裏に道順を描いてもらう間、何気ない風を装って屋台を観察する。すると意外なことに、この屋台には営業許可証が提示してあった。

「もしかしてヒデさん、調理師免許とか持ってるんですか」

「はは、何言ってんの。なきゃ困るでしょう」

当たり前の答えが返ってきたことに、ほっとする。

「でもヤスエさんは……」

「あー、それはね。彼女は彼女のやり方でやってたから」

答えにくそうな顔でヒデさんは笑う。

「でも最近行き詰まってたみたいで、ついに仕事を変えたらしいけど」

なるほど、あの場所に行っても会えないわけだ。私はお礼代わりにアイスコーヒーを注文する。

「ヤスエさん、今はどんな仕事をしてるんですか」

「んー、言いにくいけど、あれだよ。夜の仕事」

一瞬、耳を疑った。夜？　お金儲けが汚いとか言っていた彼女がよりによって？

「ほら、ああいう仕事って時給高いから。ここだけの話だけど、彼女の屋台、すごく赤字だったらしいよ」

何しろ材料費は惜しまないし、好きな時間に好きな数だけ作ってるようなもんだったからね。ヒデさんはグラスに氷を入れながら苦笑する。

「言っちゃ悪いけど、俺にしてみたらああいうのってお金をかけたおままごとにしか見えないな」

「そんな……」

「だってそうでしょ？　採算度外視で届けも出さず、やりたいようにやってさ。つぶれて当たり前だよ」

多分、ヒデさんはしごく真っ当に商売の手はじめとしてこの屋台を引いているのだろう。だからこそ余計に、ヤスエさんに対する言葉が厳しい。

「多いんだよ、ああいう女の子。スローライフとかオーガニックとか島野菜とか、口当たりのいい雑誌の文句につられて来たような人がさ。あと染色とか音楽とか陶芸とか、アーティスト系も多いね」

憧れ《あこが》が先に立って来てはみるものの、沖縄の就職事情は厳しい。そして起業自体は簡単にできるのが災いして、自分の貯金を食いつぶしてゆく人が多いのだという。私の脳裏に、自分の焼いた湯呑みについて語る男の子の姿が浮かんだ。

「それで最後には借金を作るか、帰りの飛行機代までなくすかのどっちか」

「ヤスエさんも……」

「そう。借金作るくらいなら早めに屋台をたたんで、どっかでバイトすれば良かったのにって思うよ」

就職難とは言っても、ファーストフードや民宿なんかじゃ常時人手が足りないんだし。コーヒーのグラスを差し出しながらヒデさんはつぶやく。

「現実を見てないくせに、プライドだけは一人前なんだ。納得できない仕事は嫌。好きなことだけしていたいってね」

やりたいことしか追い求めない。でもそれって、夢を追いかける潔い生き方みたいに聞こえる。私がヤスエさんの横顔に見たのは、美しい幻想だったのだろうか。

ふと、沈黙が落ちた。すると遠くから人のざわめきが聞こえてくる。夕闇に包まれた裏通りから眺めるメインストリートは、まるでお祭りのように明るく賑やかだ。

「ヒデさんは、ここでどれくらい屋台をやってるんですか」

「俺？　俺はここで二年やってるよ」

その間、一体何人の「ヤスエさん」がこのバーに腰を下ろしたことだろう。ほろ苦いアイスコーヒーをきゅっと飲むと、冷たさが歯に染みる。

「ついでに言うと、君のことも知ってた」

「え？」

「夕方、よく国際通りを横切るだろう」

そう言われてみれば、ここから見える横断歩道は私がネットカフェに行ったりするときに使うルートだ。

「いつも真剣な顔をして、すごいスピードで歩いてるから覚えてたんだ。きっとこの近所で働いてるんだろうなって」

「はは……」

真剣な顔に見えたのはきっと、とろい動きの観光客に苛《いら》ついていたせいですよ。

「でもそれが良かった」

「え？　良かったって、何がですか？」

「君はお洒落じゃなかったから」

女子に面と向かって言うことか。それに同じTシャツをすっごいローテーションで着回してるけど、きちんと洗濯はしてるんだから。あ、でももしかして例の悪趣味なアロハを見られたんだったら仕方ないかも。

「リゾート地でのアルバイトなんて、多かれ少なかれ女の子はお洒落をしたがるもんだよ。だから君みたいなタイプは珍しい」

「そうですか？」

「うん。だから好感を持ったよ。きちんと働いてるんだなって」

ヒデさんはそう言って軽く微笑む。

「あ、ありがとうございます」

若い男性にほめられるなんて久しぶりのことなので、つい顔が赤らんでしまう。別に他意はないってば、他意は。ただ、短く刈り込んだ髪形がさわやかだなって思うくらいで。

「俺はね、こっちに骨を埋《うず》める覚悟で来てるんだ。だから手続きや近所づきあいも、面倒だけどやってる。中にはあんまり嬉《うれ》しくないつきあいもあるけど、地元に溶け込むためには必要悪みたいなもんだね」

「すごいですね」

「でも、暮らしていくってそういうことだろう？　旅行じゃないんだから、甘い上澄みだけ味わっているわけにはいかないっていうか」

夢と現実。そんな言葉が浮かんだ。

「……夢のある人は羨ましい。そう思ってたんですけど」

「俺も最初の頃はそう思ってたよ。でも本当は、夢なんてやっかいなだけのお荷物だ」

軽くうつむいてヒデさんはつぶやく。その顔に落ちた影は思いのほか濃くて、彼の表情を見ることはできない。

苦いコーヒーを、苦いまま飲んだ。なぜだかシロップは使いたくなかったから。

私が顔をしかめていると、ヒデさんが目の前にチョコチップの入ったクッキーを出してくれた。

「おまけ」

「あ、ごちそうさまです」

軽く会釈してそれを受け取ろうとすると、彼の手はクッキーと共に小さな紙片を私に握らせる。これはもしかすると、本当にそういう流れなんだろうか。

「あの……」

私はヒデさんを見上げる。目が合う。ヒデさんはにっこりと微笑む。

「うん。そういったわけで金はそこそこ貯まってきたし、来週には小さな店舗を借りて、このバーも本格的にスタートしようと思うんだ。そのとき良かったら、オープニングスタッフとして来てくれないかな」

「えーと、無理です。学生なので」

速攻却下。ほめられたのはやっぱり実務面か。ついでに握らされたのは、ただのショップカード。期待なんかしてなかったってば。本当に！

＊

思いのほか長居をしてしまったので、ヤスエさんの部屋へ小走りで向かった。アパートの下から窓を見上げると、窓に明かりが灯っているのが見える。良かった、出勤前だ。

「ヤスエさん！　柿生浩美です」

ドアをノックすると、相変わらず凜《りん》としたおでこのヤスエさんが姿を現した。

「ああ、ヒロミちゃん」

それを見て、私は少しだけほっとする。ヤスエさんは髪の毛こそ下ろしてはいるものの、いわゆるキャバクラっぽい服装やお化粧をしていなかったからだ。ということは、同じ水商売でもスナックのお手伝いくらいの軽いものなのかもしれない。

「何しに来たの？」

「いえあの、その……仲直り、をしたくて……」

しどろもどろのままに言葉を紡ぐと、ヤスエさんはうっすらと笑った。

「仲直りって、素敵な響きね。大好きだわ」

「あ、あたしもです」

これなら大丈夫かもしれない。ヒデさんのところでいわれのない不安にとらわれていたのが馬鹿みたいだ。私が新たに口を開こうとしたそのとき、携帯電話の着信音が響いた。

「あ……」

ヤスエさんの表情が、一瞬にして強《こわ》ばる。

「ちょっと、ごめんね」

そう言って電話を受けると、部屋の奥に向かって歩いていった。小さな声でぼそぼそと喋っているけれど、それが場所と時間の確認であることは理解できる。そして電話を終えた彼女は、ふり返ってこう言った。

「仕事が入っちゃった。悪いけど帰ってくれる？」

いわれのない不安の正体はこれだったのか。私は背筋に寒気を覚えながら、もう一度室内を見渡す。あの夜から変わったものは何もない。お洒落でこざっぱりしたインテリア。水商売らしい服もなければ、靴も見当たらない。

見えているのは携帯電話と彼女自身。そして指定の場所に赴く形での水商売。それが最悪のパターンだってことぐらいは、いかにそっち方面にうとい私にだってわかる。

「ヤスエさん！」

じっとりとなまぬるい夜なのに、ひやりとした感触が心にある。

「何？」

能面のような微笑みが向けられる。わかってるんだ。ヤスエさんは自分が何をしていて、私が何を言おうとしているかわかってる。

「駄目です」

私は絞り出すような声で告げた。

「こういうのは、駄目です」

「ヒロミちゃん、何のこと？」

わかっているからこそ、壁を作っているのだ。

「仕事です。こんなことしちゃいけない」

「こんなことって言われても、困るなあ。だってあたし、ヒロミちゃんに教えられたんだよ？」

「え……？」

「あなたに言われて気がついたの。お金を儲けるのに綺麗《きれい》も汚いもないって」

違う。そんなこと思ってない。じゃなきゃなんで手が震えてるの。

「ほら、職業に貴賤《きせん》なしって言うじゃない。商品があって取り引きするって意味では、同じことなのよ」

（……届かなくなる！）

嵐の夜、出ていった後ろ姿がフラッシュバックのように映し出される。帰ってこなかった人。横なぐりの雨。もう二度とあんな思いはしたくない。

今、ここで手を離したら終わる。そんな予感がした。だから物わかりの良い会話を私は投げ捨てた。

「それも自己表現の一つ、ですか」

　感じて。反応して。

「そうかも、ね」

　彼女の顔が引きつった。もう少し。

「それで誰を幸せにするんですか。誰が幸せになるんですか」

「さあ」

　怒って。感情を出しなさいよ。でなきゃ何もはじまらない。

「もしかして、ただの貧乏根性でしがみついてるだけなんじゃないですか。せっかく沖縄に来たからっていうだけで」

「……何がわかるっていうの」

「馬鹿なことをしようとしてるってことくらい、わかりますよ」

　痛いところを突いた感触。

「あなたには関係ないでしょ！　もう帰ってよ！」

　いきなりの爆発。手応《てごた》え。顔が見えた。

「なんで帰らないんですか！」

「え？」

「お金がないなら、一回帰ってからまた出直せばいいだけなのに、なんでそこまでするんですか！」

「何が一番大切なの？　夢？　お金？　それとも自分？」

身体を売ってまでここにいる理由。そんなものがあるなら聞かせてほしかった。すると
ヤスエさんは、震える声でつぶやく。

「だってあたし、家族に反対されて出てきたんだもの」

「だから？」

「情けない姿でなんか帰れない。ましてや送金してくれなんて口が裂けても言えない」

だったら裂けちゃえ。そして男に見向きもされない顔になればいい。

「どこです」

「え？」

「出身地。ヤスエさんはどこから来たんですか」

「北海道、だけど」

あいたた。よりによって一番遠い。

「わかりました。じゃあちょっと待ってて下さい」

私は踵《きびす》を返しかけて、ふと重要なことを思い出した。

「あ、そうそう。これ借りていきます」

そう言って彼女の手から携帯電話を奪う。

「ちょっと、何するの」

「仕事は私から断っておきますから。絶対にここで待ってて下さいね」

追いすがろうとする彼女の鼻先でドアを閉じ、私は全速力で駆け出した。

＊

「オーナー代理っ！」

宿に駆け込むなり声を上げる。フロントに姿はない。ということは隣か。

「すいません！」

喫茶店兼バーのドアを叩くと、夜の顔をしたオーナー代理が出てくる。

「柿生さん、なんかあった？」

私が息せき切っているのを見て、首をかしげた。しかし私はそんなオーナー代理に向かって、身体を二つ折りにする。

「お願いです。お給料の前借りをさせて下さいっ！」

私の今の手持ちは三万。でもこれだけじゃ北海道までの飛行機代には足りない。

「いいけど。せめて理由を説明してくれないかな」

言われるがままに事の成り行きを話すと、オーナー代理は渋い表情になった。

「そのヤスエさんて人にお金を渡すのは、感心しないな」

「でも、明日にでも帰したいんです。でないと流されて戻って来られなくなりそうで」

一回距離を置けば思いつめることもないし、借金は振り込みで返せばいい。彼女にとっては、今ここにいることが一番危険な道なのだ。そう訴える。

「でもなんで柿生さんは、彼女のためにそこまでするの？」

オーナー代理は静かな瞳で私にたずねた。

「なんでって……」

友達だから。と言い切れないのが悲しかった。

「自業自得なんだから、放っておけばいいのに」

「でも……」

「ただの同情？　そんなのに大金を払ってたら、いくらお金があっても足りないよ」

落ち着いた声が、ごく自然に私をクールダウンさせる。考えて。よく考えて。私は何をしようとしてる？　オーナー代理の前で、私の頭にふっと澄む瞬間がやってきた。クリアな視界の向こうに見えるものを、素早くそっとすくい上げる。

「自己満足です」

「ほう」

聞かせてごらん。オーナー代理の目がそう言っている。

「彼女を帰しても本質的な解決にはならないかもしれない。第一、お金はそもそもドブに捨てるようなものです。しかも彼女はここのお客さんですらない」

「そうだね」

「でもそうせずにはいられない。それは、あたしがそうしたいからです」

見返りなんていらない。ただ、目の前で起こっていることをなんとかしたいと思うだけ。

それは私の自己満足だ。

「なるほど」

軽くうなずくとオーナー代理は首に下げた携帯電話で、どこかに連絡を取った。そして
その会話が終わるのを待っていたかのように、今度はヤスエさんの携帯電話が音を立てる。

画面を見ても、非通知になっていて相手はわからない。意を決して電話に出ると、思った
通り「お仕事」先からだった。

「あの……」

私が喋ろうとすると、横から手が伸びてくる。

「あーもしもし？　ヤスエ？　悪いね。あれはこっちでカタつけさせてもらうよ。金？

金は振り込むよ。いくら？」

バーのカウンターにさらさらとメモを取り、電話を切る。

「三十万だって。普通に就職すればすぐにでも返せる金額だよね」

「そうですね」

「でも振込先が良くない。だからここを離れる案にはぼくも賛成だ」

「じゃあ」

オーナー代理がうなずくと同時に、誰かが店の扉をノックした。早くも借金取りが来た

かと思い身構えたが、そこにいたのはよく見る顔だった。

「はいこれ。お探しのチケット。一週間オープンで格安のやつ探しといたから」

そう言って彼はオーナー代理に飛行機のチケットを渡す。

「悪いね。この借りは今度返すから」

「お代は月末でいいよ。じゃあ晩安《ワンアン》」

「晩安」

去ってゆく南海旅行社の人を、私は口を開けたまま見送った。

「なんのために隣にあれがあると思ってるんだい」

オーナー代理はにやりと笑って私の目の前でチケットを振る。

「二万円ポッキリ。買う？」

「買います！」

即答だった。

＊

再び全力疾走でヤスエさんの部屋に戻ると、彼女はまだ青い顔でそこにいた。

「ヒロミちゃん」

私は黙ってチケットを差し出す。

「帰って下さい。借金は振り込みでいいという約束を取り付けました」

「え？　どうやって、そんな……」

「三十万くらいの借金のため、北海道まで来るほど相手も暇じゃありません。帰ってから毎月お金を入れれば、追ってこないはずです」

「でも、なんで。なんでそこまでしてくれるの？」

ぽろぽろと涙をこぼしながらヤスエさんはたずねた。

「お弁当がおいしかったから、かな」

「ただの自己満足です」と答えるつもりだったのに。

「ありがとう……！」

チケットを握りしめて泣き崩れるヤスエさんの肩を、私はそっと支えた。

「あたしって本当に友達に恵まれてる。みんなに助けてもらって」

涙を拭いながらヤスエさんが笑うと、私もようやくほっとした。

「他にも力を貸してくれた人がいたんですか？」

「うん。この仕事を紹介してくれた友達とかね。あたしは向いてなかったから、悪いことしたけど」

それって売春斡旋《あっせん》ってこと？　嫌な予感に頭の中で危険信号が点滅する。だってよく考えてみれば不自然なのだ。屋台で失敗して借金まではわかるとしても、ヤスエさんが自ら売春組織に連絡を取ったとは考えにくいから。

「その人は……どこにいる人ですか」

「あ、わかんない。だって向こうから連絡が来ただけだから」

いきなり、売春の元締めから？

「知り合いから高収入のバイトをしたい子がいるって聞いたんだけど。そういう電話がかかってきたのよ」

あたしが困ってるのを見た誰かが、色んな場所で声をかけてくれてたのね、きっと。ヤスエさんの言葉を聞いているうちに、嫌な予感が膨れあがる。

友達。長くここにいて、地元ともつながりのある友達。不本意なつきあいのルートを持ち、甘い考えでここに来た人間にうんざりしている友達。

（……まさか！）

証拠はないけれど、何故だか確信があった。犯人は、あの夜パーティーに来ていた中の一人だ。

「ヤスエさん」

「何？」

「もしまた沖縄に来ることがあっても、バーみたいな場所には近寄らないで下さいね」

借金取りがいるかもしれないから。私がそう釘《くぎ》を刺すと、彼女はこくこくとうなずいた。

「約束」

指切りげんまんをした後、私は指ハブをヤスエさんの小指にぱくりと嚙みつかせる。

「ふふ。嚙まれちゃった」

「約束を破ると毒が回りますから」

「はい、気をつけます」

片手を敬礼の形に構えたヤスエさんを見て、私はぷっと噴き出した。

「あ、失礼ね」

「こういうキャラじゃないと思ってたんだけどな」

人は見た目じゃわからない。だけど知り合ってみてもわからないところだらけだ。だから面白いと思うか、信用ならないと思うかはその人次第だけれど。

＊

最後にヤスエさんとメールアドレスを交換しあってから、私は彼女の部屋を後にした。

そしてその足で、ヒデさんの屋台へと向かう。

「あれ、また来たの」

何か飲む、とたずねるヒデさんに私は首を振った。

「知ってたんですね」

「……何を？」

うっすらと笑う。

「ヤスエさんに向けられた仕事の内容です」

「さあ、どうだろう」

「でも水商売だって言ってましたよね」

「友達がそう言ってたのかも」

友達、友達、友達。どっちを向いても友達の大安売りだ。

「……ヒデさんはヤスエさんと友達なんですよね」

「まあ、そういうことになってるね」

「じゃあなんで止めなかったんですか」

「彼女の自由だと思ったから」

グラスを布巾《ふきん》でみがきながら、ヒデさんは明るい街路に目を向ける。その視線を引き戻すように、私はカウンターにショップカードを叩きつけた。

「そんなのは！」

わかってる。ものすごく不毛なことを言おうとしてるのはわかってる。でも。

「そんなのは、友達なんかじゃない！」

少し驚いたような表情で、ヒデさんが私の顔を見つめた。

「……友達なら、止めるべきだったと思います」

にじみ出てくるごちゃ混ぜの感情。この怒りは欺瞞《ぎまん》？　そしてこの悲しみはやっぱり自己満足だろうか。

「やっぱり君はいいね」

叩きつけた感情は、グラスの表面でつるりと滑るように呆気なくかわされた。ヒデさんはまたもや薄い笑みを浮かべて、くしゃくしゃのショップカードをデニムのポケットにしまう。

「ヘッドハンティングしたくなるよ」

「……」

「忠犬みたいでさ」

ひやり。首筋に刃物を当てられたような感覚。私は静かに後じさる。

「お誘い、ありがとうございました」

「うん」

私はヒデさんの屋台を、一度もふり返らずに後にした。

＊

強がってはいたものの、やっぱり恐かった。だからホテルに帰ってオーナー代理の顔を見たとたん、足に力が入らなくなった。

「柿生さん、大丈夫？」

フロントのソファーにへたり込む私に、オーナー代理は隣の店からアイスのカフェオレを持ってきてくれた。

「あ、ありがとうございます」

甘い。多めのシロップが嬉しくて、鼻の奥がつんとなる。

「また男前なことしてきたね」

「でも、満足しましたから」

「彼女は帰るって？」

「はい。約束してくれました」

私がうなずくと、オーナー代理はふっと笑顔になった。

「でも、その彼女は幸せだな」

「なんでですか？」

「柿生さんに帰れって言ってもらえて」

「そうだといいんですけど」

「幸せだよ」

手にしたグラスの中を見つめながら、オーナー代理は小さな声でつぶやく。

「背中を押してもらえるってのはさ」

もしかするとオーナー代理も、誰かに帰りなさいと言ってもらいたかったんだろうか。

「オーナー代理」

「何？」

「待ってて下さいね」

いつか、私が言いにきますから。そんな台詞を隠したまま、一気にカフェオレを飲み干す。

「うわ。飲み方も男前だなあ」

「失礼な。乙女に向かって」

私はファイティングポーズを取りながら立ち上がった。しかし次の瞬間、軽く手首を摑《つか》まれる。ぱく。あれ、この感触は。

「わあ。柿生さんがハブに嚙まれちゃった。大変だあ。いくら強くても、毒には勝てないんじゃないかなあ」

すっごい棒読み。しかもよく見ると、嚙まれたのは左手の薬指。

（なんだかなあ）

クメばあ作の指ハブをくっつけたまま、私はまたもや力無く笑う。

＊

そして二日後、無事に北海道に着いたというメールがヤスエさんから届いた。添付された画像を開くと、そこにはカニの脚に嚙みつく指ハブの勇姿があった。写真を見て一人で大爆笑している私の背後から、センばあが画面を覗き込む。

「あきさみよー。面白いさあ」

「クメばあのハブは、今北海道を旅してるんですよ」

「それは教えてあげないとねぇ」

センばあは小上がりにいたクメばあを呼んで、ハブ対カニの写真を見せた。

「あい。マングースより強そうねえ」

「なにしろ奴にはハサミがありますから」

　私が片手でVサインを作ると、二人はひやひやと笑い声を上げた。

　午後、明日の朝食のため食材を買いに市場へ出かける。すると馴染《なじ》みの八百屋のおばあや、商魂たくましい土産物屋のおばあから声がかかる。

「ちょっとそこのネーネー」

「そう、あなたよ」

　私はつかの間立ち止まって、目を閉じる。いつかそうして声をかけてくれた友達のことを思い出しながら。

≠（同じじゃない）

観光シーズンの夏が終わっても、沖縄へ来る人は多い。値段の高いシーズンを避けて旅する人や、ようやく遅い休みを手に入れた人。でも中でもダントツに多いのは週末のパックツアーで来る人だ。

『二泊三日・ハイクラスなビーチリゾートで過ごす週末！』

ロビーで手に持ったチラシを見つめて、私は苦笑する。なるほど、ここが暇なわけだ。

（ていうか、自分のホテルを使ってくれないツアーのチラシを置くのってどうなの？）

ロークラスで町の雑踏に立つホテルジューシーは、きらめく海とはとんと無関係な顔をしながら、今日も潮まじりの風に吹かれている。

「特定の業者と契約したチラシのラックは、自動販売機みたいなもんだからさあ」

内容にかかわらず、置いてるだけで月々の売り上げがあるわけよ。昼間なのに珍しくまともな答えを返したオーナー代理に、比嘉さんが声をかける。

「そのおこづかいが楽しみなんだよねえ」

「は？　おこづかい？」

「そうそう。このラックの設置はオーナーに連絡してないから、お給料とは別にそのままオーナー代理のおこづかいになってるわけ」

いいかげんだとは思っていたけど、まさかそこまでとは。軽蔑《けいべつ》の色を浮かべかけた私に、オーナー代理は慌てて弁明する。

「いやそんな。だってそんな金額じゃないし。言うほどのこともないかなって思っただけで」

「でもお金のことはきちんとしないと」

言いながら私の中の優等生が、久しぶりにむくむくと頭をもたげはじめた。けれどその頭を軽く撫《な》でるように、比嘉さんが笑う。

「まあまあ、見逃してあげてよ。このひと、小銭が好きなだけだから」

「小銭、ですか」

「そう。だってこのラックの設置代、毎月五百円だからね」

「毎月五百円……」

小学生。それも低学年の子のおこづかいか。追及するのも馬鹿らしいような金額に、私の中の優等生はがっくりとうなだれ、ついには机につっぷしてしまった。

なんだか最近は沖縄暮らしが板についてきたせいか、善悪の境界までもが「てーげー」になりつつあるのが自分でも恐い。

（ていうか、社会復帰できるのかな？）

＊

一週間前に言ってくれればいいから。そう告げられていた。けれどなかなか決めることができないまま、残りの日数はあと十日と迫った。そろそろ、否が応でもその言葉を口に出さなければならない。

（でも、なんか、こう……）

言いたくない。でも言わなければならない。私はロビーのガラス扉から外を眺めて、カウンターに両肘《りょうひじ》をつく。

打ちっ放しのコンクリートと、勝手に育ちまくるジャングルみたいな雑草。その中からひっそりと顔を出すのは、魔除《まよ》けに立てられた石敢當だ。スコールのせいでいつも少し湿ったような日陰を求めて、誰のものでもない猫が音もなく歩く。そして不意に現れるバイクと、白昼夢に迷い込んだような顔の観光客。

（私も最初は、そうだったっけ）

国際通りを一歩外れただけで、がらりと変わる風景。喧噪《けんそう》と静寂のコントラストに驚かされたのは、この夏の初めのこと。けれど無我夢中で働くうち、いつの間にか光と影の濃いこの路地裏は私の日常と化した。

不思議なもので、慣れてしまうと百年前からここにいるような気がしてくる。大家族の長女として育ったこれまでの人生がなくなったわけではないのに、なぜかそう感じるのだ。そしてだからこそ、帰ろうという気になることができない。

アルバイトを終えて家に帰る。ただそれだけのことなのに、なぜ私はこんなにも理不尽な気持ちになるのだろう。

（取り上げられる）

誰に何を、ということすらわからない。けれどそんな言葉が浮かんで仕方なかった。


「ちょっと、手伝って」

台所から呼ばれて顔を出すと、比嘉さんが大きなしゃもじを片手に鍋《なべ》と格闘している。

「どうしたんですか？」

「悪いんだけど、この鍋押さえててくれない」

「あ、はい」

言われるがままに鍋の両耳を押さえる。取っ手のプラスチックがほのかに温かいのは、鍋がとろ火にかけられているからだろう。あたりに漂う出汁《だし》の香りからすると、煮物っぽい感じもする。

「うんしょっと」

かけ声とともに、比嘉さんはしゃもじを鍋に突き入れた。思わず中を覗《のぞ》き込むと、そこには微妙な色の物体と液体がごっそりと入っている。くすんだ紫と灰色、それに黒や茶色の粒や固まり。お世辞にも食欲をそそる色合いとは言えない。

「これ……なんですか？」

「ん？　これはね、ドゥルワカシー」

また妖怪《ようかい》みたいな名前。ということはやはり沖縄料理なのだろうか。

「田芋《ターンム》っていう、里芋みたいな芋を使った料理なんだけどね。多めに作ろうとすると結構力がいるんだわ」

うりゃ、うりゃと声を上げながら比嘉さんは鍋の中をこね回す。

「田芋と、その茎をさ、茹《ゆ》でて、だし汁で、練り上げるんだよ」

リズミカルに言葉を区切り、芋をつぶしてゆく。

「きんとんみたいですね」

「そうそう。あれのおかずみたいなもん」

よく見ると紫と灰色は主に芋の色で、他は具らしきものだった。

「この白っぽいのはなんですか？」

「あ、それは豚ね。ゆでて賽《さい》の目切りにした豚。そのゆで汁はだしにも使うんだけど。あと具はね、さっきの田芋の茎と、干し椎茸《しいたけ》と、キクラゲと、最後にカステラかまぼこっていう黄色いかまぼこが入るよ」

流しの側に用意してあるかまぼこは、確かに炒《い》り卵のように黄色い。おそらくこれが唯一の彩りなのだろう。

「手間のかかる料理なんですね」

「そうそう。だから忙しいときはあんまり作らないの。でも最近はお客さんも少なくなってきたし、それに今日来る人たちは年輩だって聞いたから」

見た目は地味でも、落ち着く味の郷土料理を喜ぶんじゃないかと思ってね。そう言いながら比嘉さんが鍋をかき回すうち、徐々に芋はつぶれ、形をなくしてゆく。

「いい匂い」

「でしょう？　でも見た目が悪いんだよねえ。だから名前も泥を沸かしたって意味でさ」

泥沸かし、ドゥルワカシーか。確かにもったりと灰色になった芋ペーストは泥のように見えなくもない。

「ちょっと味見してごらん」

しゃもじの先を突き出されたから、指で一すくいしてぺろりと舐《な》めた。すると予想外に上品な味が口に広がり、驚かされる。簡単に言うなら、出汁のよくきいた里芋のマッシュ。ねっとりとした口当たりの中で、ときどき出合う賽の目切りの具がいいアクセントになっている。

「おいしいですねえ」

「そう、おいしいのよ。だけどちょっと面倒だから、作るときはこうやって多めに作っちゃうんだけど」

額に汗を浮かべながら、比嘉さんはラストスパートに入った。しゃもじで最後に水分を飛ばすように炒りつけ、気泡が入らないように練り上げてから火を止める。

「はい完成」

「お疲れさまです」

「じゃあとりあえずそこのタッパーに分けて、冷めたら蓋《ふた》して冷蔵庫ね。あっため直しは電子レンジでいいから」

「はい」

しかしうなずいたものの、何故か流しの横に用意された容器が多い。いつも朝食の下ごしらえに使う大きめのバットはいいとして、後ろに並んだ弁当箱サイズの器はなんだろう。しかも五個も置いてある。

「あのう、これは冷凍用か何かですか？」

「ああ、違う違う。それはみんなのお持ち帰り用。クメばあとセンばあ、オーナー代理と柿生さん、それにあたし」

「え？」

「たまにしか作らないから、おすそわけ」

えっと、ホテルのお金で買ってきた食材ですよね。でもってお客さん用のおかずですよね。しかしタオルで汗を拭《ぬぐ》う比嘉さんを見ていたら、そんなことはどうでもいいような気になってくる。

「はい、お疲れー」

冷えたさんぴん茶で乾杯した後、比嘉さんは自分のタッパーを持って楽しそうに帰って行った。

うむ。やっぱり社会復帰は難しいかもしれない。

＊

午後になり、今日のお客さんが到着した。

「こんにちは」

声とともにガラス扉が開く。入ってきたのは老年と呼ぶにはちょっと早い、熟年の男女二人連れだ。

「いらっしゃいませ。久保田《くぼた》様ですね」

軽く頭を下げると、ふっくらとした優しそうな女性が会釈を返してくれる。

「はい。お世話になります」

久保田さんは共に六十代のご夫婦。どうやら常連さんらしい。

「いやあ。変わらないねえ、ここは」

ちょっと痩《や》せ気味の旦那《だんな》さんは、腰に手を当ててロビーを見回している。髪はロマンスグレーで、年をとったなりにハンサムな顔立ちだ。

「よくいらっしゃるんですか？」

「うん、まあね。何回か寄せてもらってるよ。ところで安城さんは元気？」

「ええ。夕方頃には顔を出しますよ」

「相変わらずなのね。昼行灯《ひるあんどん》なのは」

奥さんがころころと笑う。なるほど、常連さんらしくオーナー代理の生態にも詳しい。

「それじゃ、また後で」

勝手知ったる何とやら。部屋のキーを渡すと、二人は迷いもせずエレベーターに乗り込んだ。この時期に旅する人は、なんとも手のかからない人が多い。

夕方、先にロビーへ下りてきたのは奥さんの方だった。古いけど小綺麗《こぎれい》なワンピースでドレスアップして、件《くだん》のラックからチラシを抜き出している。

「ね。おすすめのツアーなんてある？」

彼女はカウンターにいる私をふり返り、声をかけてきた。

「そうですねえ、無難なところだと水族館ですけど、もう行かれましたか」

「ええ、去年行ったわ。素敵な所よね」

「だったら……」

私は懸命に頭の中の検索エンジンを働かせた。年輩のご夫婦だから、海水浴やトレッキングみたいな体力勝負のツアーはＮＧ。だとすると、なにか文化系のことがいいはずだ。

「えっと、シーサー作りを体験なんていかがですか」

「シーサーを自分で作れるの？」

「そうです。あれは焼き物ですから、地元の陶芸教室みたいなところで指導を受ければ素人でも作れるんですよ」

しかも完成品は宅配便で家に送ってくれるという、いたれりつくせりのサービス付きだ。

「あ、別にシーサーじゃなくてもいいんですけどね」

ヤスエさんの家で会った陶芸家志望の青年を思い出しつつ、私は説明する。

「いいわねえ。主人に話してみるわ」

奥さんに焼き物体験のパンフレットを渡していると、そこに旦那さんが下りてきた。

「やあ、お待たせ」

旦那さんはシャワーを浴びてきたのだろうか。軽く後ろに撫でつけられた白髪に、ベージュがメインのシックなアロハがよく映えている。

「素敵なアロハですね」

「ありがとう。ハワイじゃないけど、やっぱり南国といったらこれかなと思ってね」

「確かアンティークショップで買ったんじゃないかしら。ヴィンテージ物とか聞いた記憶があるもの」

着古しじゃなくて、アンティーク。お下がりじゃなくて、ヴィンテージ。なんともいい響きだ。私はオーナー代理に買わされた強烈な柄のアロハを思い出して、軽く落ち込む。

「じゃあそろそろ、行こうか」

旦那さんがごく自然に腕を差し出す。

「ええ」

ためらいもなくその腕をとった奥さんは、にっこりと笑って私に会釈をした。

「行ってきますね」

「あ、はい。お気をつけて」

ガラス扉を開けた拍子に、ひらりと揺れる花柄のワンピース。私は二人の後ろ姿を呆然《ぼうぜん》と見送った。

（仲、良いんだなあ）

年輩のご夫婦でも、人前で臆《おく》することなく触れ合う人たちがいることは知っている。けれど私の両親はいたって生真面目な昭和の人たちなので、あんな風に腕を組んだところなんてめったに見ない。別に仲が悪いわけではないのだけれど、恥ずかしさが先に立つんだと思う。ちなみに二人が最後に手をつないでいたのは、確か弟の運動会で参加させられたフォークダンスだった。

そんな家で育った私は、欧米風に仲の良い人たちを見慣れていない。若者なら鬱陶《うっとう》しく思いながらも納得するが、年輩のカップルとなるとなんとも面映《おもは》ゆいというか、照れくさい。

（いやいや。長く連れ添ったご夫婦がラブラブなのはいいことだ）

自分にそう言い聞かせてはみたものの、久保田さんご夫妻の熱々ぶりはさらにその上をゆくものだった。

「お帰りなさい」

街を散策して帰ってきたお二人に声をかけると、奥さんは嬉《うれ》しそうに紙袋を持って近づいてくる。

「ただいま。ね、これそこで買ってきたんだけど、どうかしら？」

中から取り出したのは、いかにもリゾートといった感じのワンピース。

「素敵ですね」

「ちょっと派手かしらと思ったんだけど、主人が似合うって言うから買っちゃったの」

確かに柄は大きいけど、色が抑えてあるのでそんなに悪くはない。ただ、年輩の人が着るにしてはちょっと安っぽいかも。国際通りの土産物屋で吊《つる》し売りされている中に、確かこれと似たようなものがあった気がする。けれどご主人は。

「だって実際似合うだろう？　これを着た家内と食事に行くのが楽しみになるくらいだよ」

ああ、はいはい。ありますよね。デートの勢いで出先のどうでもいいアクセサリーとか服とかを買っちゃうことって。私はここのところ、そういう行動とはとんと無縁ですけど。

「一休みしたら、馴染《なじ》みの料理屋に行ってくるよ」

奥さんの肩を抱きながら、旦那さんは私に向かって軽くウインクした。まるで芸能人のような自然さ。彼を見ていると、まるでここが海沿いの高級ホテルのように思えてくる。

以前の私だったら、そもそも年輩の夫婦が安宿に泊まること自体を不自然に感じたことだろう。けれどここに来てはや一ヶ月ちょっと。色々なタイプのお客さんを私は見てきた。その中にはいい人もいたし、嫌な人もいた。わかりあえる人もいれば、わけのわからない人もいた。そして思ったこと。

(みんな、元気だといいな)

そう。ラブラブで暑苦しかろうが、年輩で安宿に泊まろうがかまわない。合い言葉はイチャリバチョーデー。たとえ相容《あいい》れない人でも、お元気で。このホテルで、ほんのちょっとだけお互いの人生をかすった人たち。

＊

結局昨夜は、久保田さん夫妻とオーナー代理が顔を合わせることはなかった。何故なら珍しくオーナー代理が外出してしまったから。

「すみません」

朝食の席で頭を下げると、旦那さんが笑顔で首を振った。

「かまわないよ。そういう人だってことは承知の上だからね」

「そうそう。ところでちょっとおたずねしたいんですけど、このねっとりとした煮物みたいなのは、なんていうお料理？」

「ドゥルワカシーです。田芋を出汁で練り上げたもので、見た目が畑の泥に似ているのでそんな名前がついたとか」

私は比嘉さんから受け売りの知識を披露する。

「へえ、珍しい食感だね。中に入ってるものも面白いし、和風のマッシュポテトを作ったらこんな感じになるのかな」

旦那さんは小さな具の一つ一つをつまんで、感心したように味わっていた。

「でもベースが豚の出汁ってあたりが沖縄だね」

お。なかなか鋭い。その隣で奥さんが満足げにうなずく。

「お芋とお出汁って、すごく優しい味よね」

「ええ。見た目はいまいちですけど、おいしいんですよ」

昨日の汗が報われた気がして、私は台所にいる比嘉さんに向かってVサインを送る。そして久保田夫妻はこの味を気に入ってくれたらしく、二人してドゥルワカシーのおかわりをした。

「今日はせっかくだから、昨日教えて貰《もら》った焼き物を見に行ってくるわ」

ロビーで鍵《かぎ》を受け取りながら、私はうなずく。

「いいものが出来るといいですね」

「どうかしら。私はぶきっちょだから」

「そんなことないよ。きみが昔作ってくれた小物入れ、とても良くできていたじゃないか」

やはり熱々の二人は、またもや腕を組んで出かけていった。いいです、別に。うらやましくなんか、これっぽっちもないし。

「ヒロちゃん」

ぶちぶちとつぶやいていると、クメばあがタッパーを片手に立っていた。

「ドゥルワカシー、おいしかったよう。ありがとうねえ」

「あ、いいえ。それに作ったのは比嘉さんですよ」

「でもお手伝いしたって聞いたよう」

力仕事だけなんですよ。そう力説してもクメばあはふるふると首を横に振る。

「良くできてたさあ。これで、いつでもお嫁にこれるねえ」

「へ？」

「おめでたい時に作るものだからねえ。ヒロちゃんのときにも食べられるよう」

結婚。あまりにも遠い響きにくらくらする。社会人の彼氏がいるサキならまだしも、彼氏のかの字もない私には来世の出来事と同じくらい現実感がない言葉だ。

「……いい人ができたら考えます」

かろうじてそう答えると、クメばあは満足げにうなずく。

「ところであんまりおいしいから、クメばあはさっきお茶の時間にぜーんぶ食べちゃったあれ。なかったっけ、二杯分くらいなかったっけ、あれ。

「だからこの器は返しておくねえ」

きれいに洗われたタッパーを渡され、私はクメばあのお腹の辺りをまじまじと見つめた。

おそるべし。

「ねえ。それまだ残ってる？」

クメばあと話していると、食べ物の匂いをかぎつけたのかオーナー代理がロビーに姿を現した。

「ありますよ。比嘉さんがオーナー代理の分も用意しておいてくれましたから」

「さっすが比嘉さん。わかってるねえ」

いそいそと台所に向かうオーナー代理に、私は声をかける。

「昨日から久保田さんご夫妻がいらっしゃってますよ」

「ああ、わかってるわかってる」

絶対わかってない。

「夜には挨拶《あいさつ》してくださいね」

「うんうん」

絶対嘘だ。

「今日は雪が降るそうですよ」

「へえ、そりゃ結構だ」

ほら、聞いてない。じゃついでに。

「とにかく、お二人がお帰りになったら起こしますからね」

「はいはい」

てなわけで約束完了。横で見ていたクメばあが、私を見上げてにやりと笑った。


あと九日。アルバイトを終わらせる一言を、私はなんでまだ口にしないんだろう。さっきだって昼間とはいえオーナー代理はそこにいたのに。

(こういうのも、モラトリアムっていうのかな。それとも単なる引き延ばし?)

しかし悩みながらも手は、しっかり次の人に向けた申し送りを書いていたりする。だってもし引き継ぎをすることなくここを去ったとしたら、宿に関する情報を教える人がいなくなってしまう。

(ていうか、ものすっごく不安なんですけど)

ペンを滑らせながら、私は考える。後任がしっかりとした人ならいいけど、いいかげんな人だったらどうしよう。あるいはそもそも次のアルバイトがつかまらなかったとしたら。

(うわあ。考えるだけでぞっとする)

比嘉さんは料理の買い出しから自分でしなくてはならず、おばあたちは重いゴミ出しまでやらされる。オーナー代理は当然頼りにならないだろうから、事務もしっちゃかめっちゃか。

（私がいないと、駄目なんじゃない？）

そんな不安を振り切るように、伝達事項を書いてゆく。電話の受け方。宿泊予定表の書き方。部屋の清掃の手順。買い出しのとき市場で立ち寄るべき店。数少ないATMが空《す》いている時間。雨の日の洗濯物について。台風が来たときの注意。書いているうちに、どうでもいいことまでどんどん思い出してくる。

お客さんが怪我をしたとき。態度が悪かったとき。嘘つきだったとき。犯罪に巻きこまれたとき。お金と夢を失ったとき。

どれもこれも、ものすごく鮮やかな色を伴って。

（……なんか、なんか）

柄にもなくセンチメンタルな気分が盛り上がってきて、私は困惑した。まるで大型の津波のように、気持ちを一切合切さらっていかれそうな感じ。書きかけの申し送りを前に、私はきゅっと唇を噛《か》みしめる。

しかしそんな私を、楽しそうな笑い声が我に返らせた。

「ただいま！」

明るい表情で帰ってきた久保田さんご夫妻に悟られぬよう、私は満面の笑みで出迎える。

「お帰りなさい」

「今日もとっても楽しかったわあ」

　ころころと笑う奥さんは、昨日買ったばかりのワンピースを着ている。その奥さんを優しい微笑みで見守る旦那さんは、またお土産でも買ったのか小さな袋を提げていた。

「あなたに教えてもらって初めて知ったよ。沖縄の窯もなかなかのものだね」

「じゃあ、陶芸に行かれたんですか」

「ああ。珍しい体験ができて満足だよ」

　ちなみに家内のは、とてつもなく個性的な逸品に仕上がったよ。旦那さんはそう言って微笑む。

「もし滞在中に焼き上がったら、見せていただけますか」

　冗談でたずねると、奥さんがふっと表情を曇らせた。

「そうねえ……」

　すると旦那さんが彼女の肩を軽く引き寄せる。

「忘れたのかい。あのシーサーは大きいから、乾かすのに時間がかかるし、しかも焼き上がったらそのまま家に送ることになってただろう」

「あ、ああそうね。そうだったわ。嫌だ、私ったら。この方にどうやって言い訳すればいいのか、真剣に考え込んでしまって」

　奥さんは恥ずかしそうに片手を頬に当てる。それがなんとも愛らしくて、こちらまで楽しい気分になった。

「写真でもとっておけば良かったのかもしれないけど、逆にぼくは一安心だね。きみのものだけじゃなく、ぼくの作品も目をつぶりたくなるような出来だったし」

「あら、そんなことないわ。あなたらしい味があって素敵に仕上がってたわよ。私よりずっと器用なくせに、ずるいわ」

ああ、もう慣れてきたかも。この会話のパターン。

「あ、でも焼き物通りで可愛い器を買ったよ」

そう言って旦那さんは袋から紙の包みを出した。小さなぐい呑《の》み。私に焼き物の良し悪《あ》しはわからないけど、クリーム色のベースに魚が描かれたデザインは洒落《しゃれ》ている。

「可愛いですね」

「うん。これで泡盛を飲むのが楽しみだよ。合わせるつまみを考えると、わくわくしてくるね」

お酒で思い出した。四六時中酔っぱらっているような人を、起こしに行かなきゃ。

「あの、ちょっとお待ちいただけますか。オーナー代理がご挨拶したいと言っていたもので」

そう言い残して、私は隣の店に向かった。

「オーナー代理！」

薄暗い店内に声をかけると、もぞもぞと影が動く。しかし影は音もなく盛り上がった直後、また静かに沈みこもうとした。

「オーナー代理！　二度寝はしないで下さい」

ぴしゃりと言い放つ。すると影が面倒くさそうにゆっくりと頭をもたげた。

「……寝てないよ」

「寝てました」

「ちょっと横になって目を閉じてただけだからさ」

その状態をして寝ているというのでは？

「久保田さんご夫妻がお帰りです」

「ああ、来てたんだっけ。あのおっさん」

あのおっさん。お洒落でスマートな印象の久保田さんなのに、おっさん呼ばわり。いくら常連さんとはいえ、相変わらずの失礼ぶりだ。

「来て、何日目？」

「今日で二日目ですけど」

だから顔を出してほしいって言ったはずなんだけど。じりじりとした気分で待っていると、こともあろうにオーナー代理は首を横に振った。

「二日目だったらいいや。挨拶するのは明日にするよ」

「はあ？」

「いつも三日くらいは滞在するから、後にする」

スプリングのはみ出たソファーに身体《からだ》を横たえ、再び目を閉じる。

「冗談言わないで下さい。ロビーでお待ちなんですよ」

「いいよ。どうせ気にしないから」

私が気になるんですけど！

隣から足どりも重く戻った私は、申し訳ない気分でオーナー代理からの言葉を二人に伝えた。すると久保田夫妻は、顔を見合わせて微笑む。

「ああ、そんなことだろうと思った」

げにありがたきは、心の広い常連さんだ。しかしそれに続けて、旦那さんが不思議な言葉を口にする。

「三日くらい、か。さすが安城さんだね」

「そうねえ」

お二人の滞在予定は確か五日間だったはず。ということは、三日で切り上げてしまうような用事があるというのだろうか。首を傾げる私を尻目《しりめ》に、二人は「じゃあまた」と足どりも軽やかにエレベーターの中へと消えた。

しかしほどなくして、久保田さんの奥さんが再びロビーに現れる。

「どうかなさいましたか」

声をかけると、ほっとしたように微笑む。

「あの、実は主人、ちょっと旅の疲れが出たみたいで」

「あ、お薬ですか？」

旅先の宿でほっと一息ついて、そのまま熱を出す人は多い。だから当然ホテルジューシーのフロントにも、簡単な救急箱が用意されている。まあそれで駄目なら、オーナー代理が懇意にしているお医者さんという手もあるし。

「いえ、そこまでしていただくほどではないんですけどね、明日の朝食の時間を別々にしていただけないかと思って」

「別々、ですか」

「そうなの。あの人、自分は具合が悪いくせに、私にはきちんと観光しろってうるさいのよ」

自分はどうあれ、相手には旅を楽しんで欲しい。そんな考え方をする人もいるんだ。

（夫婦って、いいな）

私は久保田さんの旦那さんに対し、軽い尊敬の念を抱いた。

「でも私も一人じゃ不安だから、さっき電話でバスツアーに申し込んだのよ。そしたらそれがけっこう朝早い集合なの」

だから私は六時半、主人は九時でお願いしたいのよ。奥さんの言葉に私はうなずく。

「大丈夫ですよ。なんでしたらモーニングコールもつけましょうか」

「ああ、それはありがたいわあ」

安堵《あんど》の表情を浮かべる奥さんに六時のモーニングコールを約束し、私はノートにその旨を書きこんだ。

夜、相変わらず暇なので私はぶらぶらとお総菜屋さんまで歩く。黄色い電球に照らされた市場のおかずコーナーでは、どれもこれも東南アジア風の料理に見えるのが不思議だ。そこで白いごはんと青菜のチャンプルーを買って、またゆっくりと歩き出す。

路地の間からときおり顔を覗《のぞ》かせる国際通りには、陽が落ちても観光客の流れが絶えない。手をつないで笑い合うカップル。即席としか思えない組み合わせの軽そうな二人。あるいは憮然《ぶぜん》とした表情でも荷物を分け合う夫婦。不思議と今夜は男女の二人連ればかりが目に入ってくる。

いつか私にも、サキの「王子様」のような相手が現れるのだろうか。あるいは久保田夫妻のような人生のパートナーが。けれどもし万が一、そんな人が現れたとしても私はそれに気づく自信がない。

（この馬鹿、って何度言われたっけ）

そういう方面に関して今ひとつ鈍い私は、これまで何度もチャンスを逃してきたらしい、というのはそれがすべて友達からの情報だからだ。

「ヒロ、信じられない。本当に気がつかなかったの？」

呆《あき》れたような顔で私を見る友達。私はまるで叱られた子供のように肩をすくめる。

「親切な人だな、とは思ったよ。あと最近よく会うな、とか」

「あり得ない。あの人はただの親切であんただけにお菓子をくれて、帰り道が違うのに偶然会いまくってたわけ」

「あ、そういえばあのお菓子おいしかったよ。持ってこようか？」

オーマイガッ。そんな手振りで友達は天を仰ぐ。

「この馬鹿。鈍すぎだよ！」

「……すいません」

私が悪いことをしたわけじゃないのに。そう言うと友達は「鈍すぎるといっそ罪悪」と切って捨てた。

そりゃあ私だって、好きになってもらったら嬉しい。憧《あこが》れだってある。でも自分がなんとも思っていない人からアプローチを受けても、正直困る。だって私は、自分の心が先に動いていないと駄目なのだ。

（でもそれじゃ両思いになる確率が、ぐんと下がるよねえ）

一生結婚できないと、寂しいなあ。私はなんとなく左手の薬指を動かしてみた。そういえば、ここに指ハブが噛みついてたっけ。

（え？　いや？　違う、違うよ？）

指ハブを噛みつかせた人物がいきなり頭に浮かんで、私は慌てた。だってくちゃくちゃのアロハだし、変な長髪だし。それに第一、いまだ得体がしれないし。

（違うどきどき。あれは、そういうのじゃないから！）

初めての体験続きで、どきどきするのは当たり前。私は自分にそう言い聞かせると、足どりも乱暴にホテルへの道を辿《たど》る。

途中、興味本位で「ミキ」という名前の缶ジュースを買ってみた。こっちにきてから何度となく目にして、気になっていたものの一つだ。原材料はお米らしいから、甘酒のようなものなのかもしれない。もし口に合わなくても、最後だからこれくらいの冒険はしてみてもいいかな。珍しくそんなことを思った。

部屋に戻り、買ってきたおかずとご飯、それに比嘉さんのドゥルワカシーを並べ、ミキのプルタブを開ける。一口。

「……あまっ」

お米のポタージュ、激烈砂糖味。それが正直な感想だった。甘酒ほどの特殊な香りもなければ、これといった味もない。口の中に広がるのは、ただただ茫洋《ぼうよう》としたお米の味と激しい甘さ。

（昔の人には、おいしかったんだろうなあ）

ジュースなど存在しない時代へと思いを馳《は》せながら、私はミキを口に運ぶ。甘い。甘すぎてなんか泣きそう。

＊

あと八日。もう後がない。

（今日中に言わないと）

そう考えただけで、胃のあたりが重かった。早朝に送り出した久保田さんの奥さんは、珍しくスポーティなパンツルックでたっぷりと朝食をとっていたけど、今の私の食欲はダイエット中のモデル以下だ。いや、それよりは食べてるかな。

「やあ、おはよう」

九時になって、今度は旦那さんが降りてくる。

「おはようございます」

ゆっくりと睡眠をとったのが功を奏したのか、旦那さんの具合は悪くなさそうだ。その証拠に彼は、出された朝食をきちんと平らげた。

「お身体の調子はいかがですか」

食後のさんぴん茶を出しながら話しかけると、旦那さんはにっこりと微笑んだ。

「ありがとう。おかげさまで大分良くなったよ」

「今日はお部屋で過ごされるんですか？」

「そうだね。散歩くらいはすると思うけど、基本的には部屋にいるつもりだよ」

じゃあクメばあとセンばあにも伝えておかなくちゃ。そう心に留めて、私は食堂を後にした。

例の件はとにかくオーナー代理が出てきたら言おう。そう思っているときに限って、あまのじゃくな妖怪《ようかい》は姿を現さない。

（今日こそ言わなきゃいけないのに）

じりじりとした思いを抱えたまま、いつしか日は傾いてゆく。結局久保田さんの旦那さんは、お昼過ぎに一度食事をとりに出かけたまま帰って来ないし、奥さんもまだツアーが終わらないようだ。

（……じっとしてたら腐る！）

ぐるぐるとする気持ちを抑えきれず、私は立ち上がった。何かしていないと、どうかなってしまいそうだ。こんなときは、とにかく手を動かすこと。身体を動かすこと。そう考えて私は仕事を探した。けれど。

「……ない」

ここ数日、私は自分がいつ去ってもいいような覚悟で仕事をしている。それは裏を返せば、やるべき事はすべてやってあるということだ。ちなみに私は、「立つ鳥跡を濁さず」という諺《ことわざ》が好きだ。

すでにぴかぴかの床をもう一度ワックスがけして、申し送りのノートを清書。息を切らせてソファーに掃除機までかけた頃、ようやく夜が訪れる。

「ただいま」

まず、久保田さんの旦那さんが先に帰ってきた。それからほどなくして、奥さんがビニール袋を片手に帰ってくる。

「ただいまあ。とっても楽しいツアーだったわあ」

バスっていいわね、遠くまで行けて。そんなことを話しながら、奥さんはビニール袋を指さす。

「これ、あの人へのお土産よ。遠くの市場まで行ったから珍しいおかずを見繕ってきたの」

「遠くって、読谷村《よみたんそん》とかですか」

「まあ、そんなところかしら。一日で色々なところを回ったからよく覚えてないんだけど」

しかしよく見ると、白いビニールから透けたパックにはゴーヤーチャンプルーとしか思えない物が入っている。ということは調味料や具が特殊ということなのだろうか。私の視線に気づいたのか、奥さんは上のパックを取り出して見せてくれた。

「ほら、これは青菜の炒《いた》め物。観光客が行くところではゴーヤーばっかりだから、珍しいでしょ?」

「……そうですよねえ」

うなずきながら、頭の中では疑問が渦巻いている。だって私はこの青菜炒めを、昨日の夜食べたばかりだったから。

そのチャンプルーには、青菜の他に何故かにんじんと豆腐が入っている。中でも特徴的なのは、にんじんの切り方だ。それは普通の細切りじゃなくて、ごぼうのようなささがき状態。

「ななめの方が味が染みるんさあ」

おかずを売っていたおばあは、そう説明してくれた。

「これはおばあしかやらないんだけどさあ、今度ネーネーもやってみるといいよう。そしたらいつでもお嫁に行ける」

お嫁に行けるかどうかの問題は脇によけておくとして、要するにこの切り方はおばあのオリジナルなのだな。あのとき私はそう理解していたのだけれど。

（偶然、同じアレンジをする人がいたってこと？）

でもそれにしては似すぎている。とはいえ久保田さんの奥さんがわざわざ嘘をついているとも思えないし。

ひっそり考え込んでいると、奥さんは壁の時計を見て声を上げた。

「あらもうこんな時間。主人がお腹を空かせてるわね。行かなきゃ」

「え、あ、本当ですね」

奥さんがビニール袋にパックをしまっていると、そこにオーナー代理が姿を現した。

心臓が、跳ねる。

「やあ、こんばんは」

「あら安城さん、お久しぶり」

「一年ぶりですね。お買い物ですか」

落ち着いた声。穏やかな眼差《まなざ》し。これは、夜のオーナー代理だ。

「ええ。ちょっと珍しいおかずをね」

そう言って奥さんは袋を軽く持ち上げて見せる。するとなぜかオーナー代理は困ったように笑う。

「そろそろだとは思ってましたが」

そろそろ？　それは久保田さんご夫妻の滞在期間のことだろうか。

「いけない？」

「いけなくはありませんよ。ただ……」

そこでオーナー代理はちらりと私の方を見る。いや、別に予定通りじゃないからって私は怒りませんから。

「ただ、あともう少し先だったら良かったんですけど」

もう少し先だったら、何が変わっていたんだろう。シーズン料金とか？

「そうね。そうしたいのは山々だったけど」

奥さんはにっこりと微笑み、私に向き直った。

「ところで明日もツアーに参加するから、同じ時間に朝食をお願いするわね」

「あ、はい」

「それじゃお二人とも、お休みなさい」

「お、お休みなさい」

下げた頭を再び上げたとき、すでに奥さんの姿はなかった。

「相変わらずだなあ」

隣でオーナー代理がつぶやく。

「どういうことですか」

「うん。なんていうか、あの奥さんはすごく旦那さんのことを大切にしてるなって」

奥さんが旦那さんを？　私にはどちらかというと逆に見えるんですけど。

「……仲良し、ですよね」

「そうだね」

どうしよう。オーナー代理の顔が見れない。不器用な士官学校の生徒みたいに、ただまっすぐ前を向いていることしかできない。

「あの」

「ん？」

どうしよう。口もうまく回らない。

「その」

だからこれは違うどきどきなんだってば。

「何？」

「あ……」

アルバイトの最終日についてなんですけど。そう言おうとした瞬間、首から下げた携帯電話が着信音を奏でた。私はすがりつくように電話を耳にあてる。

「はいっ、ホテルジューシーです！」

相手は宿泊希望のお客さんだった。私は予約表を見るために、カウンターへと素早く移動する。

「来月の十五日、二名様ですね。はい、空いてます」

いつものように連絡先と飛行機の到着時刻をたずね、表に書きこんだ。

「はい、ではお待ちしております。ありがとうございました」

見えないお客さんに頭を下げながら、私はペンを置く。そこでふと我に返り辺りを見渡すと、すでにオーナー代理はいなくなっていた。

どうしよう。また言いそびれてしまった。

＊

あと七日。ていうか当日だし！　私は今、許されることなら漫画の登場人物のように頭をかきむしりたい。

(とにかく言わないと、どうしようもないか)

昨日と同じ時間に奥さんを送り出したあと、私は何度も隣の店の前まで行っては引き返す。別に先送りしているわけではないけれど、わざわざ起こしても昼間のオーナー代理だと思うと今ひとつその気になれないのだ。とりあえず先に用事を済ませてきてしまおう。

そう考えた私は、銀行用の貴重品セットと買い物バッグを持ってホテルを出た。

いつものルートで国際通りを横切るとき、視界の隅にちらりとヒデさんの屋台がある裏通りが見えた。まだ午前中だから会うことはないはずだけど、不用意に背を向けると首の後ろがちりりと焦げるような気がする。明るい日射しの影に落ちる、深く濃い闇。私はまっすぐ前を見たまま、速度を変えずに歩き続けた。

銀行でつかの間涼んでから、市場近くにあるドラッグストアで安売りの洗剤を買う。台所用に洗濯用、それに住居用まで合わせるとかなりの重さだ。しかも今日は雲一つない晴れ。まっすぐに降りそそぐ紫外線と熱気のせいで、ワンブロックも進むと汗がどっと噴き出してくる。そこで私は帰り道の途中、市場の近くにあるコーヒーショップで一休みすることにした。

「いらっしゃい」

狭い路地にはみ出したカウンターの端に座り、アイスコーヒーを注文する。確かここでユリとアヤの姿を見かけたんだっけ。そんなことを懐かしく思い出しながら、添えられたクッキーを齧《かじ》った。

お昼が近いせいか、細い路地にもそれなりに人通りがある。観光客、地元の会社員、市場で働く人。ぼんやりその流れを見つめていると、ふと見知った顔が現れた。

(……久保田さん?)

せかせかとした足どりで路地を横切っていくのは、久保田さんの奥さんだ。観光ツアーに参加しているはずなのに、なぜここにいるのだろう。しかもよく見ると、彼女はエプロンをかけて両手にビニール袋を提げている。そしてあろうことか、彼女は通りの向かいにあるハチのマークの宅配便の事務所に入ってその袋を手渡した。ガラス越しにお辞儀をしながら代金を受け取る姿が見えた時点で、私は彼女が何をしているかがわかった。

コーヒーを飲み終え、私は少しだけ遠回りして市場の中を通る。目指すのは、地元の人に人気のお弁当屋さんだ。その店は自分の持ち場を離れられない人のため、お弁当の配達も引き受けていることで重宝されている。

「何か決まった？」

店の人に声をかけられ、慌てて私は首を振る。

「あ、すいません。ちょっと見てただけです」

「そう？」

首を傾げながら中へ戻っていく店員さん越しに、配達から戻った久保田さんの奥さんの姿が見えた。やっぱり彼女はここで働いている。でも、何故？

旅行中にアルバイトをして旅費を稼ぐ。世界を放浪中のバックパッカーならよくある話だけど、国内旅行をしている年輩の夫婦ではどうだろう。安いとはいえホテルに泊まっているのだから、日々それなりにお金はかかるはず。しかも沖縄は時給が安い。ということは自転車操業的な経済状態になることが目に見えている。

　まあ、まっとうに働こうとするだけヤスエさんよりましだとは思うのだけど、それにしても疑問が残る。だってあの人たちは、つい一昨日《おととい》まで二人して優雅に観光をしていたんだから。

（あ、でも）

　瞬間、頭の中をよぎるものがあった。私が安っぽいと感じたあのワンピースに、見せてくれなかった焼き物。そして奥さんが買ってきた青菜の炒め。それらはすべて、お金がないというキーワードで繋《つな》がるんじゃないだろうか。例えばワンピースは吊しの五百円で、陶芸教室には参加せず、食費節約のため市場の総菜屋で買ったおかずを食べていたとしたら。

（じゃあ、旦那さんもどこかで違う仕事を？）

　何か深い事情があるのかもしれない。それに詐欺師の鈴木と違って、久保田夫妻は前払いで一週間分の代金を払ってくれている。だとしたら私が口を出す問題ではないし、オーナー代理と奥さんの会話もそう考えてみれば納得がいくような気がした。

　重い荷物を抱えてホテルに戻ると、比嘉さんから伝言を聞かされた。

「オーナー代理、近所の漫画喫茶に行ってるって」

「はあ？」

　銀行から戻った後は、一応オーナー代理に確認してもらうことになっている。だからいてくれないと困るのに。ていうか、留守って！

「だから用があるときはそこに来てくれだってさ」

ありえなさ無限大。けれど漫画を読んでいるということは、多少なりとも起きているはず。私は荷物をそれぞれ所定の場所にしまうと、比嘉さんに貴重品セットを預けてホテルを出た。

「人を探しに来ただけなので」と断って店に入ると、日焼けで色褪《いろあ》せた漫画の背表紙が目に入った。あまり広くない店内は特に区切られておらず、中央に大きなテーブルと窓際にソファー席がある。歩きながらざっと見渡すと、端のソファー席に見慣れた長髪が揺れていた。

「オーナー代理」

「え？　あ、柿生さん」

慌てたように顔を上げたオーナー代理を見て、私は凍りつく。泣いてる。泣いてるよこの人。しかも読んでるの少女漫画だし。

「いやあ、初めて読んだけど素晴らしいねえ。『ガラスの仮面』は」

「……はあ」

やっぱり頭が起きてないのか。がっかりしながらも、私はオーナー代理の前に積み上げられた漫画を片づける。

「それ、まだ読んでないんだけど」

「戻ってください。もうすぐ比嘉さんが帰る時間なんですから」

「えー？　やだなあ。この間も我慢して帰ったら、続きが気になって気になってしょうがなくてさ。おかげで昼から外出しちゃったし」

この間の留守はそれか。私は皮肉をこめて本を指さす。

「ちなみにこの漫画、何年もの間ずーっと完結してませんからね」

「うそ！」

オーナー代理が絶望的な悲鳴を上げた。

「紅天女《くれないてんにょ》がどっちになるか頭の中で賭《か》けてたのになあ」

はいはい。そうつぶやきながら本を棚に戻す。そしてレジの料金表を見て、深く納得した。ここは時間無制限の読み放題が五百円。ラックの設置代ことオーナー代理のおこづかいは、これに消えていたのだ。

しかし去り際、私は三たび目を疑った。『ゴルゴ13』を伏せたまま、窓辺でいびきをかいている男性。それは久保田さんの旦那さんに他ならなかったからだ。

＊

「オーナー代理は、久保田さんご夫妻とお知り合いなんですよね」

ホテルに戻り、ソファーにだらしなく腰かけたオーナー代理の鼻先に銀行の通帳と貴重品セットを差し出す。

「知りあいってほどのもんじゃないよ。毎年このくらいの時期に来るお客ってだけでさ」

面倒くさそうに通帳の内容を確認し、引き出したお金と照らし合わせる。

「さっき、奥さんが市場のお弁当屋さんで働いているのを見ました」

「ああ、もう見ちゃったんだ」

オーナー代理は下を向いたまま、袋の口を閉じる。

「それにさっき、同じ店に旦那さんがいましたよね。あれってどういうことですか」

「漫画が読みたかったんじゃないの？」

「そうじゃなくて。久保田さんご夫妻は、何か事情があるんですよね」

「事情、ねえ」

やはりというか何というか、のらりくらりとしてつかみどころがない。しようがないので、ストレートに言ってみた。

「もし困っているなら、助けてあげたいと思うんですけど」

するとオーナー代理は天を仰ぐようにして、ぐったりと背もたれに寄りかかる。

「……あの旦那さんは、外で働いてないの」

「はあ？」

「だからあ、会社とか苦手なんだってさ」

会社とか苦手だから、って。現代日本で通じる概念なのか、それ。

「でも二人でのんびり旅行するのが好きだから、ギリギリまで奥さんも働かせないんだってさ」

「ええ？」

「だからほら、柿生さんの前でも奥さんとすごく仲良かったでしょ」

仲は、確かに良かった。お互いを褒め合って、大切にし合っている感じがして。だからちょっと結婚っていいな、なんて思ったりもした。なのにその旦那さんは会社が嫌いだからという理由で働かず、奥さんを働かせているなんて。

私の頭の中に、背広姿の父が浮かぶ。結婚というのは、愛する者に対しての責任を負う覚悟の証明なのだと説明してくれた父。こんな私から見ても隙がないほどの常識人で、けれど不器用な人。私は、そんな人の娘だ。

私の頭に、かっと血が上った。

「ひどいじゃないですか」

「どうして」

「だって奥さん、事情をひた隠しにしてあんなに明るく振る舞ってるんですよ？　なのに旦那さんときたら漫画読んで高いびきですか」

ダンディなおじさまじゃなくて、年をとったヒモ。そんな言葉が浮かんできた。

「旦那さんは、別に健康上問題があるわけじゃないんですよね？」

「んー、多分ね」

「だったらお勤めに出るべきでしょう」

「そうとも言うね」

駄目だ。やっぱり昼間のオーナー代理と真面目な話はできない。私はがっくりと肩を落とす。するとなんとも間の悪いことに、話題の人物、久保田さんの旦那さんが姿を現した。

「やあ、ただいま」

「おかえりなさい」

「いやあ、今日も暑いね」

何言ってるの。暑いのは市場で働く奥さんの方でしょ。自分は冷房の効いた店内で昼寝してたくせに。私はじろりと彼を睨《にら》んだ。

「しばらく奥様とは別行動ですか？」

追及はしないけど、皮肉ぐらい言ってやりたい。しかし旦那さんはごく自然に答えた。

「そうだねえ、本当はずっと一緒にいたいんだけどねえ」

「そうなんですか」

「うん。ひとときも離れたくないよ。彼女にもそう言ってるんだけどねえ」

惚《ほ》れてる方は立場が弱いよ。旦那さんは笑って肩をすくめる。

それが嘘だとは思いたくなかった。何故だろう、お金のための嘘ならまだ許せるのに、愛情に関する嘘はついて欲しくない。

「やっぱり久保田さんとこにはかなわないなあ」

オーナー代理の脳天気な声に、旦那さんはうなずく。

「そうだよ。世界でぼくほど家内を愛している人間はいないんだから」

「うわあ、あついあつい」

駄目男が二匹、目の前で笑い合っている。

（私のどきどきを返せーっ！）

私は手のひらをグーの形に握りしめたまま、立ち尽くしていた。

「ところでお昼はどうするんですか」

オーナー代理が思い出したようにたずねる。

「そうですねえ、どこかおすすめのレストランでもありますか」

奥さんが汗水垂らして働いてるのに、レストラン。その言葉を聞いた瞬間、頭にかっと血が上った。

「働いてないのに、食べるんですね」

言い終わらないうちにいきなり、頬の辺りが熱くなった。軽い平手打ちをされたのだと気づいた途端、恥ずかしさと怒りが秒速で頂点に達した。

「オーナー代理！」

「謝りなさい」

ずるい。いつの間にか夜の顔になってる。

「うちの従業員が失礼なことを言いまして、申し訳ない」

頭を下げるオーナー代理に、旦那さんの方が恐縮していた。

「あ、いや。ぼくは全然気にしてないから。それよりいいのかい？　女の子なんだし、もっと優しくしてあげないと」

「柿生さん」

うながされて、私は唇を嚙みしめる。失礼なことを言ったのは本当だ。でも、言いたかったのも本当なのだ。

「――すいませんでしたっ！」

言い捨てるようにして、その場をあとにする。初めてぶたれた。ぶたれるようなことをした。今までどんなにしっちゃかめっちゃかでも、わかってくれていたのに。


いきおいのままホテルを出て、国際通りとは反対の方向に力一杯走った。角が来るたび適当に曲がり、とにかく人通りの少ない道を選んで走った。真っ青な空の下、景色を眺める余裕もなくただ前だけを見て走った。

息苦しさが欲しくて、坂に出合うたび上ってゆく。空き地の横を駆け抜け、細い路地を何度か曲がり、でこぼこの石段を飛ぶように進んだ。まだ来ない。まだたどり着かない。人の手を離れた風船のように上へ上へと向かっていたら、何度目かのカーブでついに道が尽きる。

足を止め、肩で息をしながら辺りを見渡すと、そこは未舗装の小さな土地だった。近隣の子供が遊び場にしているのか、壁際には三輪車やバケツなどが置き去りにされている。雑草の中にぽつんと置かれた縁台は、子供を見守る人のための物だろうか。

ふと気づくと、風が吹いていた。坂道を上り続けてたどり着いたこの場所は、それなりに高い場所にあるらしい。私は額の汗を手で拭《ぬぐ》うと、風に顔を向けた。

冷たい。火照った場所が気化熱で徐々に鎮まってゆく。それにしても、なんだかこっちへ来てから私はしょっちゅう風に吹かれている気がする。さわやかな夜風に、台風を告げる前の不穏ななま暖かい風、そして何もかもさらってゆく突風。

その風に、さらわれてしまいたいと思ったことがあった。茫漠としてもてあます時間ごと、吹き飛ばされたいと。けれど私は飛ばされることなく、まだここにいる。自分の足で、立っている。

風に吹かれているうち、ようやく頭も身体も冷めてきた。しかしその中で、ただ一箇所冷めない熱を放ち続ける部分がある。私はそっと、左の頬に手を当てる。触れられたその場所に。

ぶたれたこと自体はそんなにショックじゃない。だって私は弟との壮絶な姉弟喧嘩《きょうだいげんか》の末、お母さんにグーパンチを食らった経験だってあるのだ。ただ、あそこでいきなりぶたれるとは思っていなかった。

（そんなやわじゃないっての）

ショックだったけど、心が折れたわけじゃない。失礼なことを言ったのは詫《わ》びるべきかもしれないけど、駄目男は駄目男だ。それに、あんな状態の奥さんを放っておくわけにはいかない。私は彼女を救うべく、鼻息も荒く立ち上がった。

(すれ違った以上、このままじゃ済まさないんだからね)

風に運ばれてきたもの。風に運ばれてゆくもの。変化は、いつも風と共にあった。そして今、私は風を抱きしめたいと思う。

そういえば、貴重品セットを渡したまんまだった。坂の途中でそのことを思い出して、足が止まる。ついさっきのことで顔を合わせるのは気まずいけど、あの袋をそのままにしておくわけにもいかない。

「あのう……」

戻って隣の店に声をかけると、返事があった。

「貴重品、受け取りに来ました」

「ああ、忘れてた」

忘れるなって。心の中で突っ込みつつ、ぺこりと頭を下げる。

「さっきは、すみませんでした。従業員としてホテルの中で言う台詞《せりふ》じゃなかったです」

オーナー代理はそんな私を見て、呆れたように肩をすくめる。

「まいったな。めげてないでしょ」

「はい。これっぽっちも」

私は真正面からオーナー代理の顔を見返す。

「なんだかなあ……」

そして私は、オーナー代理の手から差し出された貴重品セットを受け取ろうと手を伸ばした。しかし次の瞬間、いきなり手首を摑《つか》まれる。

「あ？」

頭だけではなく、顔面にも血が結集する。な、何これ。

「ちょっとは、めげなさい」

予想外の力強さ。ていうかいっそぶん殴って欲しいくらいの恥ずかしさ。

「え……？」

「漫画喫茶に行っちゃ駄目だし、あの二人に何か言うのも駄目だから」

あ、また注意されてるのか。でもなんか、血があさっての方向にいったまんま帰ってこない感じなんですけど。

「な、何でですか」

「なんでも」

「嫌です」

上司に諭されてるのに、逆らうなんて。でもあの二人を放っておくなんて、私にはできない。ていうか手のひらが熱い。熱いんですけど。

「あの奥さんは、別に助けなんか求めちゃいないよ」

「でも！　なんとかしてあげたいんです」

そう言った途端、オーナー代理の表情がすっと正気に戻った。

「正義感と自己満足？」

「まあ……そんなところです」

ヤスエさんのとき、私が自己満足だと告げたらオーナー代理は納得してくれた。なのに。

「おこがましいね。何様のつもり」

「何様って、そんなこと考えてません」

「正しくないから助けてあげる。なんとかしてあげる。あたしがいなくちゃあの人たち、どうしようもないんだから。そういうのって、片目をつぶることのできない子供の理論だね」

「な……」

なんでそんなこと言うの。言われなきゃいけないの。

「正しさは尺度にならないって、もう充分にわかったはずだよ」

「そ、それはそうですけど……」

やばい。心、折れちゃうかも。

「君がいなくても世界は回ってるってこと」

そういうこと、普通、面と向かって口に出すかな？

「理解しなさい」

まっすぐに見据えられた。恐い。恐い？　なんで？

「あ、あたし……」

いらないんだ。いてもいなくても同じなんだ。そう言われたような気がした。私がいなくても世界は回る。そんなこと、ずっと前からわかってたはず。

（なのになんで、こんなにショックなんだろう？）

この一ヶ月ちょっと、私なりに頑張ってきたけど、私じゃなきゃできない事なんてきっと最初からなかった。だって私が来る前からこのホテルはちゃんと運営されてて、比嘉さんやおばあたちも普通に働いてたんだから。それなのに私は、自分がいなくなったらここはどうなるかなんてことばかり考えていた。

自分は、そんなに大層な存在じゃない。替えのきくただの学生バイトで、所詮《しょせん》は小娘。わかってた。誰かを叱りつけたり、思い通りにしたりする権利なんてこれっぽっちもないこと。わかってた。

（でも、いつの間に……）

掴まれた手の指が少し冷たい。強い力で握られているんだな。ぼんやりとそんなことを思った。そして自分のものじゃないような声が聞こえる。

「あ、あたし——もう、辞めます」

あんなに考えたのに、口にしてしまえば呆気《あっけ》ないものだった。私の言葉を聞いたオーナー代理は、軽くうなずいた後、さらりと手を離した。

「じゃあこれから次の人を探すから」

そう言って店の奥へと去ってゆく。取り残された私は、しばらくそのまま一人で立ち尽くしていた。のろのろと足を動かしホテルに戻ると、なんとそこにはまだ久保田さんの旦那さんがいた。間が悪いにもほどがある。

＊

「やあ、大丈夫かい」

一応、心配して待ってくれていたらしい。そのことにちょっとだけ驚いて、私は頭を下げる。

「……さっきはすみませんでした」

「いいよ。だってわかっちゃったんだよね？　ぼくらのこと」

「はい」

ならしょうがないよ。旦那さんは寂しそうに笑った。

「当たり前の夫婦の形じゃない。それはよくわかってるよ。双方の親たちからもさんざん反対されたし。でもね、信じて貰《もら》えないかもしれないけど、ぼくは本当に家内のことが大好きなんだ」

「そうなんですか」

心が折れているせいか、反論する気も起きない。

「ずっと一緒にいられればいい、いつもそれしか考えてないんだ」

愛《いと》おしそうにつぶやく彼の横顔。私はほんの少し、怒りがおさまるのを感じた。だって
この人、奥さんのいないところでこんなにも無駄に愛の言葉を語るなんて。

「他には、なんにもいらないんだけど。どうしてそれだけで生きていけないんだろうね」

甘い。甘すぎて喉《のど》が灼《や》けるミキみたい。でもおかしなことに、私はやっと安心すること
ができた。

「それで余計な誤解や摩擦を生むことも多くてね。だからできるだけ普通に見えるよう振
る舞っていたんだけれど、結局君にも迷惑をかけてしまった」

立ち上がりざま、旦那さんは私の頬にそっと手を当てる。どきどきはしない。そこにあ
るのはただ、穏やかな何かだ。

「申し訳ない」

私は静かに首を振って応《こた》える。

「いえ、こちらこそ」

そして今度こそ気持ちをこめて、深々と頭を下げる。

「本当に申し訳ありませんでした」

台所に行くと、比嘉さんが腕を組んだまま立っている。

「遅い。何かあったね」

「はい。来週、帰ることになりました」

「辞めるのかい?」

「もう、大学もはじまりますから」

笑顔になろうと思った。でも。

「寂しくなるね」

ことりと、目の前にお昼ごはんの皿が置かれた。湯気がほわほわに上がった、沖縄そば。

「……いただきます!」

大丈夫。これなら鼻水が出たって私のせいじゃない。

＊

久保田さんの旦那さんと和解したのはいいけど、オーナー代理とはしばらく顔を合わせる気になれない。どうせもうやることも残ってないし。ぷつりと糸が切れたように、私はホテルを出た。気分はもう、家出少女だ。最低限、携帯電話は持ってきたけどかかってきても話す気がしない。サキにメールを送ろうかとも思ったけど、言葉がうまく見つからないのでやめた。

（暇だったら遊びに行け、って言われてたし）

ふらふらとモノレールの駅に向かい、深く考えずに乗車券を買った。街を見下ろすプラットホームに立ち、日射しを避けるように後じさる。しかしどんなにぎりぎりの位置まで下がっても、スニーカーのつま先が光に焙《あぶ》られた。

（夏、なんだよね）

それを見ていたら、なんで自分があんなに帰りたくなかったのかちょっとわかった。多分、ここがまだ夏だったからだ。夏が終わったら帰る。そう決めていたのに、ここではまだ夏が終わらない。なのに、私は帰らなくてはいけない。

（なんか……ずるい）

まだ旅行をしている人はいるのに、夏は終わってないのに、私一人がここから出ていかなくてはならない。そんな理不尽な怒りが気持ちの底にあった。いつもは難なく抑え込める子供のような感情。それがなぜここでは勢いのままに噴出してしまうのだろう。

音もなく滑りこんでくるモノレールに乗り込み、路線図を見上げる。駅の数はさして多くもない。三十分もしたら終着駅に着いてしまいそうだ。どこで降りようか。

ゆっくりと流れる車窓からの景色を眺めていると、ある地点からいきなり近未来的な雰囲気になる。新都心、と呼ばれる場所らしい。ずっとごみごみしたアジアっぽい場所にいたから、それがやけに新鮮に感じられる。

おもろまちという駅で降りると、今度はぴかぴかに整備された広い空間に驚かされた。目の前には巨大な免税品店が待ちかまえ、観光バスが何台も横付けされている。

（日本、だよね？）

香水がぷんぷん香る売り場を歩くと、あまりのきらびやかさに目がつぶれるかと思った。もともとブランドとは無縁の人生を送ってきただけに、なんというかいたたまれなさすら感じる。

「どうぞ、日本未発売ですよ」

そう言って差し出されたチョコレートを断り、顔を伏せたまま通り過ぎる。

ほうほうの体で免税品店を抜けると、その先にはやはり巨大なショッピングセンターがあった。けれどこちらは地元の人間をターゲットにしているらしく、値段もお手頃で映画館やフードコートまで併設されている。

（ここで買い物とか、しちゃおっかな）

あまりお金はないけれど、刹那《せつな》的にそんなことを考えた。せっかく沖縄にいるんだし、帰ったら着られないような南国ファッションにするとか、思い切ってギャル系にイメチェンしてみるとか。ブティックが立ち並ぶ区画を目指して歩きながら、私はつぶやく。

「……ヘソ出してやる」

しかし徐々にその売り場が近づくにつれ、私はおかしなことに気がついた。色が、暗い。黄色とかピンクとかスカイブルーとか、そういう南国っぽい色合いを扱っている店が、ほとんどないのだ。やはり馬鹿っぽい服は、お土産屋さんの専売特許なのだろうか。しかしその疑問は、店の前に立ったとたん呆気なく氷解した。

「あり得ない」

　思わず足を止めて、私はつぶやく。ショーウインドウに並んでいたのは、見事なモノトーンで構成された秋冬物のファッションだったからだ。ブーツにファーにジャケットにマフラー。重たいコートこそないものの、その品揃えは東京のショップとほとんど同じだ。

（いつ着るっていうんだろう？）

目を丸くしたままの私の横を、地元の子らしい二人連れが通り過ぎる。その会話に、今度は耳から驚かされた。

「ねえ、服とかどうするー？」

「うーん、もうすぐ秋だしねー」

秋？　ホントに秋なの？　思わずふり返ると、いかにもB系ギャルっぽい服装の女の子たちは、この暑いのにざっくりとしたニットのカーディガンを羽織っていた。どこの都市でもお洒落な人ほど無理をしてファッションの先取りをしたがるものだけど、それにしてもすごい。

彼女たちの後ろ姿を呆然と見送った後、私はもう一度ディスプレイを眺める。

（そっか）

もう、夏じゃないんだ。

そう思ったら、胸のつかえがすとんと落ちた気がした。

東京から来た私にとっては夏としか思えない気温でも、こっちの人にとっては秋。沖縄は暑いといっても常夏の島じゃないんだから、四季があるのは当たり前のことなのだ。

(終わらない夏じゃないんだ)

再び歩き出した私は、東京に帰ってから何を着ようかと思いながらコーディネートを観察する。ふむふむ、やっぱり丈の短い上着は欲しいな。でもやっぱりヘソ出しはやめよう。お腹壊しそうだし。しかし何軒目かの店の前で、私の足はぴたりと止まった。

沖縄は、冬でも気温が二十度を超えるのだと聞いた。なのにその店のウインドウには、ライダースを意識したかのような服が飾ってあったのだ。それは革パンとロングブーツの組み合わせ。しかも本革。いくらこっちの人が寒さに弱いからって。

「蒸れるよ、これ。ていうか水虫になる……!」

いきなり、お腹の底から笑いがこみ上げてきた。ああ、やっぱり沖縄はこうでなくちゃ。私なんかの想像を軽々と裏切るこの感じ。私は通りがかる人の目も気にせず、一人で笑い声を上げていた。

同じ洋服をこっちで買ってもしょうがないので、私はテラスに出て贅沢《ぜいたく》にもダブルのアイスクリームを食べ、再びモノレールに乗り込む。少し気分が上向いたので、帰りは市場に近い駅で降りてみた。しばらく歩くと、いつもの市場が見えてくる。

「ネーネー、ソーキ安いよ」

「そこのお兄さん、お土産のちんすこう詰め放題で五百円だけどどう?」

そこここでかかる客引きの声。相変わらずごちゃごちゃごみごみして、場所によっては変な匂いまでする。でも何故か私にとっては、きれいな新都心より居心地が良い。

「あ、ごめんなさい」

賑《にぎ》わう一角でぼんやりしていたら、誰かに衝突された。いいえ、とふり返った瞬間、相手がぴたりと動きを止めた。

「久保田、さん」

彼女はエプロンをかけたまま、お弁当の容器を手にして申し開きのできない状態。私は何と言葉をかけたらよいものかと、口を閉じたままパニック状態になった。しかし予想とは違う穏やかさで、久保田さんの奥さんは口を開いた。

「やあだ、もうばれちゃった」

「……はい?」

「見ればわかるでしょう? 私、この市場でアルバイトしてるのよ」

ころころと笑う奥さんに、卑屈な影はない。

「あ、そうなんですか」

「そうなの。私、仕事の虫でね。お休みっていうものに耐えられない体質なのよねえ」

仕事の虫、という言葉がひっかかった。もしかしてこの奥さんは、本当に好きで働いているのだろうか。

(いやいや。でも便宜上そう説明してるだけかもしれないし)

私は相手の態度を観察しながら、首を傾げる。

「体質、ですか」

「そう。でもうちの主人は、そうじゃないのよねえ」

もし宿でお邪魔だったらごめんなさいね。そう言って頭を下げる。ということはやっぱり、旦那さんは働くのが嫌いなのだろう。

「あ、いえ。そんなことないです」

なのにこんなに明るく振る舞って、言い訳までして。私は奥さんの健気《けなげ》さに打たれた。そうか。オーナー代理の言いたかったことはこれだったのか。

(お客様のつきたい嘘にまで踏み込むな。そういうことだよね)

全部を暴いて解決するなんて、無粋なことだ。とはいえこれまでの私だったら、すべてを白日の下にさらさないことには物事を運べなかっただろう。けれど今の私は違う。

(事情はわかりました。私がそれとなく力になりますから、安心して!)

決意も新たに、私は彼女を見つめる。働きやすいようなパンツ姿の中で、ひっそりと輝く左手の指輪が目に染みる。

「それにしても、いい奥さんって疲れるわねえ」

「……そうですよね」

駄目だ。なんかもらい泣きしそう。しかしそんな私に向かって、奥さんはぺろりと舌を出した。

「んもう私、家事とかこれっぽっちも出来なくて。実はうち、主人が主夫で私が外に出る逆転夫婦なのよ」

「はい？」

思わず、おかしなトーンの声で返事をしてしまう。逆転夫婦？

「掃除も洗濯も炊事も、家のことはぜーんぶ主人がやってくれてるの。私は自分で会社をやってるんだけど、帰ってきたら風呂《ふろ》、飯、寝るの状態よ。今風に言うと、ワーカホリックってやつかしらね」

ちょ、ちょっと待って。てことは、旦那さんは外に出ないだけでちゃんと働いてる？

呆然としたまま、私は彼女の言葉にこくりとうなずく。

「でも女として、これってちょっとまずいような気もするの」

「……はあ」

「だからおしとやかで家庭的な奥さん、っていうのに憧れて、旅行に出るたびそう振る舞ってるの。でも大抵は三日目くらいに我慢できなくなって働き出しちゃう」

なるほど、そういうことだったのか。言われてみればドゥルワカシーに対して知識を披露していたのは旦那さんだったし、奥さんはお総菜を買ってきただけだった。さらに安いワンピースを買ったのは主夫ならではの金銭感覚で、漫画喫茶にいたのもあまりお金を使わないようにしようという気持ちの表れだったのかもしれない。

(……シーサー作りで自分のことを「ぶきっちょ」だって言ってたのは、本当のことか)

史上最大のダダ滑り。あるいは大コケという言葉が頭に浮かんだ。ていうか、もしかして私、旦那さんに向かってとんでもなく失礼だったし! それは怒られて当然というより、怒られてなきゃ切腹クラスの恥ずかしさだ。

私はわざと曖昧《あいまい》な言い方をしたであろうオーナー代理に、心の中でボクシングの連打をお見舞いする。

(言ってくれればよかったのに! 言ってくれればよかったのにーっ!)

それに私は家事を労働の一環として捉《とら》えられないほど、固い頭を持っているわけじゃない。説明さえあれば、ここまで誤解して突っ走ることもなかったろうに。

くるりとひっくり返して見れば、久保田さん夫妻の姿はごく当たり前に互いを思いやっていた。

「にしてもねえ」

ため息をつきながら、奥さんが肩をすくめる。

「普段の感謝をこめて、せめて主人にはゆっくりしてもらいたいと思ってるんだけど、いっつも私がぶち壊しちゃう」

きっと止まると死んじゃうのよ、マグロみたいに。そう言ってけらけらと笑う。ああ、それって他人《ひと》ごとじゃないかも。私は力なく笑い返した。

「……楚々《そそ》とした奥さんで、あのひとを立ててあげられたらいいのにねえ」

少女のように寄り添っていたい。でも羽ばたかずにはいられない。相反する気持ちが、痛いほどわかった。

「きっと、旦那さんはわかってらっしゃいますよ」

「え？」

思わず口をついて出た言葉だった。

「奥様のこと、きっと旦那さんはわかってらっしゃるはずです。だって、すごく幸せそうに奥様のことをお話しされてましたから」

すると奥さんはつかの間考え込み、腕を曲げて力こぶを作るポーズをして見せる。

「あのね、私、あのひとがいるから働くのが楽しいの。もしかしたら、あのひとが待つ家に帰るために出かけてるのかなって思うくらいに」

これって自己満足かしらね。笑いながら奥さんは首を傾げた。私は笑顔で首を横に振る。羨《うらや》ましいな。心の底からそう思った。

「それじゃ、お弁当が冷めちゃうから」

「あ、はい」

私が頭を下げると、奥さんは手を振って雑踏の中へ飛び込んでいった。

＊

夜、屋上に登って風に吹かれている。今はなまぬるく優しい潮風が、しっとりと私の髪を湿らせた。

私の自己満足と、奥さんの自己満足。比べるものではないかもしれない。でも、考え込まずにはいられなかった。誰かのために何かをするということ。自分のために誰かに関わるということ。

「悩んだら屋上。青春の定番だね」

気づいたら風のように、オーナー代理が隣に立っていた。

「悩ませたのは誰だと思ってるんですか」

それには答えず、ただふふふと笑う。

「……あの二人は、あれでいいんですね」

「多分ね」

「だったらそう言ってくれればいいじゃないですか」

「もういいかな、って思ったからさ」

「何がですか」

「すべてのお客さんについて説明してたらきりがないし、すべてを知る必要もない」

それはまあそうですけど。私が黙って口を尖《とが》らせると、オーナー代理は頭にぽんと手を載せた。

「無関心でいろと言ってるわけじゃないのは、もうわかるはずだけど」

こくりとうなずく。でも諭されているようで、ちょっとばかり口惜《くや》しい。

「あのさ」

上を向こうとすると、そのまま手で止められる。どこからともなくやってくるのは、やっぱりどきどき。

「世界は柿生さんがいなくても回るし、このホテルもいなけりゃいないでなんとかなる」

「……わかってますって」

理解はしたけど、納得はしてないんだから。心の中でつぶやきながら、私は風を胸一杯に吸い込んだ。花の香りと海の潮が混じって、ほの甘くもしょっぱい。

「でも、ね」

次の言葉を探すように口をつぐんだオーナー代理。短い沈黙の中にも、風は吹いている。

そのとき不意に、私はオーナー代理の考えていることがわかったような気がした。

鳴りやまないどきどきを抱えたまま、しっかりと前を見据えて言葉の続きを口にする。

「いなくてもなんとかなるけど、いたらもっと楽しい。そうでしょう？」

「まあ、そんなとこかな」

返事と共に手のひらがそっと動かされた。よくできました。それとも叩《たた》いてごめん？

私は目を閉じて、やわらかな夜風に身を任せる。

「ずっと楽しかったです」

「本当に、楽しかった」

＊

帰りの日、意外なことにもっとも泣いたのは比嘉さんだった。

「絶対お嫁に来るんだよう」

すっかり姑《しゅうとめ》気分になったらしく、私にお手製のレシピカードや乾物を持たせてくれる。

「ありがとうございます」

次に来るときは料理の腕前を見せてもらうからね。そう言うと、エプロンでちんと鼻をかんだ。

「ひぃろちゃん、風邪引かないでねえ」

センばあは内地は寒いからとマフラーを首に巻いてくれた。暑い。暑いけど嬉しい。しかもよく見ればそのマフラーはどぎつい星条旗柄で、巻いているのが別の意味でつらい。

「ヒロちゃん、これおうちのひとたちにもあげるといいよう」

クメばあは山盛りの指ハブを、これまた自分で編んだ籠《かご》に入れてくれた。でもこれ、蓋《ふた》がないからちょっと指ハブの売り子みたいかも。

「柿生さーん、ごめんねえ」

でれでれのアロハを着たオーナー代理は、引き継ぎのアルバイトさんに間違った日にちを教えてしまったらしく、結局私は後任の人と顔を合わすことなく仕事を終えた。

「いいですよ、別に」

やっぱりノートを残しておいてよかった。しみじみ思う私に、オーナー代理はビニール袋を差し出す。

「お詫びに、これ」

手にずしりと食い込む重み。一体何が入っているのかと見てみると、中には大きめのポーク缶が二つとレシートまで。嫌みか。

「ぼくだと思って食べてねえ」

「はいはい」

値段がきっかり五百円ということは、おこづかいをはたいてくれたと解釈するのが正しいのか。

心づくしの品々を受け取り、私は最後にもう一度頭を下げる。

「ありがとうございました」

じんとはしていたけど、泣かなかった。それでいいと思った。だって私は、楽しかったんだから。

怒って泣いて笑って脱力して、この夏は、本当に、本当に楽しかったんだから。

＊

空港に到着しチェックインをすませると、少し時間が空いた。最後に何か飲もうと思い、私はのんびりと売店に向かう。さんぴん茶のボトルを手に取り、レジに並んでいるとふと目をひく文字があった。『ジューシーおにぎり』。

「あ、すいません。これもお願いします」

なんだか放っておけなくて、財布が寂しいくせに買ってしまう。そういえば、比嘉さんのボロボロジューシーはおいしかったなあ。鰹《かつお》だしの香りが漂うホテルを思い出しながらぱくりと頬張ると、どこからともなく笑いがこみ上げてきた。いた。いたよ、ポーク。こんなところにも。

元々は豚肉の代用品だったポーク。それがいつの間にかポークじゃなきゃいけない状態に昇格してる。それはまるで、オーナー不在のホテルにいるオーナー代理のようだ。

いいかげんで、だらしなくて、適当で。私に色々などきどきを山盛り味わわせてくれた沖縄。おかげで今の私は、もはやおでんにソーセージが入ろうがおにぎりに焼き肉が入ろうがどんとこいだ。

て。

（また来よう）

サキを誘って、冬でもいい。とにかくもう一度、絶対にここに来なくちゃ。そしてホテルの皆を紹介しよう。料理上手の比嘉さんに、お茶目で元気なクメばあとセンばあ。そして。

へんてこなアロハに、不思議な色の瞳《ひとみ》。

湿ったコンクリートの上に落ちる、長髪のシルエット。

ぎりぎりまですり減った、薄いビーチサンダル。

そのときいきなり、頭の中に屋上の夜風が吹いた。

ああもう。だから、違うどきどきなんだってば！

微風

＊

この夏が始まる前、私は自分にしかできないことがあるなんて幻想を抱いていた。そして「自分の取り分」なんてものを自分で勝手に制限して、一人で勝手に窮屈になっていた。しかしそんな私に風が囁《ささや》きかける。手を伸ばすだけなら自由、欲しいと声を上げるのも自由だよ。その声に耳を傾けたら、ちょっとだけ深呼吸がしやすくなった。

身の丈にあった物が好きなのは、旅行から帰ってきた今も変わらない（だって免税店が恐かったから）。

でも、自由をはき違えて他人の取り分まで欲しがったり、身の丈にあわない物を選ぶ人間は夏が終わっても苦手だった。どれくらい苦手かというと、まあ、とりあえず元気で生きてくれればいいと思うくらいに。

そんな中、案外どうにかなったのは、だらしない人間。物に対しても人に対してもいいかげんな振る舞いしかしない。そんな無責任な人間と一夏つきあうことになってしまったら、もうこれはどうしようもない。台風に巻きこまれたと思って、笑うだけだ。

びゅうびゅう吹き荒れる風はきっと、抱え込んだ余計なものを片っ端から奪い去ってくれることだろう。

*

九月半ば。久しぶりに顔を合わせた私とサキは、またもや図書館の個室にこもっていた。

「ねえ、どんな夏休みだった？」

私たちは互いの経験した様々な出来事を延々と語り合い、まるでクメばあとセンばあのごとくお茶とお菓子を大量消費した。

「すごいすごい。今の時代に火炎瓶？」

オーナー代理の武勇伝にサキが笑い転げる。いやいや。笑い事じゃなくて本当にやばかったんだから。

「サキはいいよね。常識的な人たちに囲まれて、きちんと知識まで身についててさ」

誰もがきちんとしていて常識的な職場。医療従事者だからそれは当然なのかもしれないけど、誰もがいいかげんで非常識な私の職場とは大違いだ。紙パックのコーヒー牛乳をすすりながら恨めしそうな視線を向けると、サキがそのパックを指さす。

「あ、ちなみに牛乳も噛《か》んで飲みなさい、って言ったのもフレッチャーさんなんだって」

フレッチャーさんというのは、サキの話によるとよく噛んで食べる健康法を発見した人らしい。しかもその人は医者ではなく一般人だというから驚きだ。へえ、と私は感心しながらもぐもぐと口を動かす。

「サキ、あんた今や歯科トリビアの宝庫だね。なんだったら本当にそっち方面目指してみたら?」

「ふふ。考えとく」

サキは笑いながらノンフライのポテトチップスを口に運んでぱりぱりと噛んだ。自信に満ちたその表情は、確実に夏前のサキとは違う。

(成長したんだな)

そんなサキが眩《まぶ》しくて、でも自分のことのように嬉《うれ》しくもある。

この夏はきっと、私たちにとって無駄じゃなかったんだ。そんなことを考えた瞬間、頭の中に比嘉さんが割りこんできた。

(無駄がないのは料理だけで充分。洋服だってきちきちじゃあ自由に動けないようていうかこっちは無駄だらけだったし。くすりと笑みをこぼした私に、サキがたずねる。

「将来っていえば、ヒロちゃんはどうだったの? ホテルの仕事って、就職に役立ちそうだったりする?」

役立つ。役立たず。無駄の権化たる人物が背後でにやりと笑う。

(将来って、未来とどう違うのかなあ)

あーうるさい。アイスキャンディーでも口に突っ込んで黙ってなさい。

(会社を決めるのと明日のおかずを決めるのと、どう違うのかなあ)

(明日のおかずなら、クーブイリチーがいいねえ)

（あたしはフーイリチーがいいよう）

ちょっとちょっと、クメばあとセンばあは呼んでませんから！　思わず私は心の声を荒らげた。

（ねえねえ、違うと思う？）

「だから違わないですって！　きっと」

「……ヒロちゃん？」

はっと気がつくと、怪訝《けげん》な表情でサキがのぞき込んでいた。まずい。これじゃ私、ちょっと危ない人だ。

「うーん、どうかなあ。とりあえず楽しかったけどね」

取り繕うようにえへへと笑う私を見て、サキは首を傾げる。

「なんかヒロちゃん、感じ変わったかも」

「え、あ、そう？」

「うん。なんとなくね」

ふわりとサキが笑う。それを見て、再び心の中の人々が騒ぎ出す。

（すっごい可愛い！　友達？　柿生さん、紹介してよ！）

（今度連れておいでよう）

（そうそう。そしたらとびきりのドゥルワカシー、作るからね）

（指ハブもあげるからね）

はいはい。私は小さな声でつぶやきながら、ふと窓の外に目をやる。風があるのか、木の葉が鍋《なべ》の中の具みたいにくるくると回っている。

なるほど。

人生はたまに、他人の手でかき混ぜられた方が面白い。

かんたんなあとがきと、ご協力いただいた方々

まずこのお話は、もと『野性時代』の担当であった金子さんがいなければ誕生しませんでした。連載前の雑談で沖縄話に花が咲き、「舞台を沖縄にすれば取材旅行に行けるかもしれませんね」などと冗談を言いあったところ、それが実現してしまったからです。正にサーターアンダギーから黒真珠、いえ瓢簞《ひょうたん》から駒といった塩梅《あんばい》の流れでした。

おかげで初めて取材旅行というものをさせていただいたのですが、記憶を辿《たど》るとただただ楽しんでいたような記憶のみが鮮明に残っています。とはいえ普通の観光旅行とは違うので、私たちは那覇の裏路地や市場を歩き、悪天候の日に人気のない遺跡に出かけ、大盛りが当たり前の定食屋さんでご飯を食べました。そしてホテルのオーナーやアルバイトの方々に話を聞かせていただき、ついでに季節外れの嵐にも遭遇してきました。

もちろん、実際の沖縄は作中に描かれているほどいいかげんまっしぐらな場所ではありません。けれど東京とは違うゆるやかさがあるのは事実で、だからこそ私は沖縄が好きなのです。

ところでこのお話には、姉妹編に当たる物語が存在します。それは作中でヒロちゃんがメールをやりとりしている相手、叶咲子こと「サキ」のお話です。昨年『シンデレラ・テ

ィース』というタイトルで一足先に刊行されているのですが、同じ夏休みの裏表として彼女の物語も楽しんでいただけると幸いです。

最後に左記の皆さまに心からの感謝を捧《ささ》げます。

新金一《しんきんいち》旅館（現在は「浮島タウンズ旅館」に改名）の支配人、宮城透《みやぎとおる》さんとスタッフの皆さんには興味深い話をたくさん聞かせていただきました。ホテルジューシーの立地などがどことなくこの宿に似ているのは、揚げたてのアンダギーを出していただいたからかもしれません。

そしてイン・リンクの豊見山《とみやま》広美さんとスタッフの皆さんにも、長い時間お話を聞かせていただきました。ビジネス関連など、沖縄に長期滞在するのは観光客だけではないのだということにあらためて気づかされました。

冒頭にも書いた編集の金子亜規子さんは、真摯《しんし》な情熱と愛情をもってヒロちゃんをずっと見守っていてくれました。さらに今回は出版社の枠を超えまくって最高の装幀《そうてい》をして下さった石川絢士《けんじ》さん。不定期にもかかわらず根気よく原稿を待って下さった堀内さんをはじめとする角川書店の方々。そして校正や印刷、営業や販売などでこの本に関わって下さった多くの方たち。私の家族と友人。私の生活全てを支えてくれていたG。そして、今このページを開いてくれているあなたに。

文庫版あとがき

相変わらず、沖縄が好きです。離島も大好きなのですが、一人旅をするにはちょいと寂しい。そんな中、那覇はやはり別格です。適度に都会で、適度に南国。要するに、一人でも手持ちぶさたにならない場所なのですね。

ちなみにここ数年は、那覇でぶらぶらしつつシネコンで映画を観るのが気に入っています。沖縄に行ってまで映画、というとよく驚かれるのですが、車社会ゆえに思いっきり広々とした映画館と、アメリカンテイスト溢《あふ》れるスナックの組み合わせが良いのです。

でも面白いのは、そんなアメリカ風のシネコンに隣接しているのが地元資本の巨大スーパーだというところ。映画館の出口から直接入ることができる軽食コーナーには、マクドナルドやケンタッキーフライドチキンなどのファストフードに混じって、味噌《みそ》ラーメンやゴーヤーチャンプルーが並んでいます。

作中でも浩美が何度か首をかしげているように、沖縄は文化や人が混じり合った場所です。それが南国特有のゆるさとあいまって、独特の精神性を産んでいると思います。そしてそのおかげで、沖縄は旅人にとってとても居心地の良い場所になっているのですね。

映画を観たあと、混み合った軽食コーナーで沖縄そばが出来上がるのを待っていると、地元の中学生らしき男子が「こっちのヒトが先に並んでたからねー」とカウンターに声をかけてくれます。大家族主義といった側面もある沖縄では、思春期の子供たちが大人に対してかまえた態度をとりません。これは私が普段東京で暮らしているから感じることなのかもしれませんが、なんだか風通しのいい土地だな、と思います。金子みすゞの「みんなちがって、みんないい」という言葉を実践しているみたいだ、とも。

ただ、風通しが良すぎると生真面目な人にはつらいかもしれない。何を拠《よ》り所《どころ》にして、どんな正義を貫けばいいのかわからなくなるから。そんなことを考えたとき、浩美という女の子が頭に浮かびました。

解説で藤田香織さんがおっしゃっているように、私の作品には特定の職業について書いたものが多く存在します。それはおそらく、仕事というものはある種の拠り所になるからだと思います。

学校に通っている間は、勉強していればいい。そして卒業したら、働けばいい。「これをやってれば誰からも文句を言われない」という状況は、息苦しさもあるものの、精神的には庇護《ひご》されているようなものです。

じゃあ、「自由だよ。何をしてもいいよ」って言われたら、どうしたらいいの？　浩美はその答えを素手で探すはずが、仕事という杖《つえ》を手に理論武装してしまいます。

「そんな杖なんか、風にさらわれちゃえばいい」

というのが本作のあらすじです。

読み終わったあと、せいせいとした気分になっていただけたらと思います。

最後に、左記の方々に心よりの感謝を。

解説を書いていただいた藤田香織さん。いただいた原稿を読んで、本当に嬉《うれ》しかったです。ありがとうございます。装幀《そうてい》の石川絢士さんには、またもや姉妹作『シンデレラ・ティース』と対応した可愛いデザインをしていただきました。文庫版も、ぜひ二冊並べてみてください。生き物も対応しているのがわかりますよ。そして単行本から文庫まで、ずっと一緒に風の中を走り抜けてくれた金子亜規子さん。これからも一緒に走っていただけたらと思います。さらに営業や販売などで、この本に関わってくださった多くの皆さん。日々を助けてくれたのは、家族と友人。いつもありがとう。そして最後に、このページを読んでくれているあなた。

そこに、自由な南国の風が届きますように。

解説

藤田香織

いきなりですが、質問です。

みなさんは、これまでにどんなアルバイトをしたことがありますか？

自分で働いてお金を得る、という経験は、緊張と発見の連続で「楽しい」だけではありません。叱られて落ち込むこともあれば、理不尽だと思ってもぐっと我慢を強いられることもある。それはもちろん、アルバイトに限らず、パートでも派遣でも正社員でも同じだけれど、正式に社会に出る前に、親や先生や学校の友人とは違う距離感の人々と接して、世の中には、自分の生きてきた世界とは違うルールや価値観があることに気付くことは、大人社会を生き抜く経験値を上げるきっかけになるはず。

本書『ホテルジューシー』は、沖縄の格安ホテルで、お金には換算できないものを得た、大学生・柿生浩美（通称ヒロちゃん）のひと夏の経験を描いた物語です。

大家族の長女として、物心ついた頃から年のはなれた弟妹を心配しながら生きてきたヒロちゃんは、自分のことより他人のことを優先して考えるしっかり者。自身の特性や苦手とする物事も知っていて、「自分の取り分」というものを弁《わきま》えてもいる。だから、〈なんでもできると思いこんで、他人の取り分まで欲しがり、身の丈にあわない物を身につけている人間が嫌いだ〉と物語の冒頭で宣言することにも躊躇《ためら》いがありません。

ヒロちゃん曰《いわ》く、〈でももっと嫌いなのは、だらしない人間。物に対しても人に対してもいいかげんな振る舞いしかしない。そんな無責任な人間と一生つきあわずにいられたら、私はきっと幸福に違いない〉。いやもう、まったくもって、ご尤《もっと》も。清く正しく真っ直ぐで〈自分ができることは、やるべきだ。危なっかしい手元は、支えるべきだ〉という信条も、実に微笑ましいことこの上ない。

けれど、同時にそのある種頑《かたく》なな「しっかり者」ぶりに、「まぁちょっと、肩の力を抜きたまえよ」と、言いたくなるのもまた事実。だってもう、私たち「大人」は知っているのです。私自身も含め、ヒロちゃんの嫌悪する「だらしない人間」が、この世には驚くほど多いことを。そんな人々と関わらずに生きていくことなど不可能に近いことを。そして、遊びのない、あまりにも真っ直ぐで硬い心は、それゆえに誰かを傷つけてしまうことがあるだけでなく、ポッキリ折れたときには、自分自身も深い痛手を負いかねないことを——。

いやもちろん、〈「正しい」ことはいいことだ。そう教えられてきた。だから正しさを守りたいし、他の人にも守ってもらいたいと思う〉というヒロちゃんの考えは、間違いではありません。それは立派な「正論」です。けれど、哀しいかな世の中はそんな正論だけでは成り立っていない。そもそも、まだ大学二年生であるヒロちゃんが思う「正しいこと」

の定義自体が、実は非常に曖昧《あいまい》なわけで。

かくして、「しっかり者」で「正しい」ヒロちゃんは、「遊び」の大切さを熟知している作者・坂木司氏の手により、見事にままならぬ世の中の洗礼を受けることに相成るわけですが、まずは、物語の大筋を記しておきましょう。

卒業旅行の資金稼ぎのため、夏休み、石垣島のプチホテルでのアルバイトを決めたヒロちゃんは、当初その選択に心から満足していました。慣れた家事手伝いの延長のような宿での仕事に、いい人ばかりの同僚、客層はファミリー中心で、オーナー夫婦は根っからの沖縄人ではなく移住組。自分の守備範囲の仕事で、自分の常識内で物事の判断を下すことができ、〈この島に来てよかった〉と思っていた。

ところが。オーナー夫婦から急遽《きゅうきょ》、かつて世話になった人が経営する那覇のホテルで人手が足りなくなったので、そちらへ行ってくれないかと頼まれ、「しっかり者」ゆえに断わりきれなかったことから、彼女の運命は思いがけぬ方向へと動き出します。

石垣島から派遣され、たどり着いたのは、那覇のメインストリートである国際通りから裏道に入った場所に建つ、長期滞在者向けの安宿「ホテルジューシー」。二階から四階までは普通のマンションで、五階から七階のフロアだけがホテルになっている建物の形態からして驚きを隠しきれなかったヒロちゃんは、そこで出会った人々に、早くも苛立《いらだ》ちをつのらせていくことに。外見も到底堅気には見えず、なんにもしない昼行灯《ひるあんどん》なオーナー代理。客の私物を勝手に触る掃除係のクメばあ&センばあ。頼りにしていた先輩従業員の松谷さんは引き継ぎもそこそこに突然旅立ち、長逗留《ながとうりゅう》中の馴染《なじ》み客・山本さんには嘘を吐かれていたことが発覚。誰も彼も常識がないにもほどがある。胸の中に抱えていたもやもやが膨れ上がり、ついにヒロちゃんは、オーナー代理に向かって涙ながらに〈「みんないい加減で、みんな最低ですね」〉と、こぼしてしまう。

その後、ヒロちゃんがどのように気を取り直し、アルバイトを続けていくのかは、本文を読んでのお楽しみとしておきますが、この一件以降もヒロちゃんは、幾度となく大嫌いな「だらしない人間」に接し、その度に悩んで迷って苦しんで傷つくことになるのです。けれど、その結果、確実に彼女は心を強くし、逞《たくま》しくなっていく。巧《うま》いな、と唸《うな》るのは、そうしたヒロちゃんの変化を、作者である坂木さんは、一足飛びに読者に見せるのではなく、焦らず、時間をかけて描いている点。

〈私は自分の常識が間違っていない自信がある。だのになぜだろう、ときどき不安になる〉。そんなふうに思っていたヒロちゃんは、自分なりに納得できる人との関わり方を模索し続けます。その結果、「トモダチ・プライス」では、アヤシィ「お仕事」で借金を返そうとしているヤスエさんを助けたいと思う気持ちが、「自己満足だ」と気付く。これは明らかにヒロちゃんの成長です。

でも、だけど。

続く「≠（同じじゃない）」では、その同じ気持ちを、オーナー代理に〈「正しくないから助けてあげる。なんとかしてあげる。あたしがいなくちゃあの人たち、どうしようもないんだから。そういうのって、片目をつぶることのできない子供の理論だね」〉、と、ガツンと諭されてしまう。個人的に、単行本で読んだときも、今回この解説を書くにあたり再読したときも、いちばん印象に残ったのがこの場面でした。

〈「正しさは尺度にならないって、もう充分にわかったはずだよ」〉

「正しさは尺度にならない」。ではいったい、何を尺度にすればいいのか。何を基準に人と関わればいいのか。正しさという同じ尺度で全てをはかるのではなく、自分自身のなかに尺度を見つけるには、どうしたらよいのか。本書には、そんな裏テーマが秘められている。だからこそ「≠（同じじゃない）」という章タイトルの意味が、読者にも、そしてヒロちゃんにも、ゆっくりと沁《し》みていくのです。

と同時に、各話に所謂《いわゆる》日常の謎を解く楽しさが織り込まれていることも留意しておかなければなりません。これはもう、坂木作品の基本スタイルともいえますが、謎の一つ一つを解くうちに、そうした行動をとった人物の背景を、想像し、考えずにはいられなくなる。

ひきこもりのプログラマー・鳥井真一と、彼をサポートする「親友」坂木司を主人公に据えた『青空の卵』（東京創元社→創元推理文庫）、『仔羊の巣』（同）、『動物園の鳥』（同）のひきこもり探偵シリーズから、現時点での最新刊である『和菓子のアン』（光文社）まで、唯一の短編集である『短劇』（光文社）を除き、坂木作品といえば＝日常の謎、という印象は強くあります。が、これまた個人的には「イコール」ではなく「ノットイコール」だと思うのです。坂木作品の最大の魅力は、日常の謎に隠された人と人との繋《つな》がり、関係性にこそあるのではないでしょうか。

　坂木さんの作品は、更に「お仕事小説」という一面も色濃くあり、『切れない糸』（東京創元社→創元推理文庫）では思いがけずクリーニング店の跡を継ぐことになった新井和也を、『ワーキング・ホリデー』（文藝春秋→文春文庫）ではホストから宅配業へと転身したヤマトを、『和菓子のアン』は、デパ地下の和菓子店で働くフリーター梅本杏子を主人公に据え、それぞれの職業ならではの「日常の謎」が示され、それだけでも抜群の楽しさがあるのは言うまでもありません。それは、本書の姉妹作ともいえる、ヒロちゃんの親友・サキが大嫌いだった歯科医院で受付のアルバイトをする『シンデレラ・ティース』（光文社→光文社文庫）でも同様です。でも、その先に、坂木さんはいつも主人公たちが繫がる糸を、時にゆるく、時にしっかりと絡ませる。それこそが、坂木作品を読んでいて感じる心強さの最大の要因だと私は思います。

　そして、坂木作品には随所で「美味《うま》そうな料理」が登場するのも特徴のひとつ。本書の作中でヒロちゃんもまた、実に嬉《うれ》しそうに数々の料理を口にしています。ホテルの調理を担当する比嘉さんの手によるボロボロジューシー、ポーク玉子。ヤスエさんのお弁当に、みんなで作った大量の餃子《ギョーザ》。オーナー代理のタコライス。それはストーリーとは直接関係のない、言わば「遊び」の描写ともいえます。でも、坂木さんが、この「遊び」を物語に欠かせないものだと、愛情をもって描いていることは明白です。

　夢も希望もない話で恐縮ですが、「人は何故、働くのか」と問われれば、その理由の第一はやはり「お金のため」でしょう。でもやっぱり、それだけではない、とも信じたい。坂木さんの小説は、それを信じさせてくれる。ぶつかって、凹《へこ》んでも、それで終わりじゃない。働いて、食べて、繋がって、自分の尺度を模索しながら、私たちは、今日を、明日を生きていく。本書には、他人の手でかき混ぜられることを恐れず、味わい深くジューシーな人生を送るためのエネルギーがたっぷり詰まっています。

フレッチャーさんの教えに従って、どうぞゆっくりよく噛《か》んで、お召し上がり下さい！

この作品は二〇〇七年九月に小社より刊行された単行本を文庫化したものです。

ホテルジューシー

坂木《さかき》　司《つかさ》

角川文庫　16452

平成二十二年九月二十五日　初版発行
平成二十五年五月二十日　七版発行

発行者―井上伸一郎
発行所―株式会社角川書店
東京都千代田区富士見二―十三―三
電話・編集（〇三）三二三八―八五五五
〒一〇二―八〇七八
発売元―株式会社角川グループホールディングス
東京都千代田区富士見二―十三―三
電話・営業（〇三）三二三八―八五二一
〒一〇二―八一七七
http://www.kadokawa.co.jp

印刷所―暁印刷　製本所―ＢＢＣ

装幀者―杉浦康平

さ 54-1　ISBN978-4-04-394384-5　C0193